Rattawut Lapcharoensap est né en 1979 à Chicago, mais a grandi à Bangkok. Ses récits ont été publiés dans de prestigieuses revues telles que *Granta, Glimmer Train, Zoetrope* et *Best American Voices*. *Café Lovely* est son premier recueil de nouvelles. Il a paru dans plus de dix pays.

Rattawut Lapcharoensap

CAFÉ LOVELY

NOUVELLES

*Traduit de l'anglais (États-Unis)
par Florence Hertz*

Buchet/Chastel

TEXTE INTÉGRAL

TITRE ORIGINAL
Sightseeing
© 2005 by Rattawut Lapcharoensap

ISBN 978-2-7578-1378-2
(ISBN 2-283-02103-0, 1ʳᵉ publication)

© By Buchet/Chastel, un département de Méta-Éditions, 2005,
pour la traduction française

Le Code de la propriété intellectuelle interdit les copies ou reproductions destinées à une utilisation collective. Toute représentation ou reproduction intégrale ou partielle faite par quelque procédé que ce soit, sans le consentement de l'auteur ou de ses ayants cause, est illicite et constitue une contrefaçon sanctionnée par les articles L. 335-2 et suivants du Code de la propriété intellectuelle.

À ma mère
Siriwan Sriboonyapirat.

Il ne faut pas s'étonner si les Siamois ne s'inquiètent guère de leur subsistance, et si le soir il ne s'entend que des chansons dans leurs maisons.

Simon de La Loubère,
Du Royaume de Siam (1693).

Les farangs

Voici notre calendrier. Juin : les Allemands arrivent dans l'île – crampons de foot, tee-shirts extralarges, bouche pâteuse –, ils ne parlent pas, ils crachent. Juillet : les Italiens, les Français, les Anglais, les Américains. Les Italiens apprécient le pad thai, sa parenté avec les spaghettis. Ils portent des tissus légers, des lunettes de soleil, des sandales en cuir. Les Français aiment les filles dodues, les ramboutans, le disco, se mettre les seins à l'air. Les Anglais viennent perdre leur teint blafard et satisfaire leur penchant pour le haschich. Les Américains sont les plus gros, les plus pingres. Ils font semblant d'aimer le pad thai et les crevettes grillées, ou un curry par-ci par-là, mais deux fois par semaine, il leur faut leur petit réconfort culinaire, leurs hamburgers et leurs pizzas. Ce sont aussi ceux qui boivent le plus. Mieux vaut se tenir à distance des Américains soûls. Août, c'est le mois des Japonais. Eux, il ne faut pas les lâcher. Ne pas sous-estimer le pouvoir du yen. Avec des devises impériales dans la poche, tout semble bon marché, et ils sont trop polis pour marchander. La fin août venue, quand la mousson commence à souffler, ils font ami-ami, se tapent dans le dos, se refilent de la drogue, couchent ensemble, s'imbibent sous les lumières roses des bars de l'île. En septembre, ils ont tous disparu, abandonnant l'île aux Australiens et aux Chinois, tellement omniprésents qu'on n'en parle même plus.

Maman remarque : « Le cul et les éléphants, c'est tout ce qui les intéresse, ces gens. » C'est ce qu'elle dit toujours en août, au plus fort de la saison, quand elle en a assez de voir les farangs envahir l'île, de trouver des capotes usagées dans les chambres de l'hôtel, d'être assaillie en cinq langues par des clients qui se plaignent du service. Elle me prend à témoin. « On leur donne de l'histoire, des temples, des pagodes, des danses traditionnelles, des marchés flottants, des currys de poisson, des desserts au tapioca, des coopératives de tissage de la soie, mais tout ce qu'ils veulent, c'est monter sur d'énormes monstres gris, comme une bande de sauvages, grimper des filles, et, entre les deux, faire les larves sur la plage en attrapant un cancer de la peau. »

Nous prenons un déjeuner tardif en regardant la télévision dans le bureau de l'hôtel. La chaîne de l'île repasse pour la énième fois *Rambo II : La Mission*. Sylvester Stallone doublé en thaï décime un régiment entier de Viêt-congs avec un arc et des flèches. J'annonce à maman que j'ai rencontré une fille. « Je crois que je suis amoureux. C'est l'amour, le vrai, maman. Comme dans *Roméo et Juliette*, tellement c'est fort. »

Maman éteint le poste juste au moment où John Rambo ramène l'hélico à bon port.

Elle se plaint que c'est l'âge ingrat. Elle soupire. « Encore ! C'est pas vrai. Ce que tu peux être naïf. Qu'est-ce que je t'ai appris ? Tu ne t'envoies quand même pas une cliente ! J'espère que tu ne t'envoies pas une cliente, parce que si c'est ça, si tu t'envoies une cliente, il va falloir saigner le cochon. Tu te souviens de ce que je t'ai dit, luk ? On s'est pourtant bien mis d'accord. »

Je l'accuse d'être xénophobe. Je lui jure que, là, c'est différent. Mais, pas convaincue, maman m'avertit une fois de plus que si je m'envoie une cliente, il ne faudra pas m'étonner de trouver du curry de Clint Eastwood dans mon assiette. Maman me menace toujours de tuer mon cochon. J'ai beau savoir qu'elle plaisante, l'étincelle dans son regard me fait courir à la porcherie pour m'assurer que tout va bien.

Je suis tombé amoureux ce matin quand Clint Eastwood lui a reniflé l'entrejambe, et que la fille n'a pas bondi du sable en hurlant, et ne lui a pas tapé dessus contrairement à d'autres. Elle s'est illuminée d'un sourire angélique, semblant trouver tout à fait naturel d'avoir le museau du cochon entre les cuisses. Elle a caressé le duvet de la tête de Clint Eastwood comme si c'était un gentil toutou rose et elle a dit avec un rire : « Salut, toi, eh ben dis donc, quelle bonne surprise ! T'es beau, tu sais ? »

Je ratissais la plage devant l'hôtel pour nettoyer le sable quand, en relevant la tête de ma tâche matinale, j'ai vu Clint Eastwood flairer sa nouvelle copine. Une Américaine : facile, elle portait un bikini Budweiser. Je me suis excusé de loin et j'ai rappelé le cochon, mais elle a dit que ce n'était pas grave, que ça ne la dérangeait pas, et que le cochon pouvait rester tant qu'il voudrait. Elle m'a crié de la rejoindre, que je pouvais lui tenir compagnie aussi.

Je lui ai dit le nom du cochon.

« C'est adorable, a-t-elle commenté en riant.

— Il est génial, ai-je répondu. *L'Inspecteur Harry. Pour une poignée de dollars. Josey Wales, hors-la-loi. Le Bon, la Brute et le Truand.*

— C'est un très bon acteur.

— Oui, M. Eastwood est un interprète de tout premier plan. »

Et puis Clint Eastwood a trotté dans la mer pour prendre son bain du matin en nous laissant seuls, côte à côte sur le sable. Je me suis assuré que maman ne nous regardait pas de la fenêtre du bureau, et puis je lui ai expliqué que Clint Eastwood adorait la mer à marée basse, cette étendue de sable mouillé qui lui fait une mare de boue de trois kilomètres. La fille s'est redressée sur les coudes pour le regarder, un exemplaire détrempé de *Portrait de femme* à côté d'elle. Elle venait de se baigner et les gouttelettes sur son nombril semblaient tellement proches qu'un instant j'ai eu peur de m'évanouir si je ne regardais pas ailleurs.

« Je m'appelle Elizabeth. Lizzie.

— Bonjour, mademoiselle Elizabeth. J'aime beaucoup ton bikini. »

Elle a ri à gorge déployée. J'ai admiré les rangées de petites dents brillantes et régulières, la langue rose et douce qui luisait en frémissant au milieu, comme la chair d'une superbe moule.

« Attention ! s'est-elle exclamée avec un geste du menton en refermant sa belle bouche. Ton cochon est en train de se noyer. »

Clint Eastwood roulait dans l'eau à l'endroit où la mer se jette sur le sable. Il courait après les vagues qui se retiraient, se sauvait devant celles qui arrivaient. C'est son grand jeu, tous les matins. Il gambade au bord de l'eau, et il grogne comme un bienheureux chaque fois qu'une vague le renverse dans l'écume.

« Non, il ne se noie pas. Il nage.
– Je ne savais pas que les cochons savaient nager.
– Clint Eastwood nage très bien. »

Elle a souri, d'un grand sourire, lèvres fermées, tout en admirant le manège de mon cochon, et j'aurais donné n'importe quoi pour revoir sa langue, pour plonger les doigts dans les creux de ses clavicules, et me repaître toute la journée du spectacle divin de son nombril humide.

« J'ai une idée, mademoiselle Elizabeth, ai-je dit en me levant et en époussetant le sable de l'arrière de mon short. La proposition est peut-être un peu hardie, mais voudrais-tu venir faire un tour à dos d'éléphant avec moi aujourd'hui ? »

Maman ne veut pas que je m'envoie de farang parce qu'un jour, il y a longtemps, elle s'en est envoyé un malgré les avertissements de ses parents, et tout ce que ça lui a rapporté, c'est d'avoir le cœur brisé, et moi. Je ne connaissais le farang en question que sous le nom de sergent Marshall Henderson. Je me rappelle bien le sergent, d'autant plus qu'il insistait pour que je lui donne son grade militaire.

« Non, pas papa, disait-il en anglais, ma première et unique langue à l'époque. Sergent. Sergent Henderson. Sergent Marshall. Souviens-toi que tu es soldat, maintenant, mon garçon. Un espion au service de l'armée de l'Oncle Sam. »

Au cours de ces premières années – avant qu'il ne rentre en Amérique en promettant de nous faire venir – le sergent et moi, nous partions pour des expéditions imaginaires, nous frayant un passage dans la jungle des farangs allongés sur la plage.

« Soldat ! hurlait-il. Soldat, j'ai un mauvais pressentiment. Il me fout la trouille, ce coin. Il faut lancer un message radio pour appeler des renforts. Ça pourrait être une embuscade.
– On s'en fiche, sergent ! On est plus forts qu'eux ! glapissais-je en rampant dans le sable, un gros bâton à la main, les yeux fixés sur l'ennemi. Ces Asiates vont regretter de nous avoir montré leurs sales trombines. »

Un jour où nous étions allés tous les trois au marché du port au sud de l'île, j'avais vu une portée de cochons. Il y en avait six, serrés dans un petit carton, au milieu des claquements des couteaux de bouchers. Je me souviens d'avoir pensé aux cochons de lait embrochés sur la rôtissoire devant les restaurants chic de l'île.

Je m'étais mis à pleurer.

« Qu'est-ce qui ne va pas, soldat ?
– Je ne sais pas.
– Un militaire ne pleure jamais, avait grommelé le sergent.
– Juste petits cochons. » Maman riait en me tapotant le dos. À l'époque, elle apprenait l'anglais puisque nous devions déménager en Californie. Elle ne m'a plus jamais dit un mot en anglais depuis. « Quoi il fait les cochons, luk ? Quoi il fait ? Les cochons fait groin-groin. Pas pleure, luk. Pas pleure. Groin-groin miam-miam. »

Quelques jours plus tard, le sergent était entré dans ma chambre avec quelque chose qui gigotait sous son tee-shirt. Il s'était assis sur le lit à côté de moi. Je revois le matelas s'affaisser sous son poids, et j'entends encore les piaillements d'oiseau affolé dans son ventre.

« Félicitations, soldat », avait murmuré le sergent dans le noir. Il m'avait tendu un petit Clint Eastwood terrorisé dans une de ses grandes mains calleuses. « Tu montes en grade. Tu es promu commandant. À partir de maintenant, tu es responsable de ce conscrit. »

Je l'avais regardé, bouche bée, et j'avais pris le cochon dans mes bras.

« Joyeux anniversaire, mon petit. »

Je me souviens d'un soir, peu de temps avant son départ. C'était avant que maman reprenne l'hôtel de ses parents et m'interdise de parler la langue du sergent, sauf pour aider les clients, avant que j'apprenne les mots « bâtard », « traînée » ou « putain » dans l'une ou l'autre langue. J'étais dans l'eau avec Clint Eastwood – je lui apprenais à nager – quand, en me tournant vers la plage, j'ai vu ma mère assise entre les jambes du sergent dans le sable, le globe rouge vif du soleil perché sur la crête des montagnes derrière eux. Ils se parlaient sans se regarder, tandis que mon porcelet m'éclaboussait dans l'écume, et ma mère s'est penchée en arrière pour passer un bras autour de son cou.

« Maman, lui ai-je demandé quelques années plus tard, tu crois que le sergent va nous faire venir un jour ?

– Luk, a répondu maman en thaï, ne me parle plus jamais de lui, je préfère. Ça me donne mal à la tête. »

Après avoir fini de ratisser la plage, et remis Clint Eastwood dans son abri, j'ai pris Lizzie sur ma mobylette pour l'emmener chez Surachai dans la montagne, où son oncle Mongkhon organise des promenades à dos d'éléphants. Dans leur chemin, une pancarte peinte à la main annonce : SAFARIS DANS LA JUNGLE DE M. MONGKHON. PROMENADES DANS BEAUTÉ NATURELLE DE LA FORÊT AVEC VUE MAGNIFIQUE D'OCÉAN ET SPLENDIDE HORIZON SUR ÉLÉPHANT ! Un jour, j'avais informé l'oncle Mongkhon que sa pancarte était grammaticalement incorrecte, et que j'étais prêt à lui offrir mon expertise en échange d'une modeste rémunération, mais il s'était contenté de rire, et avait répondu que les farangs préféraient sa pancarte telle qu'elle était, merci beaucoup. Ils lui trouvaient du charme, et je n'étais quand même pas le seul huakhuai à parler anglais sur cette île de malheur. Pendant la guerre du Vietnam, avant de démarrer son entreprise, l'oncle Mongkhon avait travaillé dans la cantine d'une base aérienne sur le continent, où il servait à déjeuner aux soldats américains.

De là où nous étions, Lizzie et moi, nous apercevions les dos gris des deux mâles qui dépassaient du toit de la maison basse. Autrefois, l'oncle Mongkhon possédait un enclos plein d'éléphants. C'était avant l'arrivée de *Monopolated Elephant Tours*, qui avait cassé les prix des randonnées en montagne, et fait main basse sur les farangs dans les hôtels trois étoiles et plus – bref, trusté le marché, comme la compagnie l'avait déjà fait dans tant d'autres îles avant la nôtre. La concurrence déloyale de la MET avait fini par obliger l'oncle Mongkhon à vendre plusieurs bêtes à des exploitations forestières du continent. Des huit éléphants du grand enclos, il n'en restait plus que deux, Yai et Noi, des mâles vieillissants aux ventres couverts de plaies et aux trompes molles qui pendaient lamentablement entre leurs pattes encroûtées.

« Super, a dit Lizzie. C'est des vrais éléphants ? »

J'ai hoché la tête.

« Ce qu'ils sont gros ! »

Elle a battu des mains en riant.

« Énormes ! » a-t-elle ajouté en sautant en l'air. Elle s'est tournée vers moi, radieuse.

Surachai faisait de la musculation dans le jardin, un poids dans chaque main. L'oncle Mongkhon fumait une cigarette, assis torse nu sur le perron. Quand Surachai a vu Lizzie devant la maison en bikini, les bras lui en sont tombés. Une minute, j'ai eu peur qu'il ne se lâche les poids sur les pieds.

« Tu l'as trouvée où, celle-là ? a-t-il demandé en thaï en venant vers nous, un sourire narquois aux lèvres.

– Dis donc ! a crié l'oncle Mongkhon du perron, en thaï, lui aussi. Tu m'agaces, mon garçon. Dis à cette fille de s'habiller. Tu sais fichtrement bien que je ne veux pas de bikinis sur mes éléphants. C'est une entreprise respectable, ici. Nous avons un règlement.

– Qu'est-ce qu'ils disent ? » a demandé Lizzie.

Les farangs paniquent dès qu'ils ne comprennent pas une conversation.

« Ils veulent seulement savoir si on va prendre un éléphant ou deux.

– On n'en prend qu'un. » Lizzie a souri et m'a attrapé la main. « On n'a qu'à monter ensemble. » Je ne respirais plus. Sa main faisait fuser des comètes de chaleur scintillantes dans mon bras. J'avais à la fois envie de m'arracher à ce contact, et de rester jusqu'à la fin des temps, nos paumes moites collées l'une à l'autre. J'ai entendu la voix de la mère de Surachai sortir de la maison, accompagnée d'un léger crépitement de friture.

« Ce n'est rien, Maew ! a crié l'oncle Mongkhon pour répondre à sa sœur. Mais si j'étais toi, je ne sortirais pas, à moins que tu n'aies envie d'assister à un strip-tease. Le bâtard est là avec une nouvelle recrue de son harem international.

– Ce sont des amis, ai-je expliqué à Lizzie. Je te présente Surachai.

– Bonjour, ça va ? a dit Surachai en anglais en lui serrant la main sans cesser de me regarder.

– Oui, très bien, merci. » Lizzie a ri. « Ravie de faire votre connaissance.

– Oui, oui, oui, a répondu Surachai avec un grand sourire idiot. Grand honneur je fais connaissance, madame. Je suis très heureux te laisser monter sur mes éléphants. Très heureux. Parce que lui… » Il m'a donné une tape dans le dos pour illustrer ses dires. « Lui, ma belle âme sœur. Mon meilleur mari. »

Surachai m'a jeté un coup d'œil débordant de fierté. C'était moi qui lui avais appris l'expression « âme sœur ».

« Tu es marié ? » a demandé Lizzie. Surachai a hurlé de rire sans comprendre, en me faisant des appels du regard pour que je lui vienne en aide.

« Non, suis-je intervenu. Il a voulu dire "meilleur ami".

– Oui, oui, a approuvé Surachai avec un hochement de tête. Meilleur ami.

– Eh bien, mon garçon, tu m'écoutes ? » L'oncle Mongkhon s'est levé du perron pour nous rejoindre. « Les bikinis ne montent pas sur les bêtes. Ça leur fait peur.

– Sawatdee, mon oncle. » Je l'ai salué avec un wai en penchant la tête bien bas pour faire bonne mesure, mais il m'a donné une tape sur le crâne au moment où je me redressais.

« Dis à cette fille de s'habiller, a grondé l'oncle Mongkhon. C'est inconvenant.

– Mais, mon oncle, nous n'avons pas emporté de vêtements.

– Dois-je te rappeler, mon garçon, que l'éléphant est notre emblème national ? Parfois, j'ai l'impression que ta moitié farang te bloque le cerveau. Tu devrais avoir honte. J'avertirais ta mère si je n'avais pas peur de lui briser le cœur. Que dirait cette fille si j'allais dans son pays et que je montais sur le dos d'un aigle chauve en caleçon, hein ? a-t-il continué en montrant Lizzie du doigt. Tu crois que ça lui plairait ? Demande-lui, pour voir.

– Qu'est-ce qu'il dit ? a murmuré Lizzie à mon oreille.

– Ah, ah, ah ! a lancé Surachai avec de grands gestes. Tout va bien, madame. Pas t'inquiète, tout va bien. Mon oncle, il dit juste que les éléphants, très, très peur de tes seins.

– Tu aurais dû me dire de m'habiller ! a protesté Lizzie en me lâchant la main.

– Ce n'est pas grave, ai-je répondu en riant.

– C'est vrai, a dit l'oncle Mongkhon à Lizzie en anglais. Ce n'est pas très grave, madame. Juste un petit peu grave. »

Finalement, j'ai enlevé mon tee-shirt pour le donner à Lizzie. Tandis que nous allions à l'enclos, j'ai vu qu'elle regardait mon torse nu et j'ai surpris son sourire. J'avais beau fréquenter la nouvelle salle de musculation publique près de la jetée, ça ne m'a pas empêché de sentir pointer mes vieux complexes d'adolescent. Mine de rien, j'ai gonflé les muscles dans les positions que je pratiquais devant le miroir de ma chambre. Je voulais qu'elle oublie mon corps doux et maigrichon pour ne plus voir qu'un bloc de muscles et d'énergie.

Quand nous sommes arrivés aux portes de l'enclos à éléphants, Lizzie a repris ma main. Je me suis tourné vers elle pour lui sourire, et j'ai vu, à cet instant, un ange sublime descendu du ciel pour me sauver, un ange dont les seins imprimaient des cercles sombres d'humidité sur mon tee-shirt. Et puis nous sommes montés sur Yai. L'éléphant s'est mis debout très vite, et Lizzie a poussé des cris en entourant ma taille nue si fort que je me serais passé de respirer avec joie jusqu'à la fin de mes jours.

Sous le couvert de la jungle, pendant que nous gravissions le sentier de montagne sur le dos de Yai, je lui ai parlé du sergent Henderson, de l'hôtel, de maman, de Clint Eastwood. Elle a évoqué son enfance dans l'Ohio, le spectacle des gratte-ciel de New York, les courses de stock-cars, les magasins Maxx, les problèmes d'alcoolisme des adolescents américains. J'ai mentionné Pamela, ma dernière petite amie américaine, qui m'avait promis son cœur mais n'avait pas répondu à une seule de mes lettres. Lizzie a exprimé sa sympathie par des hochements de tête et m'a révélé qu'elle était partie la veille de son hôtel, de l'autre côté de l'île, laissant en plan son salaud de copain Hunter qu'elle avait trouvé dans les bras d'une jeune prostituée. « Le salaud, a-t-elle commenté. La sale pute. » J'ai conseillé à Lizzie de ne plus penser à lui, parce qu'elle méritait mieux, et que de toute façon, Hunter était un prénom idiot. Nous avons bien ri en évoquant la mauvaise conduite de nos amoureux.

Nous sommes arrivés à un point de vue panoramique. La mer ondulait devant nous comme un dessus-de-lit bleu géant. Il était temps de laisser Yai se reposer. Il s'est couché avec plaisir. Lizzie et moi, nous sommes restés un moment sur son dos à regarder la mer ; le vent bruissait dans les arbres derrière nous. La respiration haletante de Yai, essoufflé par la montée, nous faisait monter et descendre. J'ai raconté à Lizzie que, sur la plage, le sergent et ma mère me montraient l'est en affirmant que si je regardais bien, je verrais peut-être la côte californienne se découper sur l'horizon du Pacifique. Je lui ai indiqué l'hôtel de maman en dessous de nous, les douze bungalows qui ressemblaient à de minuscules insectes sur l'or de la côte. C'était fou, ai-je dit à Lizzie, ce que ma vie pouvait me paraître petite, vue de si haut.

Lizzie chantonnait d'un air satisfait. Soudain, elle s'est mise debout sur le dos de Yai.

« Tiens, ton tee-shirt », a-t-elle dit en me le lançant.

D'un geste vif, elle a ôté son haut de maillot de bain. Ensuite, elle a enlevé le bas. J'ai alors vu mon ange américain, nue sur le dos de l'éléphant pouilleux de l'oncle Mongkhon.

« Il fait tellement chaud dans ton pays », a-t-elle déclaré avec un sourire. Elle a avancé vers moi à quatre pattes. Yai a émis un gémissement sourd et s'est agité.

« Oui, c'est vrai », ai-je répondu en faisant semblant de contempler l'horizon, très occupé à caresser le dos gris desséché de Yai.

Après *Rambo*, le déjeuner avec ma mère et une petite sieste, j'ouvre la porte pour aller retrouver Lizzie au restaurant quand maman me demande pourquoi je me suis mis sur mon trente et un.

« Quoi ? » dis-je innocemment, et maman réplique :

« Quoi ? Je ne suis pas ta mère peut-être ? Tu n'es pas mon fils ? Tu n'as pas mis un pantalon noir ? Tu n'as pas mis une chemise ? Tu n'as pas mis la cravate en soie que je t'ai achetée pour ton anniversaire ? »

Elle me renifle la tête.

« Ce n'est pas mon bon gel que tu t'es mis dans les cheveux ? Et, poursuit-elle, je peux savoir pourquoi tu sens l'éléphant ? »

Je reste là, comme un idiot, sans répondre à ses questions.

« Comme si je ne savais pas parfaitement ce qui se passe, lance-t-elle finalement. Je t'ai vu, luk. Je t'ai vu sur ta mobylette avec cette traînée de farang en bikini. »

Je lui ris au nez et rétorque que je n'ai pas besoin de son gel, que j'ai ce qu'il me faut. Mais maman me poursuit de ses cris jusqu'à la porcherie où je vais chercher Clint Eastwood.

« Souviens-toi de qui tu es le fils ! » Elle est à la porte du bureau, éclairée par les dernières lueurs du jour, les mains sur les hanches. « Souviens-toi de qui t'a élevé.

– Qu'est-ce que tu racontes, maman ?
– À quoi ça te mène de courir après toutes ces farangs ?
– Sois pas bête, maman. Je suis amoureux, ce n'est pas un crime.
– Ce n'est pas moi qui suis bête, luk, il me semble. Ce n'est pas moi qui emmène mon cochon apprivoisé au restaurant juste parce qu'une farang le trouve mignon. »

Je remonte la plage avec Clint Eastwood vers les lumières du restaurant. C'est un établissement en plein air où les clients s'installent à des tables basses éclairées à la bougie dans le sable, et les cuisiniers, torse nu, font griller la pêche du jour sur un grand feu. Les farangs aiment beaucoup cet endroit. Le vent dans le dos, le sable sous les pieds, le ciel noir au-dessus de la tête, un repas sous la lune et les étoiles. Très romantique, sans doute. Je n'ai pas très envie de dépenser des fortunes pour ce que maman juge être de la cuisine de second ordre et une ambiance de troisième zone, mais Lizzie a proposé de me retrouver là pour dîner ce soir, et je suis esclave des exigences de l'amour.

Quand nous arrivons au restaurant, Lizzie est déjà assise à une table, le visage éclairé par la lueur vacillante d'une bougie. Clint Eastwood se rue vers elle et lui pose le groin sur les genoux, mais Lizzie ne s'illumine pas comme ce matin. Les autres clients se tournent vers nous pour regarder Clint Eastwood, et Lizzie semble gênée d'être l'objet de son affection.

« Salut », dit-elle en allumant une cigarette quand j'arrive à la table.

Je lui embrasse la main, et je m'assieds à côté d'elle. Je dis « couché » à Clint Eastwood qui obéit, ventre sur le sable, tête nichée entre ses pattes courtaudes. Le soleil descend derrière nous, ses rayons balaient la surface de la mer, et je commence à entrevoir pourquoi les farangs font tellement de kilomètres pour visiter l'île, pourquoi ils entreprennent un aussi long voyage pour venir chez moi.

« Belle soirée », dis-je en tripotant mon nœud de cravate.

Lizzie hoche la tête, distraite.

Après le passage du serveur qui a pris la commande en anglais, je finis par demander :

« Ça ne va pas ? J'ai fait quelque chose qui t'a déplu ? »

Lizzie pousse un soupir et écrase sa cigarette dans le cendrier en bambou.

« Non, tout va bien. Ce n'est rien. »

Mais quand nos plats arrivent, Lizzie touche à peine au sien. Elle donne toutes ses crevettes sautées à Clint Eastwood qui les engloutit joyeusement. Au moins, il semble apprécier le dîner. Les soirs de week-end, je l'emmène souvent dans ce restaurant une fois que les tables ont été rangées, et il se bat avec les chiens errants qui envahissent la plage pour dévorer les restes des farangs : carapaces de crabes, arêtes de poissons, peaux de crevettes.

J'insiste : « Je vois bien qu'il y a quelque chose. Ça n'a vraiment pas l'air d'aller. »

Elle rallume une cigarette et souffle un nuage de fumée.

« Hunter est là, dit-elle finalement en regardant la mer qui s'assombrit.

– Ton ex-copain ?
– Non. Mon copain. Il est ici.
– Où ça ?
– Ne te retourne pas. Il est assis juste derrière nous avec ses amis. »

À cet instant, un grand farang se jette sur une chaise vide à notre table, face à nous. Il porte un maillot de corps blanc et un short de surfer. Son nez est enduit de crème solaire. Il a pris des coups de soleil sur la poitrine. Un bouddha pend à son cou. Il a l'air d'un clown un peu dérangé.

Il tend la main pour voler un morceau de calamar farci dans mon assiette.

« C'est qui, cet abruti ? demande-t-il à Lizzie en mâchonnant mon calamar. Un copain à toi ?

– Hunter, arrête, je t'en prie.
– Dis donc, me lance-t-il en reprenant de mon entrée, elle est sympa, ta cravate. Et c'est quoi, ce cochon, mec ? »

Je souris en posant la main sur la tête de Clint Eastwood.

« Hé ! Toi ! Je te parle ! Toi parler anglais ? Toi comprendre américain ? »

Il arrache un morceau de calamar d'un coup de dents. Je n'arrive pas à détacher les yeux de son nez blanc, et de sa poitrine rouge et velue. Qu'il s'étouffe.

« Là, ce coup-ci, bébé, tu t'es surpassée, dit-il à Lizzie. Mais c'est ça que j'aime chez toi. Tu m'étonneras toujours. Et tu as un sens de l'humour pas possible. Je ne savais pas que tu aimais les crétins muets avec des cochons de salon.

– Arrête.

– Ma petite Lizzie. » Il feint la tendresse en lui prenant la main. « Tu m'as tellement manqué. Je déteste que tu partes comme ça. J'étais fou d'inquiétude. Je m'excuse pour hier soir, d'accord ? C'est bon ? Vraiment, je m'excuse. C'est un malentendu, en fait. Demande à Jerry et à Billyboy, ils sont là. Tu sais comment on les rend folles, les Thaïlandaises.

– On en discutera plus tard, Hunter. »

C'est là que j'interviens : « Oui, je crois qu'il vaut mieux que vous parliez de ça à un autre moment. »

Il me regarde fixement, avec son drôle de nez blanc entre les deux yeux. Une seconde, je crains qu'il ne me lance le calamar à la figure, mais il se contente de gober ce qui reste. Il se tourne vers Lizzie, et lâche, la bouche pleine : « Tu t'es envoyé ce crétin, hein ? »

Je regarde Lizzie. Elle baisse les yeux sur la table qu'elle tapote du bout des doigts. On dirait qu'elle va pleurer. Je me lève, je jette quelques centaines de bahts sur la table. Clint Eastwood suit le mouvement ; il se remet debout maladroitement.

« Ce fut un grand plaisir de vous rencontrer, mademoiselle Elizabeth », dis-je avec un sourire. J'ai envie de la prendre par la main et de l'entraîner en courant vers l'hôtel, d'aller m'allonger avec elle sur la plage pour regarder les constellations. Mais Lizzie reste les yeux rivés sur le bois de la table.

Je rentre à l'hôtel avec Clint Eastwood. Nous sommes seuls sur la plage. La nuit est tombée. Au loin, les bateaux de pêche au calamar, posés sur l'horizon, attirent les prises à la surface à l'aide de la lumière de leurs projecteurs. Clint Eastwood court en avant, fouille le sable du bout du museau pour trouver de la nourriture, et moi je pense avec une certaine douleur à toutes les Américaines que j'ai aimées. Des filles aux doux noms de Pamela, Angela, Stephanie, Joy. Lizzie s'ajoutait maintenant à la liste.

Un jour, l'une d'entre elles m'avait envoyé une carte postale de Miami. Une rangée de palmiers devant une résidence rose. « Bonjour, toi, avait-elle écrit. Je voulais juste te dire bonjour et te remercier pour les belles balades que tu m'as fait faire. Là, je suis à South Beach, c'est les vacances de printemps. Ce n'est pas aussi beau que chez toi, de loin. Si jamais tu viens aux USA, fais-moi un coucou, d'accord ? » Très gentil de sa part, sauf qu'elle ne m'avait pas dit où elle habitait, et qu'il n'y avait pas d'adresse d'expéditeur sur la carte postale. Je l'avais emmenée voir les phosphorescences dans une baie de l'île, et quand elle m'avait confié n'avoir jamais rien vu d'aussi miraculeux, je lui avais avoué que je l'aimais. Elle s'était contentée de rire et avait couru dans la mer, laissant dans son sillage une queue de comète bleue phosphorescente. Chaque fois qu'elles me font ça, je jure que je n'en aimerai jamais une autre. Je pense à Lizzie et à Hunter qui sont encore au restaurant, et je fais le serment que, là, c'est vraiment la dernière fois que je tombe amoureux d'une fille comme elle.

Arrivé à la moitié de la plage, je découvre Surachai, assis dans un manguier. Il est caché au milieu du feuillage, à cheval sur une branche, adossé au tronc.

filer vers un groupe de farangs sur la plage. Je l'appelle, mais mon cochon ne m'écoute pas.

C'est Hunter qui arrive avec ses amis. Ils rient, se tapent dans le dos et se sautent les uns sur les autres pour se faire tomber dans le sable. Lizzie les accompagne en silence, tête basse, s'efforçant de ne pas faire attention à leur chahut. Dès qu'elle voit Clint Eastwood arriver à sa rencontre, elle me cherche des yeux. Mais nous sommes invisibles de là où elle se trouve. Elle ne se doute pas du tout de notre présence.

« Encore cette saleté de cochon ! » braille Hunter.

Ils rient, lâchent des éructations de goret, lui lancent des coups de pied. Clint Eastwood est pris de panique. Il glapit. Il se sauve. Les jeunes Américains le poursuivent, essaient de le plaquer au sol. Lizzie leur ordonne de le laisser tranquille, mais ils ne l'écoutent pas. Clint Eastwood est rapide. Il les ridiculise, tourne dans un sens, dans l'autre, slalome d'avant en arrière dans le sable. Plus ils le pourchassent, plus Clint Eastwood perfectionne ses esquives, plus ils se mettent en colère. Ce qui n'était d'abord qu'un jeu prend pour Hunter et ses amis la dimension d'une étrange mission. La traque s'organise. Les mouvements de leurs ombres traduisent une stratégie. Ils essaient de coincer le cochon, de le piéger, mais Clint Eastwood se faufile, leur glisse entre les doigts comme s'il était enduit de savon.

Je m'aperçois pourtant qu'il commence à se fatiguer. Il ne va plus tenir le rythme longtemps. C'est un vieux cochon. Je m'apprête à descendre du manguier, mais Surachai me retient par le poignet.

« Attends. »

Il rampe vers le bout d'une branche, tend le bras pour cueillir une mangue, et, d'un mouvement rapide, lance le fruit sur la plage. La mangue atteint un des garçons en plein sur l'épaule.

Je l'entends s'exclamer : « Merde ! Qu'est-ce que c'est ? » Il regarde vers notre arbre tout en continuant à poursuivre Clint Eastwood.

Ils l'entourent, maintenant. Il est encerclé. Il n'y a plus d'issue pour mon cochon.

J'imite Surachai, et récupère autant de mangues que possible. Nos munitions volent dans la nuit. Certaines manquent leur cible, mais d'autres les touchent au visage, à la tête, au ventre. Certaines frappent Lizzie par accident, mais au point où j'en suis, je m'en fiche. Je ne vise pas vraiment. Je grimpe dans l'arbre comme un gibbon. Me balançant gracieusement de branche en branche, j'attrape tous les fruits qui me tombent sous la main, mûrs ou non. Surachai se met à pousser des cris de singe, et je me joins à ses vociférations. Cette fois, ils se tournent tous vers nous, les quatre farangs, pour essayer d'éviter les mangues qui pleuvent sur eux.

C'est alors que je vois Clint Eastwood détaler discrètement. Mon cochon court dans la mer, son groin rose fend la surface sombre des flots, des phosphorescences scintillent autour de sa tête comme une couronne d'étoiles bleues, et moi, en jetant mes mangues de toutes mes forces, je pense : Vas-y, nage, Clint, nage !

Café Lovely

Il m'arrive parfois de rêver que mon frère a le visage en feu : ses yeux bruns – des yeux qui ressemblent énormément aux miens – me fixent à travers un abominable masque de flammes. Je me réveille, une odeur de chair brûlée dans les narines, l'image terrifiante de son visage embrasé encore sur la rétine, et, dans l'obscurité, j'ai de nouveau onze ans. Je n'ai pas encore appris à braver les interdits. Je ne sais pas encore ce qu'est le vrai chagrin ni que je peux avoir pitié de nous – mon frère, ma mère et moi. Je suis avec Anek à Bangkok, assis sur le toit de la maison de notre mère ; nous fumons des cigarettes en regardant les gens passer à bicyclette pendant que les voisins ouvrent à leurs chiens galeux qu'ils laissent courir en liberté dans les rues la nuit.

C'était un samedi. Le samedi, on ne brûlait pas les ordures dans la décharge municipale derrière chez nous. Nous pouvions de nouveau respirer. Nous ne serions pas obligés de fermer toutes les fenêtres pour nous protéger de la puanteur, et de dormir dans une chaleur étouffante. En bas, nous entendions maman préparer le dîner dans la cuisine extérieure. Le choc des casseroles ; les effluves chauds de riz qui montaient paresseusement jusqu'à nous.

« Alors, petit frère, a dit Anek en écrasant sa cigarette sur le toit de tôle ondulée. On mange quoi, ce soir ? » J'ai humé l'air. J'avais encore de l'odorat, à l'époque. *Un vrai chien*, s'était vanté Anek un jour auprès de ses copains. *Mon petit frère, il sent ta mère qui chie à l'autre bout de la ville.*

« Du riz.
— Je suis au courant.
— Des haricots verts. Des œufs sur le plat.
— Pas de viande ?
— Non. Je ne sens pas de viande.
— Oï. » Anek a jeté une feuille par-dessus le bord du toit, qui a flotté une seconde avant de plonger vers la rue. « J'en ai marre. J'en ai jusque-là des haricots. »

Notre père était mort depuis quatre mois. L'indemnité versée par l'usine s'épuisait. Tout ça pour une grue défectueuse et une caisse de la taille de notre maison, remplie de petits jouets en bois destinés aux enfants d'Amérique. Vu la taille de notre maison, la caisse ne devait pas être énorme, mais quand même assez grosse pour tuer un homme en lui tombant sur la tête d'une hauteur de dix mètres. À la cérémonie funèbre, j'avais été surpris par ma quasi-indifférence, comme si ce n'était pas notre père couché là devant nous, dans cette caisse en hévéa, pas son corps qui grésillait et crépitait avec des bruits de petit bois dans le four du temple, mais une reproduction très ressemblante de lui au repos. Je m'étais souvenu du jour où papa nous avait emmenés au musée de cires, et j'avais pensé qu'il avait commandé sa statue grandeur nature, et que nous allions le voir arriver d'une minute à l'autre pour assister à ses funérailles.

Après la crémation, nous étions allés jeter ses cendres à Pak Nam avec maman. Nous avions pris un petit bateau de six places pour descendre l'estuaire jusqu'au point où les eaux brunâtres du fleuve se jettent dans le vert de la mer. Nous nous étions penchés tous les trois par-dessus bord, et avions versé ensemble le contenu de la petite urne métallique pendant que maman essayait de murmurer une prière à travers ses larmes.

Anek a rallumé une cigarette.
Je lui ai demandé : « Tu sors, ce soir ?
– Oui.
– Je peux venir ?
– Pas question.
– Mais tu as dit la dernière fois…
– Arrête de chouiner. Je sais ce que j'ai dit. Je t'ai dit peut-être. Peut-être, on verra. Je ne t'ai rien promis, mon gars. Je ne t'ai pas menti. "Peut-être", ça n'a jamais voulu dire "oui", il me semble. »

Un mois plus tôt, pour mon anniversaire, Anek m'avait emmené dans le nouveau fast-food américain du centre commercial de Sogo. Quel bonheur, pour moi ! Toute la semaine, j'avais rêvé de hamburgers et de frites, de sodas bien frais et de salle climatisée. Pendant le trajet, les bras serrés autour de la taille de mon frère sur la moto vrombissante, je m'étais imaginé assis en face de lui à l'une de ces magnifiques tables en plastique. Comme deux bons copains. Après tout, c'était mon anniversaire, il ferait un effort. Nous ressemblerions aux étudiants que j'avais vus à travers les hautes baies vitrées, en train de rire et de boire à la paille dans leurs gobelets. Après, nous sortirions sous le soleil d'été, un sundae crémeux à la main, le bras de mon frère passé sur mes épaules.

Le restaurant était bondé d'étudiants et de familles curieuses d'essayer le fast-food américain. Autour de nous, les gens dévoraient leur repas avec avidité. Je sentais l'odeur de bœuf grillé, j'entendais l'huile d'arachide bouillonner dans les friteuses. J'avais levé des yeux perplexes vers le menu illuminé, au-dessus du comptoir.

« Je ne sais pas quoi prendre, Anek.

– Ne t'en fais pas. Je sais ce qui va te plaire. »

Après avoir fait la queue à la caisse pour commander, nous avions emporté notre plateau vers une table vide. Anek avait prétendu qu'il n'avait pas faim, mais je m'étais douté qu'en fait, il n'avait de quoi commander que pour moi : un petit hamburger et une petite frite. Je préférais ne pas lui poser de questions. J'avais trop peur de le mettre en colère, surtout que c'était mon anniversaire, et que depuis la mort de papa l'argent était un sujet délicat. En allant à la table, je lui avais proposé de partager le hamburger et les frites, parce que je ne pourrais sans doute pas les terminer tout seul.

Mon frère avait beau me répéter depuis un mois que c'était un restaurant génial et délicieux, il n'avait pas l'air très à l'aise. Il jetait des coups d'œil nerveux autour de lui, et j'avais soudain compris que, pour lui aussi, cela devait être la première fois. Nous avions mis nos vêtements les plus chic pour l'occasion : Anek son blue-jean et son polo blanc, moi mon pantalon de treillis et ma chemise rouge. Malgré tout, nous n'étions pas à la hauteur des autres jeunes qui s'habillaient au centre commercial alors que nous, nous achetions de mauvaises contrefaçons au marché du week-end.

Assis en face de moi, Anek me regardait. Il m'avait souri, m'avait passé une main fraternelle dans les cheveux. « Joyeux anniversaire, mon gars. Régale-toi.

– Merci, Anek. »

J'avais dépiauté mon hamburger et soulevé le dessus du petit pain pour voir à l'intérieur. De la viande grise, des cornichons ramollis, un zigzag de moutarde jaune et de ketchup rouge qui imbibaient la mie. Anek regardait la route dehors. J'avais été saisi par le besoin de manger le plus rapidement possible pour pouvoir déguerpir au plus vite. Je n'étais plus du tout aussi content. Une drôle d'odeur de rance montait jusqu'à moi, que je n'avais encore jamais sentie nulle part, comme du poisson palaa laissé trop longtemps au soleil. Plus tard, j'ai découvert que c'était le fromage.

J'avais pris quelques bouchées prudentes sur le bord, avant d'atteindre la viande hachée. J'avais mâché, mâché, mâché, puis j'avais fini par avaler. La masse compacte était descendue lentement dans mon gosier. J'avais repris une bouchée. Et soudain, un haut-le-cœur avait fusé, aussi fulgurant que les feux d'artifice plantés dans des bouteilles, que je faisais partir avec Anek devant l'épicerie d'Apae pour l'énerver. Je me souviens d'avoir pensé : Oh merde ! Merde, non, par pitié ! Mais avant d'avoir le temps de respirer pour que ça se tasse, tout était remonté. J'avais vomi sur le lino américain impeccable.

Un silence s'était fait dans la salle, suivi par quelques ricanements.

« Mais quel enfoiré ! avait sifflé Anek.

– Pardon, Anek.

– Espèce de saloperie de gonzesse de suceuse de macaque de putain de ta mère ! »

Je m'étais essuyé la bouche avec le bras. Anek m'avait fait lever et m'avait traîné vers la double porte vitrée en m'agrippant par le col. J'avais tenté de lui redemander pardon, mais avant que les mots aient le temps de franchir mes lèvres, j'avais eu l'impression que mon cœur allait exploser, et, juste au moment où nous sortions, j'avais envoyé un jet de vomi vert-de-gris sur le ciment brûlant.

« Mais bordel de bon Dieu de merde ! Pourquoi ça m'arrive à moi ? avait gémi Anek en levant le visage vers le ciel. Pourquoi, mon Dieu ? Pourquoi m'as-tu abandonné ? » Anek et moi, nous regardions beaucoup de films chrétiens à la télé.

Quand, une heure plus tard, nous nous étions arrêtés à un feu, j'avais encore mal au cœur, serré contre le dos de mon frère, au milieu des épais nuages de gaz d'échappement qui nous environnaient. Anek s'était tourné vers moi, et avait dit : « C'est bien la dernière fois que je t'emmène. Je n'y crois pas. Dépenser tout ce pognon pour une gerbée de dégueulis. Pour toi, les hamburgers, c'est fini, putain. »

Nous avons attendu de voir le soleil se coucher sur le quartier, un déploiement magnifique de rouges, d'oranges, de violets, de bleus. Anek disait que les couchers de soleil de Bangkok étaient les plus beaux du monde. « C'est à cause de la pollution. Ça fait ressortir les couleurs du ciel. » Ensuite, après avoir fumé les dernières cigarettes, nous sommes descendus du toit.

Pendant le dîner, comme d'habitude, nous nous sommes à peine adressé la parole. Maman parlait de moins en moins depuis que la caisse de jouets avait tué notre père. Elle branlait la tête, de droite à gauche, de haut en bas, de gauche à droite, de bas en haut. Nous mangions nos haricots du bout des lèvres, noyions notre riz sous un déluge de sauce de poisson.

« Merci pour le dîner, maman. »

Un hochement de tête.

« Oui, maman, c'est délicieux. »

Encore un hochement de tête.

Non seulement maman avait arrêté de parler, mais elle faisait de plus en plus mal la cuisine. Nous ne disions rien pour la ménager. Plus grave encore, elle était passée maîtresse dans l'art de se déplacer sans bruit dans la maison. À l'époque, on aurait cru une revenante. Elle s'était renfermée sur elle-même. Elle ne veillait plus sur nous : elle veillait, tout court. Par exemple, je gribouillais dans mon cahier à la table de la cuisine, et je m'apercevais soudain que maman était assise à côté de moi, et qu'elle me fixait, le menton posé sur la main. Ou Anek et moi nous faisions les fous dans la cuisine extérieure après le dîner, en nous jetant des seaux d'eau de vaisselle sale à la tête, et nous découvrions maman derrière nous, appuyée au ciment poussiéreux du mur de la maison. Anek m'avait raconté qu'elle l'avait surpris en train de se masturber dans la salle de bains. Il ne s'était rendu compte de rien jusqu'au moment où elle avait refermé la porte avec un grand claquement pour bien lui signifier qu'elle l'avait vu. Après, Anek n'avait plus pu se toucher pendant des semaines, et moi non plus.

Un soir, j'avais vu maman qui se regardait dans la glace de sa chambre, étonnée comme si elle ne reconnaissait plus son visage exsangue. J'avais l'impression que la mort de papa l'avait rendue spectatrice de sa propre vie, quoique, à la réflexion, je me demande maintenant si elle n'attendait pas tout simplement que nous remarquions son chagrin. Mais nous n'étions encore que des enfants, Anek et moi, et quand les enfants commencent à comprendre la gravité des souffrances de leurs proches, ils cessent d'être des enfants.

« Il faut qu'elle se soigne, a déclaré Anek après la vaisselle, ce soir-là.

– Elle est triste, c'est tout.

– Écoute, moi aussi je suis triste, d'accord ? Est-ce que je suis devenu muet ? Est-ce que je me trimballe dans la maison sur la pointe des pieds comme une putain de tortue ninja ? »

Je n'ai pas insisté. Je n'étais pas d'humeur à discuter, en tout cas pas avec Anek. Il se fâcherait si nous parlions de papa, de sa mort, de la réaction de maman. En ce temps-là, je n'avais pas appris à canaliser la colère de mon frère. J'avais seulement désespérément besoin de son amour.

L'incident du hamburger avait dû donner des remords à Anek, car il a commencé à m'apprendre à conduire la moto, une vieille Honda 350 que mon père avait prise tous les matins pour aller à l'usine. Après sa mort, maman avait voulu la vendre, mais Anek l'avait convaincue de la garder. Il avait prétendu qu'elle ne valait pas grand-chose, qu'elle avait besoin de trop de réparations. Moi, je savais que mis à part quelques dommages superficiels – des éraflures, un garde-boue arrière cabossé, des trous de rouille dans le pot d'échappement –, la moto était en parfait état de marche. Anek voulait la garder. Depuis un an, il se plaignait d'être le seul de sa bande à ne pas en avoir. Nous passions des heures chez le concessionnaire du centre commercial. Mon frère déambulait entre les motos flambant neuves, pendant que je le suivais en pensant à autre chose. Sur le moment, j'avais cru que mon frère mentait à ma mère par égoïsme, mais maintenant j'ai compris que papa ne nous avait pas laissé grand-chose. Cette Honda, c'était l'héritage d'Anek.

Il donnait un coup de kick pour moi parce que je n'avais pas la force de la démarrer tout seul, puis je sautais en selle devant lui, et je faisais lentement le tour du quartier, Anek à l'arrière.

« Je vais te faire la peau, petit merdeux ! Je t'étripe si tu me fous ma bécane en l'air ! hurlait-il quand j'abordais un tournant trop vite, ou quand j'avais du mal à corriger la trajectoire après un virage. Je vais te clouer à une putain de croix comme cet enfoiré de Jésus-Christ ! »

Mes pieds atteignaient à peine la pédale des vitesses, mais en moins d'une semaine, j'ai appris à passer la seconde en glissant de la selle. J'accélérais, je débrayais, je descendais selon ma technique et j'enclenchais la vitesse. Nous longions la déchetterie à vingt, vingt-cinq kilomètres à l'heure, et les dek khaya, les enfants de la décharge qui vivaient avec leurs familles dans des cahutes sur les tas d'ordures, couraient à côté de nous en nous criant d'accélérer, et en demandant à Anek s'ils pouvaient avoir leur tour.

Je commençais à comprendre l'intérêt qu'Anek trouvait à ses visites chez le concessionnaire. Je prenais goût à la vitesse.

« Je ne veux pas que tu ailles plus vite, m'a dit Anek un jour alors que nous rentrions chez nous. La seconde, ça suffit pour l'instant.

– Je te jure que je peux, Anek.

– Grandis d'abord. Il te faut plus de muscle.

– Allez, Anek, s'il te plaît. C'est trop lent, la seconde. C'est bête.

– Je vais te dire ce qui est bête, petit frère. Ce qui est bête, c'est que tu n'as que onze ans. Ce qui est bête, c'est que tu prends les virages en zigzaguant comme un ivrogne. Ce qui est bête, c'est que tu n'atteins même pas la pédale des vitesses. T'as qu'à grandir. Prends vingt bons centimètres, et après on reparlera de la troisième. Et encore. »

« Pourquoi je ne peux pas venir ?
– Parce que.
– Mais tu as dit, la semaine dernière…
– Je t'ai déjà répondu, gerbeur. Je sais ce que j'ai dit la semaine dernière. Je t'ai dit peut-être. C'est pourtant pas difficile à comprendre ! Je n'ai pas dit "Oh oui ! Génial, ça marche, tu viens ! Je t'adore, t'es mon super pote ! J'ai super envie de te sortir samedi prochain !" J'ai dit ça ?
– Juste cette fois, Anek. Je te jure que je ne t'embêterai pas.
– Pas question.
– S'il te plaît !
– Rien du tout. T'as qu'à rester regarder une série à la maison avec maman.
– Mais pourquoi, Anek ? Pourquoi tu ne veux pas que je vienne ?
– Parce que je vais faire des trucs de mecs. La dernière fois que je t'ai vu à poil, tu étais loin d'être grand, je crois me souvenir.
– Je te jure que je ne te dérangerai pas ! Je resterai dans un coin. Je t'assure, promis. Je ne me mettrai pas dans tes pattes. S'il te plaît, ne me laisse pas tout seul avec maman ce soir. »

Quand nous étions petits, notre mère se parfumait tous les soirs avant le retour de papa. Elle sentait le jasmin fraîchement cueilli. Papa sentait l'eau de Cologne dont il s'aspergeait en sortant de la douche. Même si je ne devais découvrir l'air marin qu'en allant à Pak Nam avec ma mère et mon frère pour éparpiller les cendres de papa, je savais qu'il émanait de lui une odeur de mer. D'instinct. Anek et moi regardions des séries télévisées assis entre eux, et je m'emplissais les poumons de leur senteur, la senteur conjuguée de mes parents, tout en imaginant des millions de petites fleurs blanches flottant à la surface d'un immense océan vert sans fond.

À présent, j'ai oublié ces odeurs, et je me suis même souvent demandé si mon deuil différé et tous mes regrets tardifs ne me les avaient pas fait imaginer après coup.

Anek a fini par céder et m'a emmené avec lui. Nous avons pris la moto pour aller dans le quartier de Minburi par la nouvelle voie rapide, à cheval sur le moteur vrombissant. Nous roulions tellement vite que la peau de mon visage se tendait à craquer. J'avais envie de demander à Anek de ralentir, mais j'avais promis de ne pas l'embêter.

Nous avions remis nos beaux vêtements, toujours les mêmes vieux trucs : jean et polo blanc pour Anek, pantalon de treillis et chemise rouge pour moi. Quand nous étions sortis de la maison, maman avait levé les yeux de la télé avec l'air de demander : *Où allez-vous, habillés comme ça ?* et Anek lui avait dit qu'il m'emmenait à la nouvelle patinoire, qui, paraît-il, était super cool. J'avais même ajouté : « Tu te rends compte, maman, faire du patin à Bangkok ! » Mais elle s'était contentée de hocher la tête, les lèvres pincées, puis avait continué de regarder la télévision.

« "Tu te rends compte, maman"... avait ricané Anek alors que nous sortions.

– Je t'emmerde.

– Hé là ! Attention, mon petit gars ! Ne me donne pas envie de changer d'avis. »

Quand nous sommes arrivés, j'ai été très déçu. Je m'étais attendu à trouver un endroit avec des boules à facettes, des lumières multicolores, et des centaines de gens en train de danser sur de la musique américaine à plein volume, comme j'en avais vu dans le quartier à l'ouest de chez nous, où se retrouvaient les farangs la nuit. Ça n'avait rien à voir. Ce n'était qu'une sorte de petit bar, pareil à des milliers d'autres en ville, tout petit, un étage, bas et banal, un carré de béton défraîchi. Une enseigne au néon rose clignotait dans la vitrine fumée. Il y avait écrit en anglais CAFÉ LOVELY. Le son étouffé d'une musique traditionnelle traversait la rue.

« Quoi, c'est là qu'on va ?

– Je peux te ramener, si tu préfères. C'est pas difficile. »

À l'intérieur, le café sentait la naphtaline. Il y avait un vieux juke-box dans un coin. Deux filles en minijupe et en débardeur, très maquillées, dansaient en roulant des hanches avec d'assez vieux types chauves du coin. Ils n'avaient pas l'air à l'aise avec les filles dans leurs bras ; ils ne dansaient pas en rythme, et agrippaient leur taille fine avec leurs grosses mains. Dans un coin sombre, d'autres filles étaient assises à une table. Elles riaient en poussant des piaillements d'oiseaux. Je n'en avais jamais vu autant de ma vie.

Trois copains d'Anek étaient déjà installés à une table.

« Alors, tu fais du baby-sitting ? a demandé l'un d'eux en rigolant.

– Désolé, a répondu Anek, gêné, pendant qu'on s'asseyait. Ça me faisait mal au cœur de le laisser seul avec ma cinglée de mère.

– T'as faim, mon gars ? s'est enquis un autre. Tu veux un hamburger ?

– Non, merci.

– Arrête, a dit Anek. Fous-lui la paix. On fait comme s'il n'était pas là, c'est tout. »

Le morceau s'est achevé. Une des filles a pris un escalier, au fond, en entraînant un des types par la main. J'ai aussitôt compris. Je me suis demandé si Anek, lui aussi, allait monter à la fin de la soirée. Même si l'apparence miteuse de l'établissement m'avait déçu, j'étais maintenant très intéressé par ses possibilités.

Anek avait dû me voir regarder ce qui se passait, car il m'a donné une grande claque à l'arrière de la tête. « Ouille ! j'ai crié en me frottant le crâne avec la paume. Ça fait mal, merde !

– Mate pas, bonhomme.

– Vaut mieux pas, a renchéri un de ses copains, celui qui avait demandé si je voulais un hamburger. Faut pas te faire trop d'idées, sinon le sida va te bouffer la quéquette.

– Y bouffera celle de ta mère d'abord. » Ma réponse les a tous fait rire, y compris mon frère Anek, qui a dit « Mortel ! », et m'a souri pour la première fois de la soirée.

Un soir, quand j'avais neuf ans, Anek était rentré à la maison en se vantant que papa l'avait sorti pour l'anniversaire de ses quinze ans. La décharge brûlait : la lueur rougeoyante du tas de déchets illuminait le ciel. Les fenêtres avaient beau être fermées, l'odeur aigre et répugnante des pneus, du plastique et des ordures en train de se consumer s'infiltrait à l'intérieur. Je dormais en slip, et deux ventilateurs tournaient à plein régime, tous les deux dirigés vers moi. Anek était entré dans la chambre, s'était déshabillé, et m'avait collé la main sous le nez.

« Je parie que tu ne sais pas ce que ça sent. »

J'avais reniflé. On aurait dit de l'awsuan, des huîtres cuites dans du jaune d'œuf, mais je me doutais bien que ce n'était pas de la nourriture.

« C'est quoi ? »

Anek avait rigolé.

« Anek, c'est quoi ?

– Ça, mon petit frangin, c'est l'odeur… » Il avait porté les doigts à son nez et avait respiré à fond. « … du paradis. »

Je l'avais regardé sans comprendre.

« D'une femme, petit frère. Tu sais ce que c'est ? Papa m'a emmené au sophaeni ce soir. Et mon vieux, je peux te dire que le jour de tes quinze ans, quand il t'emmènera là-bas, tu ne seras plus le même homme. Cette odeur… » Il avait de nouveau mis la main sous son nez. « … putain, ça va changer ta vie. »

Anek et ses amis s'étaient déjà servi quelques verres pendant que moi, je buvais lentement mon Coca en partageant mon attention entre leurs blagues et les filles de l'autre côté de la salle, quand un des copains d'Anek s'est levé. « Les mecs, vous avez vu l'heure ? »

D'abord je n'ai rien compris. J'ai cru qu'il était bourré, mais Anek aussi s'est levé et il a dit au barman que nous allions prendre l'air cinq minutes. Une des filles s'est approchée, elle a posé la main sur l'épaule d'Anek et elle a demandé : « Vous partez déjà ? » Anek lui a répondu de ne pas s'inquiéter, d'attendre un peu, qu'il allait revenir lui faire ce qu'elle voulait dans pas longtemps. La fille m'a lancé un clin d'œil. « C'est qui ce beau petit garçon ? » Je lui ai rendu son sourire mais évidemment il a fallu qu'Anek déconne. « C'est mon puceau de frangin », il a sorti, ce que j'ai trouvé des plus énervant parce que c'était la première fois qu'une fille me faisait de l'œil, et que je la trouvais belle.

Je suis sorti du Café Lovely avec Anek et ses copains, et nous sommes allés dans un petit passage donnant sur la rue. Anek n'avait pas voulu me laisser seul dans le bar. Il avait dit que ça ne se faisait pas d'abandonner un petit garçon dans un endroit pareil, mais j'avais bien vu qu'il n'avait pas non plus envie que je vienne. En entrant dans le passage obscur, j'ai tout de suite compris qu'on ne risquait pas d'y prendre l'air.

Dès que nous nous sommes arrêtés, un ami d'Anek a tiré un pot de solvant à peinture d'un sac en plastique. « Bon, on y va », a-t-il dit en faisant pression sous le couvercle avec un canif pour l'ouvrir. Le couvercle a sauté avec un grand plop ! Il a roulé par terre dans le noir, et il s'est arrêté en tournoyant au pied d'une poubelle. Sur sa trajectoire, des ombres de cafards ont détalé. Là, j'ai identifié l'odeur qui régnait dans le passage : une odeur de cafard. Froide, humide, comme la pièce du fond où maman avait remisé les affaires de notre père. Le pote d'Anek a versé la moitié du pot dans le sac en plastique, un liquide épais et transparent dont le poids a formé une grosse poche. Pendant ce temps, les autres ont jeté leurs cigarettes dans le caniveau. Le solvant sentait fort, des vapeurs entêtantes qui me perforaient les narines et me rappelaient le produit de fumigation que papa et Anek utilisaient autrefois pour traiter la maison. Le pote d'Anek a sorti un autre sac en plastique de sa poche arrière, dans lequel il a enfermé le premier sac de solvant.

« C'est bon. » Il a tendu le double sac d'une main, l'offrant aux autres un peu comme les bouchers au marché soulèvent les poulets morts par le cou. Une nouvelle chanson démarrait dans le juke-box du café, et un vieil air de musique populaire flottait toujours jusqu'à nous. « Qui commence ? »

Ils sont restés les mains dans les poches une seconde, puis Anek a saisi le sac d'un geste impatient.

« Allez, qu'on en finisse, a-t-il dit. Mais moi, les mecs, je prends juste un snif et basta ! Ça ne me plaît pas trop de mêler mon frangin à cette saloperie. »

C'est là que j'ai compris ce qu'ils fabriquaient. Je savais ce que c'était que de sniffer, mais j'avais toujours cru que c'était un truc de gosses ou de clodos en manque des bidonvilles de Klong Toey qui passaient leur vie la tête plongée dans des pots de néoprène. Là, j'ai eu très peur, au point de vouloir arracher le sac des mains de mon frère, mais je mourais d'envie de le voir faire, et même de l'imiter, pour leur montrer, à lui et à ses amis, que ça ne me faisait ni chaud ni froid.

Anek a porté l'ouverture du sac à son menton. Il a pris une grande inspiration, si profonde que son corps, penché en arrière, ressemblait à l'élastique d'un lance-pierre, puis il a soufflé dans le sac, le gonflant comme un ballon, une partie du visage couverte par les bords libres qui claquaient avec des bruits de voile agitée par le vent. Le sac a grossi, grossi, au point que j'ai eu peur qu'il n'éclate, et que le solvant n'asperge tout le monde. Pendant tout ce temps, Anek ne cessait pas de me regarder ; plus il soufflait, plus il avait les yeux exorbités. Il soufflait, soufflait, soufflait, et j'ai compris qu'il soufflait particulièrement longtemps parce qu'un des mecs a dit : « Ça suffit, putain, aspire, Anek », ce qui ne l'a pas empêché de continuer de souffler tout en me fixant avec des yeux qui lui sortaient de la tête. Je ne sais pas quel message il voulait me faire passer en me regardant comme ça, mais je me souviens d'avoir remarqué pour la première fois qu'il avait les yeux de notre mère. Il a fini par inhaler, par ravaler tout l'air qu'il avait soufflé. Le ballon s'est vidé, et puis mon frère a fermé les paupières très fort en vacillant, comme un boxer surpris par un coup en traître, et j'ai bien vu que le produit qu'il avait aspiré, cette odeur qu'il avait absorbée, l'avait mis complètement K.-O. Il a tendu le sac à l'un des autres mecs, et puis il m'a dit : « Allez, frangin, on se tire. » Je suis sorti avec lui du passage obscur et nous nous sommes retrouvés dans la rue, pas beaucoup mieux éclairée.

Des années plus tard, alors que j'étais dans un autre passage, avec des amis à moi, cette fois, un des mecs, shooté à la peinture aérosol, a allumé une cigarette sans y penser après avoir sniffé, et de grandes flammes bleues ont embrasé son visage. Pris de panique, il s'est mis à galoper dans tous les sens. Il se cognait aux murs, trébuchait, tombait et se relevait, moulinait des mains autour de son visage en feu comme s'il essayait d'écarter un essaim d'insectes qui l'attaquait. Et tout ça sans un bruit ; il courait, muet de terreur, pendant que sa figure brûlait et que les flammes, en se communiquant à ses cheveux et à ses vêtements, le transformaient en allumette géante de forme humaine. L'espace d'un instant, personne n'a compris ce qui se passait – certains ont même ri, mais pour la plupart, nous étions complètement ahuris. Je me suis lancé à sa poursuite, je l'ai plaqué au sol et j'ai étouffé les flammes avec mon tee-shirt. Il avait les yeux fous. On s'est regardé un moment sans rien dire, puis il s'est mis à pleurer en poussant de grands cris sous moi, le corps agité de tremblements, alors qu'une immonde odeur de chair grillée et de cheveux cramés emplissait le passage. Les flammes avaient complètement consumé ses cils et ses sourcils. Il avait les paupières rouges, à vif. Son visage a gonflé tout de suite, de grosses cloques blanches apparaissaient ici et là. Et lui, il sanglotait, appelait sa mère et son père, poussait des braillements suraigus et incohérents d'enfant en détresse.

À notre retour dans le café, j'ai vu que l'effet du solvant se faisait sentir. Anek n'arrêtait pas de se balancer sur sa chaise en écarquillant les yeux. Il a pris une grande goulée de whisky, puis il s'en est servi un autre. J'ai compris qu'on n'allait pas rentrer de sitôt. La fille qui m'avait fait un clin d'œil a traversé la salle pour s'asseoir à notre table. Elle m'a passé un bras sur les épaules et je me suis crispé. Elle sentait la menthe, comme le talc qui chatouille dont Anek et moi nous saupoudrions le corps pour ne pas avoir trop chaud la nuit.

« Salut, beau mec.
– Salut. »

J'ai terminé mon Coca. À l'autre bout de la salle, les autres filles nous regardaient en riant entre elles.

« C'est mon frère, a dit Anek d'une voix pâteuse.
– Je sais. »

J'ai remarqué en riant : « Il est un peu pété.
– On dirait.
– Ouais ! a fait Anek avec un sourire de grand séducteur. Juste un peu.

– Où sont les autres ? m'a-t-elle demandé.
– Dehors.
– Et toi, beau mec, t'es pété ?
– Non.
– Tu en as déjà pris ?
– Ben tiens ! Y a intérêt ! Des tas de fois. »

Elle a ri aux éclats en jetant la tête en arrière. Odeur mentholée. Mon cœur cognait à tout rompre. J'avais envie de frotter ma main sur ses lèvres carmin pour étaler le rouge. J'ai attrapé les Krong Thips d'Anek sur la table, et m'en suis allumé une.

« Ce que t'es chou », a-t-elle dit en me pinçant la joue. Je suis devenu tout rouge. « Mais tu ne devrais pas fumer ces saletés à ton âge.

– Je sais, ai-je répondu avec un sourire en reprenant une bouffée. Les cigarettes, c'est pas bon.

– Allez », a dit Anek en se levant brusquement. Il vacillait un peu sur ses jambes. Il lui a enlevé la main de mon épaule. « Allez, a-t-il répété en indiquant l'escalier d'un signe de tête. On monte. »

Elle s'est levée en laissant une main molle dans celle de mon frère, et je suis resté assis entre eux.

« Et le gamin ? a-t-elle demandé en baissant les yeux sur moi.

– Y a rien à craindre.

– On ne devrait peut-être pas, ce soir, Anek. On ne devrait pas laisser ton petit frère seul.

– Bon, gerbeur, a dit Anek, tu vas pouvoir rester tout seul ? »

J'ai levé la tête vers mon frère. Il tenait encore la main de la fille. J'ai tiré à fond sur ma cigarette.

« Ouais ! bien sûr. Je ne suis plus un bébé. »

Anek s'est marré, et j'ai eu envie de lui faire ravaler son sourire. Ça me mettait en rage. Je ne voulais pas qu'il m'abandonne. Il a dû le sentir, parce que soudain, il a eu l'air un peu triste. Il a lâché la main de la fille pour me tapoter la tête.

« C'est pas grave, tu sais, a-t-il fini par dire, t'as pas besoin de faire le dur tout le temps. » Il a respiré un grand coup, et sa voix s'est raffermie, son regard s'est réveillé. « Tu vas voir. Je vais choisir une chanson dans le juke-box, et puis Nong et moi, on va danser. Ensuite, on va monter un petit moment. Pas longtemps. On ne va pas traîner, c'est promis. Après, si tu veux, on rentrera, d'accord ? » J'ai repris une bouffée sans rien répondre, en lorgnant les filles dans leur coin pour ne pas avoir à regarder mon frère en face.

Elle l'a conduit sur la piste de danse. Ils se sont arrêtés au juke-box, et il a fait tomber quelques pièces dans la machine en se retenant d'une main. Un disque s'est enclenché, et le son aigu de flûtes de l'Isan a entamé les premières mesures, accompagné de xylophones et d'un tambourin. Anek a pris maladroitement la main de la fille, il a passé un bras autour de sa taille, et ils ont commencé à évoluer au rythme de la musique. Ils étaient collés, le menton posé sur l'épaule l'un de l'autre, sauf que la fille devait trouver mon frère trop près à son goût parce qu'elle s'est écartée à plusieurs reprises. Ou alors, déséquilibré par la drogue et l'alcool, il l'entraînait avec lui. Au bout d'un moment, ils n'ont plus du tout eu l'air de danser : on aurait dit qu'ils se raccrochaient l'un à l'autre pour ne pas tomber, se rentraient dedans puis retombaient en arrière.

Au départ, je n'avais pas reconnu l'air : j'avais cru qu'il ne s'agissait que d'une chanson populaire parmi tant d'autres, mais quand la voix de tête de la chanteuse s'est élevée sur le fond musical, je me suis souvenu que c'était un vieux disque de maman, un air qu'elle écoutait avec papa en début d'après-midi, des heures avant que l'inépuisable montagne d'ordures ne recommence à brûler derrière chez nous. Ces jours-là, l'arôme du curry et du poisson à la sauce au tamarin qui mijotaient dehors sur la cuisinière se répandait dans la maison, et à l'instant où j'ai entendu cette chanson, je jure que l'odeur m'est revenue dans les narines.

Ô bien-aimé, si triste fut mon départ...

J'ai regardé Anek et la fille. Elle ne devait pas avoir plus de seize ans – elle était plus jeune que mon frère – mais je me suis aperçu que c'était elle qui le portait, le dirigeait, menait la danse. Je me suis demandé combien d'hommes elle avait déjà soutenus ce soir-là, combien d'autres elle tiendrait au cours des milliers de nuits qui s'étendaient devant elle. Je me suis demandé si elle trouvait déjà la charge insupportable, et si, un jour, j'ajouterais mon propre poids à ce fardeau. Elle le serrait fort contre elle à présent, mais lui, il s'est écarté et a perdu le rythme, ce qui ne les a pas empêchés de continuer à tourner sur la piste, aussi lentement et langoureusement que la chanson.

... Je suis lasse, je suis brisée, je suis perdue...

À la fin du morceau, ils se sont détachés l'un de l'autre. Anek a pris la fille par la main et l'a conduite à l'escalier. Pendant qu'ils montaient, la fille a dit quelque chose à mon frère, et ils se sont arrêtés pour se tourner vers moi. Mon frère a eu un sourire gêné, et il m'a adressé un signe de la main. J'ai détourné les yeux en faisant semblant de ne pas le voir, et j'ai remué la cendre du cendrier avec ma cigarette. Quand j'ai relevé la tête, ils avaient disparu.

Le silence est retombé dans la salle. Un homme d'âge mûr au crâne dégarni est descendu. Il s'est dirigé vers la porte d'un pas rapide et assuré, comme s'il avait hâte de partir. Quand il est passé devant ma table, j'ai perçu une odeur qui m'est restée dans les narines un moment. Il sentait les gombos.

Je me suis levé. Je ne sais pas ce qui m'a poussé à monter. Peut-être une simple curiosité d'enfant. Ou alors une envie de voir, une fois pour toutes, à quels secrets, quels péchés, quels réconforts menaient ces marches. Peut-être aussi le désir de récupérer Anek avant qu'il ne commette cet acte que j'imaginais si mal.

Je croyais qu'il ferait noir, et j'ai été très surpris, en arrivant sur le palier, de trouver un couloir bien éclairé, bordé de portes closes des deux côtés. Un parfum sucré, écœurant, flottait dans l'air, comme si on avait voulu couvrir une mauvaise odeur. Les murs nus brillaient sous des néons bourdonnants. Une nouvelle chanson est montée d'en bas, et puis des rires qui provenaient de la table des filles. J'ai longé lentement le couloir ; les bruits du rez-de-chaussée se sont assourdis, comme si j'avais pris pied dans un autre monde en laissant un murmure distant sous la surface de l'eau. Alors que j'avançais à pas de loup, en prenant bien garde de ne pas faire de bruit, j'ai commencé à entendre un chœur fantomatique de gémissements rauques monter derrière les portes. J'ai perçu la plainte d'un homme ; le cri inarticulé d'un autre. Au bout d'un moment, impressionné par ces grognements et ces soupirs, il m'a semblé qu'il s'agissait de chambres de torture où des martyres anonymes subissaient des sévices d'une cruauté sans nom. Je me suis demandé si mon frère mêlait ses vociférations aux leurs. J'ai repensé à une vidéo qu'Anek avait empruntée à un ami, dans laquelle les femmes roucoulaient et jetaient des glapissements obscènes. N'était-il pas étrange que, ici, on n'entende pas une seule voix de femme ? Il n'y avait que des hommes, qui poussaient des grondements d'animaux en proie à d'affreuses souffrances solitaires. Je les imaginais se tordant sur leur partenaire, et je me suis demandé comment ces femmes – les filles qui attendaient en bas – parvenaient à endurer leur calvaire dans un tel silence.

Au moment où j'arrivais au coin, une main m'a attrapé par le col en m'étranglant. Une seconde, j'ai cru qu'on allait me traîner de force dans une chambre pour m'obliger à me joindre au concert de hurlements.

« Où tu vas comme ça, petit ? » a sifflé une voix.

C'était le barman d'en bas. Il me toisait, sourcils froncés, une écume de salive au coin des lèvres. Son haleine empestait le whisky, et sa grosse main rugueuse pesait sur mon cou. Il m'a empoigné et m'a soulevé au-dessus du sol en ciment.

« Tu n'as rien à faire ici, a-t-il grondé dans mon oreille pendant que je me débattais. Je devrais te tuer. Je devrais t'arracher ta tête de petit merdeux. »

Là, j'ai appelé Anek au secours. J'ai fait vibrer le nom de mon frère dans le couloir vide. Maintenu en l'air dans les gros bras noueux du barman, je criais sans m'arrêter. Plus je me débattais, plus la situation me semblait désespérée, et plus je m'égosillais. Je n'avais jamais autant hurlé de ma vie. Du coup, les gémissements des hommes se sont arrêtés et je n'ai plus entendu que le son de ma voix, qui prenait toute la place. Quelques portes se sont ouvertes, des femmes ont mis la tête dehors pour voir ce qui se passait. Me portant toujours, le barman a reculé vers l'escalier tandis que j'envoyais des coups de pied et de bras pour me libérer de son étreinte étouffante.

Et puis j'ai vu mon frère arriver en sautillant, en slip, les pieds entravés par son jean.

« Hé ! » a crié Anek en avançant d'un pas chancelant tout en se baissant pour remonter son pantalon. « Hé ! » L'homme s'est arrêté et a quelque peu relâché la pression. « Hé ! a de nouveau crié Anek en approchant. C'est mon petit frère, espèce de connard. Lâche-le ! »

Le barman me tenait encore, et soufflait dans mon cou. Pendant qu'Anek se battait avec son jean, j'ai vu dépasser de la bande élastique de son slip le bout bulbeux et violacé de son pénis. Le barman a dû aussi s'en rendre compte, car il a eu un ricanement grossier.

« Ôte-moi ce gamin de là, Anek », a-t-il dit. Anek a hoché la tête d'un air furieux. Le barman m'a reposé par terre, et m'a donné une petite poussée dans le dos vers mon frère. « Tu sais que je ne peux pas le laisser monter ici.

– Ça va ? » m'a demandé Anek, essoufflé, sans répondre au barman. Il s'est penché vers moi pour me regarder dans les yeux. J'ai vu la fille dans le couloir, derrière Anek, une serviette lâchement drapée autour de son corps délicat. Elle m'a fait un signe de la main, m'a souri, puis est retournée dans la chambre. Les autres filles ont aussi disparu. Les marches ont craqué sous le poids du barman qui descendait. Bientôt, il n'y a plus eu qu'Anek et moi dans le couloir, et je ne sais pourquoi, malgré mes efforts pour rester brave, j'ai éclaté en sanglots. J'ai voulu m'excuser à travers mes larmes.

« Merde, a marmonné mon frère en m'attirant contre lui. Allez, viens, frangin. On rentre. »

Nous sommes allés aux toilettes. J'ai attendu près d'un urinoir en pleurnichant pendant qu'Anek, penché au-dessus d'un lavabo, s'aspergeait la figure avec de l'eau. Quand nous sommes ressortis, il avait la démarche plus ferme, mais sa voix tremblait encore un peu. Des gouttes d'eau brillaient sur son visage. Il a allumé une cigarette à la porte, puis a fait un signe au barman et aux filles dans leur coin, que je n'arrivais plus à regarder en face.

Nous sommes sortis dans la rue. Ses amis étaient encore dans le passage. Ils riaient et se couraient après en titubant et en se bombardant avec des ordures prises dans le container. Nous avons fait une halte à l'entrée du passage, et Anek a dit : « À plus tard, les mecs », et l'un d'eux a crié : « Attends, Anek ! Attends ! J'ai une idée ! Si on mettait ton petit frère dans une poubelle ? » Mais Anek s'est contenté de poser le bras sur mes épaules et de répondre : « Un autre soir, d'accord ? »

Nous avons traversé la rue. Anek a démarré la moto. Elle a pétaradé et renâclé et toussé avant d'émettre un ronronnement doux et régulier. J'allais monter à l'arrière quand Anek m'a arrêté. « Mais qu'est-ce que tu fous, bordel ? Tu ne vois pas que je ne suis pas en état de nous ramener ?

– T'es malade ou quoi ? T'es sûr ?

– Aussi sûr que notre papa est mort, mon gars. »

Je suis resté figé de surprise, puis je suis monté à l'avant.

« Mais je te jure que si tu me fais la moindre bosse à ma moto, je te… »

Moi, j'avais déjà tourné l'accélérateur, et nous sommes partis. Lentement, bien sûr. J'ai glissé un peu de la selle pour atteindre la pédale, et j'ai passé la seconde tout en débrayant de la main gauche. Nous nous sommes traînés encore un moment dans les rues de Minburi à quinze à l'heure, jusqu'à ce que je prenne le grand virage à droite qui mène au pont d'accès à la nouvelle voie rapide.

Des années plus tard, quand j'ai demandé à Anek s'il se souvenait de ce soir-là, il a prétendu que j'avais tout inventé. Il ne m'aurait jamais emmené si jeune au Café Lovely, et il ne m'aurait pas laissé conduire la moto pour rentrer. Il nie tout en bloc maintenant, parce qu'il ne veut pas assumer la responsabilité de ce qui est arrivé par la suite : l'abandon de notre mère dans la maison vide et étouffante, et toutes les grosses bêtises que je me suis senti obligé de faire. Plus tard, la même année, ma mère a commencé à me réveiller au milieu de la nuit en pleurant. Elle me demandait de revenir dormir dans son lit. Pour la première fois de ma vie, j'avais refusé. J'avais préféré priver ma mère du réconfort de ma présence.

Quand Anek est parti de la maison pour emménager dans un appartement de l'autre côté du fleuve, à Thonburi, j'ai pris toutes les affaires de mon père dans la pièce du fond, et je les ai mises au clou pendant que maman était au travail. J'ai dépensé l'argent pour m'acheter une moto. Quand je suis rentré, ma mère m'attendait. Elle s'est jetée sur moi en me mitraillant de coups de poing impuissants, et quand elle a eu fini, effondrée dans mes bras, frêle et tremblante, elle m'a demandé de partir de chez elle. C'est ce que j'ai fait. Je ne suis revenu que trop tard, le jour où Anek m'a appelé pour m'apprendre qu'elle était malade, et qu'elle voulait avoir ses deux fils à ses côtés pour l'accompagner pendant ses dernières heures.

Ce soir-là, alors que nous rentrions à moto du Café Lovely, mon frère me tenait par la taille, la joue écrasée sur mon épaule. Je me souviens d'avoir pensé que je sentais le poids de sa tête pour la première fois. Son souffle moite et régulier me chauffait le cou. Une odeur acide de solvant flottait encore autour de son visage. Soudain, j'ai eu peur qu'il ne se soit endormi et qu'il ne tombe de la moto.

« Tu dors, Anek ?
– Non, ça va.
– Tant mieux.
– Bon, si tu regardais la route ?
– Je suis content que tu ne dormes pas, Anek.
– Passe la troisième.
– Quoi ?
– J'ai dit, passe en troisième.
– Tu es sûr ?
– Je ne te le répéterai pas, mon gars. »

J'ai glissé de la selle, j'ai accéléré un peu, serré l'embrayage, et appuyé un coup sur la pédale des vitesses au moment où nous arrivions sur la voie rapide. J'étais dans un tel état de surexcitation que nous aurions aussi bien pu franchir le mur du son. Mais le moteur nous a fait faire un bond en avant juste assez brusque pour que je relâche ma prise et nous envoie zigzaguer sur la route déserte, à trente à l'heure.

« Tiens bon, redresse, là, c'est bien, tu y arrives. C'est ça, respire. Putain de merde, t'as failli la foutre par terre. »

Mes mains étaient tellement moites qu'elles glissaient sur l'accélérateur. Même à trente à l'heure, un vent chaud nous soufflait dans la figure.

« Accélère, a ordonné Anek.
– Sûrement pas !
– Je t'ai dit d'accélérer. C'est une voie rapide, t'es au courant ? C'est pas une voie lente. Je voudrais rentrer avant l'aube.

– T'es fou, Anek. T'es encore défoncé.

– Fais gaffe, si t'accélères pas, c'est moi qui le fais, a-t-il menacé en tendant le bras vers l'accélérateur.

– Bon, ai-je dit en repoussant sa main, d'accord, j'y vais. Juste une seconde. »

Nous avons lentement pris de la vitesse sur la route vide : trente-cinq, quarante, quarante-cinq, et au bout d'un moment, alors que le bitume filait régulièrement sous nos pieds, j'ai commencé à me sentir un peu plus à l'aise. Anek a de nouveau passé les bras autour de ma taille, le menton toujours sur mon épaule.

« Bien, m'a-t-il murmuré à l'oreille. Bien, très bien. Tu y arrives, bordel ! Là, tu roules, mon gars. La troisième, ça se fête, bonhomme. Maintenant, passe en quatrième. »

Cette fois, je n'ai pas protesté. J'ai simplement tourné un peu l'accélérateur, et j'ai passé la quatrième en glissant de la selle et en remontant d'un même mouvement rapide. À ma grande surprise, nous n'avons même pas vacillé. La transition s'était faite en douceur. Nous roulions tranquillement à soixante, soixante-cinq, soixante-dix, soixante-quinze, vite, de plus en plus vite, accompagnés par le sifflement aigu du moteur tandis que nous filions sur la route droite et vide. Nous n'avons plus échangé un mot de tout le trajet. Et rien n'aurait pu être plus délicieux que le hurlement du vent chaud dans mes oreilles, la nuit qui s'évanouissait autour de nous, et l'odeur du moteur brûlant l'essence à plein régime.

La loterie

Un beau matin d'avril, je passe chercher Wichu à trois maisons de chez moi pour aller à Wat Krathum Sua Pla, le temple où se tient la loterie annuelle de la conscription régionale. Wichu est mon meilleur ami depuis toujours. Le soleil se lève à peine, et une rosée fraîche sature l'atmosphère. Nous traversons notre quartier en silence. Les maisons de thé. Le terrain de jeux miteux. La mare couverte de sa perpétuelle pellicule de vase. Les chiens galeux endormis un peu partout dans les rues. Les vieilles Chinoises bavardent en faisant leur gymnastique devant le temple shintoïste. Les marchands vendent leurs flocons de riz et leurs bananes plantains. Les réfugiés birmans, devant le kiosque à journaux, livrent de gros paquets de *Thai Rath* et de *Matichon*. Nous passons en silence ces scènes, si familières que nous les connaissons par cœur. Nous nous en souviendrons plus tard avec tendresse, chacun à notre manière, même si, pour l'instant, nous les considérons comme des freins à nos ambitions juvéniles naissantes. Il reste quelques années avant que le quartier ne s'enfonce dans le terrain marécageux sur lequel il a été construit. Les inondations, de plus en plus dévastatrices à chaque mousson, vont attirer des rats d'eau par milliers, qui empliront les nuits de leur raffut aquatique et de leurs couinements. Les habitants les plus riches vont fuir vers des terres plus hautes, ma mère et mon père compris.

Wichu et moi avions passé la soirée à boire dans un petit bar des halles. De l'alcool de canne à sucre bouillant dans les veines, nous avions promis de prier l'un pour l'autre. Nous n'étions pas pratiquants – la dernière fois que nous étions allés au temple, c'était pour admirer les maillots de bain de l'élection de la reine du jasmin – mais nous avions décidé de prier, au cas où les dieux s'intéresseraient à la loterie de la conscription du Pravet. Ça ne pouvait pas faire de mal. Nous avions bu un dernier verre pour sceller notre pacte, et nous étions rentrés chez nous.

Mais Wichu ne se doutait pas qu'il avait plus besoin de mes prières que moi des siennes. Je ne lui avais rien dit. Je ne lui avais pas dit que la question était déjà réglée pour moi. Je ne lui avais pas dit que le frère aîné du patron de mon père, un lieutenant de marine à la retraite, avait récemment reçu deux caisses de Johnnie Walker blue label ainsi qu'un bon d'achat d'une célèbre bijouterie de Pomprapsattruphai pour sa femme. Je n'avais pas dit non plus à Wichu que, après les avoir reçus, le lieutenant avait téléphoné à mon père pour le remercier et lui annoncer qu'il m'avait recommandé au comité de sélection. Un fleuron de la jeunesse locale comme moi n'avait pas besoin d'apprendre à marcher au pas, de faire des corvées de pluche et le parcours du combattant pour se forger le caractère. J'étais déjà un patriote accompli, avait-il assuré au comité. Un exemple magnifique pour la jeunesse de la nation. Un digne fils du Siam. Ce qui voulait dire que je n'avais pas de soucis à me faire, avait expliqué le lieutenant à mon père. Tout est arrangé. Votre fils peut se présenter tranquille au tirage au sort.

C'était le premier, et seul secret que j'aie jamais eu pour Wichu. J'ai prié pour lui en rentrant du bar, comme je l'avais promis. Je l'ai fait de tout mon cœur, avec une ferveur d'enfant. Je ne sais pas si Wichu a prié pour moi, lui aussi, mais une fois au lit, en attendant de m'endormir, j'ai espéré qu'il avait gardé ses prières pour lui.

Le lendemain matin, j'arrive donc chez Wichu à l'heure dite. Sa mère l'arrête à la porte pour le recoiffer et lui redresser ses poignets de chemise. Elle porte un phathung noué à la poitrine. Ses épaules sont poudrées de talc mentholé, ses cheveux, très noirs, sont mouillés parce qu'elle vient de faire sa toilette. Wichu porte la tenue qu'elle lui a achetée spécialement pour l'occasion : une chemise blanche bien repassée ; un pantalon en synthétique noir impeccable ; une paire de chaussures Bata marron cirées au Kiwi et lustrées. Elle a même emprunté une montre en or à une amie colporteuse qui les vend aux farangs sur Soi Cowboy. Étincelante dans la pâle lueur matinale, elle pend à son poignet comme un bracelet. Sa mère pense que moins Wichu ressemblera à un fils d'ouvrier agricole – ce qu'il était avant que l'ouvrier agricole en question ne rende l'âme, trop tôt pour que Wichu se souvienne de lui – moins il y a de chances pour que le comité lui mette un ticket rouge dans la main quand il la plongera dans l'urne du tirage au sort. Avec un ticket rouge, elle perdrait son fils pendant ses deux ans de service, comme elle a déjà perdu son aîné, Khamron. Il a été incorporé en dépit de la bouteille de sauce au poisson qu'il avait avalée avant de se présenter, et qui lui a fait vomir tripes et boyaux à la loterie. Il est rentré de la frontière birmane au bout de dix-huit mois, le regard vide, avec une lettre de félicitations, une exemption avec les honneurs, et un bouquet d'éclats d'obus dans la jambe droite qui lui empoisonne lentement le sang.

La mère de Wichu me regarde avec surprise à mon arrivée. Je porte un vieux jean usé, un tee-shirt blanc, des tongs. Je n'ai même pas pris de douche. Je ne me suis pas brossé les dents. Un instant, je crains qu'elle ne me fasse une remarque, qu'elle ne me demande pourquoi j'ai l'air si peu inquiet. Je crains qu'elle ne se doute de quelque chose et n'exprime ses soupçons à voix haute devant Wichu. Il a la gueule de bois, c'est visible, et il trouve sa mère envahissante.

« Maman, proteste-t-il, on va être en retard. »

Elle se calme et croise les mains en les surveillant, comme si elle avait peur de les voir se mettre à bouger toutes seules. Wichu se penche pour l'embrasser sur la joue.

« Il faut qu'on y aille, dit-il. À plus tard, maman. »

Sa mère nous embrasse, lui d'abord, et moi ensuite. Elle est toute petite : elle doit me tirer par le bras pour me descendre à son niveau, et se hausser sur la pointe des pieds rien que pour me frôler la joue du bout des lèvres. Ce n'est pas la première fois qu'elle m'embrasse comme un fils. Bien des années plus tard, en me souvenant de ce baiser du matin de la conscription, du parfum mentholé de ses épaules, de l'humidité de ses cheveux sur mes joues, j'aurai l'impression de tomber d'une falaise vertigineuse, et mon malaise persistera des jours durant.

« Soyez solidaires, conseille-t-elle. Je prends mon après-midi, Wichu, donc j'arriverai au temple vers midi. Ne tire pas le ticket sans moi, tu m'entends ? Attends que j'arrive. Dis-leur que tu veux avoir ta mère pour témoin. Concentre-toi sur le noir, Wichu. Il nous faut du noir. Noir, noir, noir, noir, noir. »

Ensuite elle rentre, comme si elle trouvait trop dur de nous regarder partir. Mes parents, pendant ce temps, dorment à poings fermés dans leur lit, à trois maisons de là.

Quand Wichu et moi arrivons au temple, une foule d'appelés attend déjà à l'intérieur du pavillon ouvert. Je n'avais jamais vu autant de garçons faire aussi peu de bruit. Nous les rejoignons et nous asseyons au bout de la longue file sinueuse. Des moineaux volettent sous la charpente. Les ventilateurs de plafond vrombissent au-dessus de nos têtes. Quelques garçons nous inspectent en silence avant de se tourner de nouveau vers l'estrade au bout du pavillon, sur laquelle le personnel militaire va et vient comme des machinistes préparant le plateau d'un théâtre. Une banderole est suspendue au-dessus de la scène, tricolore comme il se doit : CONSCRIPTION REGIONALE DE PRAVET, annonce-t-elle en gros caractères, VIVE LA PATRIE, LA RELIGION, LA MONARCHIE. Wichu me demande si j'ai le trac. Je prétends que oui. De son côté, il affirme ne pas avoir peur du tout. « C'est bizarre, dit-il, je me sens complètement à l'aise maintenant. Je suis calme. On verra bien. »

Le pavillon est isolé par un périmètre de sécurité. Les familles se regroupent le long des cordes sur des nattes en paille et des couvertures. Les gens adressent des signes et des sourires à leurs fils, leurs neveux, leurs fiancés, leurs petits-fils, et même leurs pères, dans certains cas. Ils s'éventent avec leur journal, mangent et boivent dans des gamelles métalliques. Le plus souvent, les garçons ne les regardent pas, sauf certains qui se forcent à lancer des sourires crispés pour les rassurer. Des hommes en treillis militaire parcourent la file d'attente, et posent des questions en notant les réponses sur des documents pincés à des planchettes. De la musique traditionnelle joue en sourdine dans le pavillon. Wichu marque le rythme distraitement du bout des doigts. Il veut devenir batteur. Nous avons l'intention de monter un groupe de rock.

À huit heures, nous nous levons pour chanter l'hymne national, puis celui du roi. Un moine nous guide dans la prière. Certains d'entre nous murmurent les mots, d'autres ferment les yeux très fort et crient la litanie du moine à pleins poumons, comme si le volume donnait à leurs prières davantage de poids ce matin. Wichu et moi, nous joignons les mains en regardant droit devant nous : nous avons déjà prié la veille au soir. Ensuite un lourd silence retombe. Un homme d'une cinquantaine d'années portant un uniforme plus sombre que celui des autres, avec des dizaines d'insignes multicolores épinglés à ses épaules et à ses poches de poitrine, monte sur l'estrade. Il nous considère avec fierté, comme on admire un bien précieux. C'est un général à quatre étoiles, juste un échelon en dessous du grade de maréchal. Tout le monde l'a vu à la télévision. Dans le micro, d'une voix entrecoupée de parasites, il nous adresse un discours sur le sens du devoir, la sécurité du pays, la notion de sacrifice, la gloire de notre grande nation, l'intégrité inaliénable de la monarchie, la liberté qui nous semble si naturelle à tous. Du côté des familles, on l'applaudit, certains même l'acclament, mais, pour la plupart, nous restons complètement inertes. Les journaux ont annoncé que le général doit se présenter au Parlement l'année suivante. À la fin, il gratifie les familles de larges signes de bras, comme s'il se préparait à sa prochaine fonction, puis salue les autres militaires d'une inclination du buste. Un homme plus jeune prend sa place. Il nous informe que les formalités vont commencer.

Nous sommes des centaines, peut-être même un millier. Le soleil est haut derrière le bouquet de manguiers aux abords du temple, quand Wichu et moi arrivons enfin à la table des inscriptions. Une jeune femme en uniforme militaire très ajusté nous pose des questions. Nous produisons les documents demandés : acte de naissance, domiciliation, carte d'identité, permis de conduire. La mère de Wichu lui a préparé un dossier bourré d'autres papiers. Il le lui tend : livrets scolaires de l'école primaire, certificats médicaux attestant qu'il a de l'asthme, recommandations des propriétaires de la maison où elle fait le ménage, l'exemption avec les honneurs de Khamron, et même le certificat de décès de son père, fourni par l'hôpital. La mère de Wichu s'imagine que, donnés à la bonne personne, ils aideront Wichu à rentrer chez lui. Je remarque que les mains de Wichu tremblent imperceptiblement quand il tend le dossier. La dame feuillette rapidement les documents. À la fin, elle dévisage Wichu comme s'il était atteint d'une maladie honteuse. « Qu'est-ce que c'est ? » s'impatiente-t-elle. Wichu hausse les épaules. La dame lui rend le dossier. Elle nous dit de refaire la queue pour la visite médicale.

Nous attendons encore deux heures dans une chaleur d'enfer. Les familles continuent d'arriver, et s'installent le long du pavillon ; on dirait une foule rassemblée pour un grand pique-nique ou pour un match de boxe. Wichu se remet mal de son entretien avec la militaire. J'essaie d'échanger quelques mots avec lui, mais il se contente de hocher la tête avec des sourires contraints.

Les premiers de la file doivent s'aligner par huit. On enlève sa chemise pour se montrer torse nu aux inspecteurs médicaux. Les garçons baissent le nez tandis que les médecins appuient leur stéthoscope froid sur la cage thoracique, vérifient les oreilles, les dents, les narines, le dos pour la scoliose, pèsent, mesurent la hauteur, l'envergure, le tour de taille et de poitrine, réduisant le corps à des chiffres. Les assistants prennent des notes. Quand les gros se mettent torse nu, on se moque d'eux dans la file d'attente.

De temps à autre, un médecin hèle un homme en treillis, et ordonne à un garçon de se rhabiller et de rentrer chez lui. Du côté des familles explosent des cris de joie et des applaudissements.

Un kratoey très maquillé, vêtu d'un petit haut rouge, arrive en tête du rang. Quand il ôte son chemisier, tout le monde éclate de rire, applaudit et le montre du doigt, aussi bien les garçons, les familles derrière les cordes, que les officiers sur l'estrade. Le kratoey sourit courageusement, son torse sombre et maigrelet faisant paraître encore plus étrange son visage maquillé, puis il fait une grande révérence à la foule. Je le reconnais. C'est Kitty, un garçon que nous avons rencontré au collège, Wichu et moi. Même s'il arrive que des simulateurs essaient de se faire réformer en se travestissant pour la loterie, Kitty n'est pas un kratoey de conscription. Quand il passe la visite avec succès et est envoyé dans la file d'attente suivante, des rires et des applaudissements éclatent de nouveau, et Kitty envoie des baisers à la ronde. Une fois le brouhaha apaisé, j'entends un garçon assis devant nous dire que nous sommes tous fichus si on prend même les kratoeys. Son ami approuve et raconte l'histoire de son oncle qui s'est coupé le bout du petit doigt pour échapper au service il y a trente ans.

« Il se l'est vraiment coupé, explique-t-il, mais ils l'ont pris quand même. Il paraît qu'il n'avait pas besoin de son petit doigt pour appuyer sur la détente. »

Notre tour arrive enfin. Je me demande si on va me réformer maintenant, si c'est là que s'exerce l'influence du lieutenant. Mais le médecin m'examine comme tout le monde. Nous sommes envoyés à l'étape suivante, et nous nous asseyons devant l'estrade. La militaire qui nous a inscrits installe l'urne de la loterie. Nous attendons que tous les appelés aient fini de passer la visite. C'est déjà le début de l'après-midi. Les médecins remballent leurs instruments et disent au revoir aux officiers. Un homme prend le micro : nous avons une heure de pause pour le déjeuner, et, ensuite, on passera à la loterie.

La mère de Wichu est arrivée. Elle fait des signes à Wichu qui va la voir. Elle porte encore son uniforme de femme de ménage. Elle me salue de loin avec des sourires, et je lui réponds. Wichu l'embrasse sur la joue, elle le recoiffe, lui tripote ses poignets de chemise comme le matin. Elle nous a préparé à déjeuner, et Wichu rapporte la gamelle à nos places. Pendant que nous mangeons, il me demande si mes parents vont venir. Je lui dis que non. Je lui raconte qu'ils ont trop peur, qu'ils ne veulent pas voir ça. La vérité, c'est qu'ils sont allés acheter des oiseaux de paradis à Chatuchak pour le jardin de ma mère. Wichu prend l'air entendu. Le déjeuner que nous a préparé sa mère, du riz frit au porc et du curry d'aubergines vertes, me laisse un goût métallique et amer dans la bouche, mais comme je meurs de faim, je dévore quand même ma part. Les autres appelés déjeunent aussi. Bientôt, une riche odeur de cuisine familiale emplit l'atmosphère. Les moineaux qui nichent dans la charpente du pavillon viennent picorer la nourriture tombée à terre.

Après le repas, Wichu et moi partageons le thé au jasmin. Au moment où j'en prends une gorgée au goulot, un officier dégarni, la cinquantaine, la bedaine comme un melon et un cure-dent dans la bouche, me tape sur l'épaule. Il sent fortement le whisky, la nicotine et l'eau de Cologne. Une large tache de sueur trempe le devant de sa chemise.

Il me demande de confirmer mon identité, et je hoche la tête. Il me dit de le suivre. Wichu semble pris de panique. Il demande à l'officier s'il y a un problème, mais le militaire se contente de changer son cure-dent de côté, et répond :

« Non, tout va bien, fiston. Ne t'inquiète pas. Ton ami est en de bonnes mains. »

J'évite le regard de Wichu pendant l'explication de l'officier. Quand je me lève pour le suivre, Wichu me tape sur le bras. Il me sourit en me demandant si ça va aller. Je m'arrête pour le regarder sans bien comprendre.

D'un coup, je m'aperçois que Wichu saisit parfaitement la situation. Le contraire serait surprenant : il est venu au temple attendre devant le pavillon avec sa mère le jour de la conscription de Khamron. Il a vu les garçons des familles aisées sortir du rang. Il était là quand ces mêmes garçons sont revenus une heure plus tard pour s'asseoir au bout de la file, et, au moment de la loterie, quand leur tour est arrivé, a constaté qu'ils tiraient tous des cartes noires. Wichu me l'avait raconté le soir de l'incorporation de son frère. Je ne l'avais écouté que d'une oreille, mais le souvenir de son indignation me revient à présent.

« Hé ! répète-t-il, toujours souriant, ça va aller ? »

Il ne s'inquiète pas vraiment pour moi. Il me demande plutôt des excuses. Il voudrait des explications. Il s'étonne que je ne l'aie pas averti. À côté de moi, l'officier s'impatiente en se raclant la gorge. Je prends sur moi ;

je souris malgré la nausée qui monte, et je demande à Wichu de me garder ma place.

J'emboîte le pas à l'officier ; nous sortons du pavillon et traversons le jardin du temple vers les quartiers des moines. Je marche tête basse, tâchant de ne pas regarder les familles que nous dépassons, mais je sens leurs regards peser sur ma nuque. L'officier m'offre une cigarette. J'ai beau en mourir d'envie, je lui dis que je ne fume pas. Lorsque nous arrivons chez les moines, je découvre un petit groupe de garçons assis, qui rient et discutent avec effervescence. Je prends place parmi eux. Bien des années plus tard, je me suis demandé si j'aurais pu tenter quelque chose auprès de l'officier, lui donner le nom de Wichu. Mais ce jour de conscription, je me contente de m'asseoir sur le plancher en teck, rempli d'appréhension, malgré mon soulagement, au souvenir du sourire de Wichu, et du terrible ton monocorde de la question qu'il m'a posée.

La loterie commence. Dans les quartiers des moines, tout le monde se tait. Nous écoutons la voix vibrante dans le hautparleur appeler les noms les uns après les autres, puis annoncer la couleur du ticket qui a été tiré. Sorachai Srijamnong : rouge. Kawin Buasap : rouge. Surin Na Nkhon : noir. Worawut Chaiyaprasoet : rouge. La foule observe un silence à chaque rouge, et hurle de joie pour les noirs. J'attends le nom de Wichu. Je regarde les garçons qui m'entourent ; je me demande si, eux aussi, guettent le nom d'un ami resté dans le pavillon.

L'officier qui m'a accompagné reparaît. Il nous demande d'aller nous asseoir au bout de la file de la loterie. Certains garçons ont peur. Ils veulent savoir pourquoi il faut y retourner. Ce n'est pas l'accord qui a été conclu, proteste l'un d'eux. Pourquoi ne nous renvoyez-vous pas chez nous tout de suite ? Mais l'officier nous dit de ne pas nous inquiéter. « Poules mouillées, jette-t-il, amusé. Du calme. Il ne va rien arriver à nos fils à papa. »

Nous regagnons donc le pavillon en retraversant le jardin du temple en file indienne. Nous nous asseyons derrière les autres qui se retournent pour nous regarder. Autour de nous, le bruit a déjà couru que certains sont sortis de la file à la fin de la pause déjeuner. J'entends les familles murmurer et protester entre elles sur les côtés.

« Putain de corruption », lance quelqu'un.

« Espèces de lâches », commente un autre.

Rien de nouveau sous le soleil du royaume de Thaïlande.

J'aperçois l'arrière de la tête de Wichu à vingt mètres de moi, qui se détache sur une mer uniforme noir et brun. Il n'a pas bougé pour nous regarder revenir. Il est penché en avant, tête basse.

Pour sa mère, c'est autre chose. Je n'ai pas envie de la voir, mais il est déjà trop tard. Quand nos regards se croisent, je rougis. Elle incline la tête une fois, puis tourne de nouveau son attention vers le garçon dont c'est le tour sur l'estrade. Elle ne me regardera plus de toute la journée.

Sur scène, l'appelé serre dans une main l'amulette qu'il porte au cou, tandis qu'il plonge l'autre dans l'urne de la loterie. *Rouge*. Un gémissement monte d'un secteur de la foule. Le garçon redescend de l'estrade en traînant les pieds, assommé, pendant qu'un nouveau nom éclate dans le haut-parleur.

« Ça va aller, mon gars ! » crie un homme sur le bord. Il fait semblant de ne pas entendre. « T'en fais pas. »

Les nouvelles recrues sont envoyées à la pagode, où des officiers les attendent avec des ciseaux et des tondeuses. On leur coupe les cheveux debout, une petite serviette passée autour du cou comme une écharpe. Quelques novices du temple balaient les tas de cheveux autour de leurs pieds. Bientôt, un groupe de conscrits s'assemble hors de l'ombre du pavillon pour regarder la loterie, le crâne luisant sous le soleil. « Jolie coupe ! » crie quelqu'un à un garçon qui vient d'être enrôlé.

Vers seize heures vient le tour de Kitty. Quand il monte sur scène, tout le monde se remet à rire en applaudissant, mais cette fois Kitty ne répond pas, trop occupé à triturer l'ourlet de son chemisier. *Krittaphong Turapradit*, annonce le haut-parleur. Je me rends compte que je n'ai pas entendu prononcer le vrai nom de Kitty depuis une éternité. Même de là où je suis assis, je vois les gouttes de sueur perler sur son front. Wichu se redresse pour mieux voir. Kitty sort un mouchoir de son sac pour s'éponger. La foule garde le silence pendant que l'officier fait tourner l'urne de la loterie ; les grincements du mécanisme retentissent sous le pavillon. Kitty plonge la main à l'intérieur, yeux fermés, et tire une carte. Il la tend à l'officier. *Noir*. La foule pousse des cris de joie, malgré quelques grommellements de regret sadiques. Kitty saute sur place comme un enfant, fou de joie. Son chemisier rouge danse follement contre son torse. Un officier vient pour l'escorter au bas de l'estrade, mais il s'évanouit et s'effondre comme si on lui avait arraché la colonne vertébrale. Les officiers tentent de le ranimer au milieu de l'hilarité générale.

Les noms continuent de défiler. Les rouges se succèdent, interrompus de temps à autre par quelques noirs. Le tour de Wichu est presque arrivé. Sa mère se ronge les ongles jusqu'au sang. Elle fait régulièrement des signes à Wichu, mais il garde la tête basse.

Autour de moi, les garçons sont inquiets. « Je ne comprends pas, dit l'un d'eux. Il n'est pas question qu'on me fasse monter là-haut. Nos pères leur ont déjà donné ce qu'ils voulaient, non ? » Les autres lui disent de se taire. « Ne t'en fais pas, remarque quelqu'un, ils vont sûrement nous renvoyer chez nous bientôt. »

Le jour baisse. Les insectes sont sortis, et des papillons de nuit se cognent aux lumières du pavillon. Beaucoup de familles sont rentrées chez elles avec leurs fils pour fêter le tirage miraculeux d'une carte noire ou, comme c'est plus souvent le cas, pour préparer leur départ sous les drapeaux dans une semaine. Il ne reste plus qu'une centaine d'appelés à passer.

Wichu est arrivé à l'avant de la file.

Le garçon qui le précède tire une carte noire. Il fait un doigt d'honneur aux officiers sur l'estrade, et d'une grosse voix retentissante qui nous surprend tous leur hurle d'aller se faire foutre. Ses parents et ses frères et sœurs sautent de joie, se jettent dans les bras les uns des autres, crient à pleins poumons. La mère de Wichu est vraiment terrorisée maintenant. Elle s'appuie au poteau qui retient la corde. Sa jambe droite est agitée de tremblements irrépressibles, ses lèvres remuent en silence. *Wichu Rattanaram*, entend-on dans le haut-parleur. Wichu se lève et regarde par-dessus les têtes. Un instant, j'ai l'impression qu'il me fixe directement. Je dis une prière en silence. L'officier fait tourner l'urne. Je crois entendre les cartes voleter à l'intérieur comme des oiseaux. *Noir, noir, noir,* je pense. Wichu plonge la main et tire une carte qu'il tend à l'officier. *Rouge,* annonce le haut-parleur, et je vois les épaules de Wichu s'affaisser comme sous un poids invisible.

Je jette un coup d'œil à sa mère. Sa jambe ne tremble plus, elle ne se ronge plus les ongles. Elle contemple simplement Wichu et lui adresse un petit signe triste. Elle semble calme. Il descend de l'estrade pour aller se faire tondre sous la pagode, son dossier de documents inutiles sous le bras.

Le reste de la soirée s'écoule comme dans un rêve. Je ne me rappelle presque rien de la suite. Je me souviens simplement du moment où Wichu est allé retrouver sa mère sur le côté, le crâne rasé. Je sais qu'elle lui a touché le cuir chevelu et a attiré sa tête contre sa poitrine. Il lui a tendu sa feuille de route qu'elle a examinée avant de la ranger dans le dossier. Les garçons avec lesquels j'ai attendu dans les quartiers des moines montent sur scène les derniers pour participer à la loterie de cette année. Ils tirent carte noire sur carte noire, comme des magiciens qui sortent des lapins de leur chapeau. Personne ne crie hourra pour nos cartes noires.

Entre-temps, le soleil s'est couché, et une bruine de crépuscule crépite doucement sur le toit du pavillon. Presque toutes les familles sont rentrées chez elles. La mère de Wichu aussi est partie. Mais Wichu est toujours là. Il se fait tremper sous la pluie pendant que nous tirons nos cartes noires, le visage impassible, dans sa chemise blanche propre, son pantalon neuf bien repassé et ses chaussures Bata cirées. Il ne me jette pas un coup d'œil. Je voudrais qu'il parte. Au bout d'un moment, je n'arrive même plus à le regarder.

Enfin, on appelle mon nom. Je monte sur l'estrade tout en ayant l'impression qu'il s'agit de quelqu'un d'autre. Je ne m'étais encore jamais senti ainsi dissocié de mon nom, à tel point qu'il me faut un instant avant de pouvoir mettre la main dans l'urne, et recevoir le destin généreux qui m'est dévolu, à moi, et à moi seul. Alors, après avoir tendu ma carte noire à l'officier, en descendant de l'estrade, je me tourne vers les cordes et je vois que Wichu a fini par rentrer sans moi.

Tour au paradis

Le train roule vers le sud ; les rails fuient sous nos pieds, les vitres vibrent dans leur châssis. Nous descendons lentement l'archipel entre les deux océans qui bordent la voie. À l'est, les eaux de ruissellement du Hunan, ayant délavé la terre, déversent leurs limons dans le golfe de Thaïlande qu'elles colorent en brun. À l'ouest, protégée des moussons par la montagne, la côte sous le vent reste aride et laisse à la mer d'Andaman sa limpidité bleue. À Prachuap Khiri Khan, que nous traversons à présent, la montagne s'abaisse brièvement pour céder la place à une plaine étranglée par les deux mers, pas plus large qu'une aiguille. Nous parcourons la partie la plus étroite de la péninsule la plus étroite du monde, battue d'un côté par l'océan Indien et de l'autre par l'océan Pacifique. La terre est une corde raide ; notre train avance sur ce fil ténu et plat. D'ici à un siècle, paraît-il, ce ruban de terre nue aura disparu, car le niveau des mers, en montant, ouvrira un détroit aussi réduit que celui de Malacca, aussi resserré que Gibraltar, qui reliera les deux océans et coupera le pays en deux. Personnellement, je n'y crois pas vraiment, car je ne crois jamais ce que je ne serai pas là pour voir.

Nous allons à Koh Lukmak, la dernière île du long archipel d'Andaman, petite forteresse de rocher couverte de forêts. Pendant des années, maman a eu sous les yeux une photo de Lukmak, épinglée par son patron au panneau d'information de son bureau. Du coup, dit-elle, elle a envie d'aller voir de plus près ce qui lui vaut une telle réputation. Le sable fin, l'eau turquoise, les myriades de poissons se faufilant dans les bas-fonds. Le paradis sur terre, d'après son patron, et j'avais beau entendre maman affirmer depuis mon enfance que la Thaïlande n'était un paradis que pour les imbéciles et les farangs, les criminels et les étrangers, maintenant elle est prête à lui accorder le bénéfice du doute. Si le paradis est vraiment là, à deux pas de chez elle, pourquoi ne pas aller se rendre compte par elle-même ?

Le voyage n'est pas facile : douze heures de train, huit de bateau. D'ailleurs Lukmak est si petite qu'elle est rarement portée sur les cartes. Dans quelques heures, nous descendrons du train à Trang où nous dormirons. Nous quitterons la petite ville côtière à l'aube, et louerons un bateau à Tha Tien. Ce sera une barque fragile. Avec l'approche de la mousson, d'ici à quelques mois, elle tanguera périlleusement, ballottée par un fort courant. Nous nous arrêterons pour nous reposer et déjeuner à Koh Trawen, la première des îles Andaman, ancien pénitencier abandonné. Nous partirons de Trawen après le déjeuner à bord de notre frêle embarcation et atteindrons Lukmak à la tombée du jour.

« C'est presque un voyage organisé, a remarqué maman quand nous avons pris nos billets à la gare de Bangkok. On va faire les farangs. On sera des vrais touristes. »

C'est mon dernier été avec maman. À la fin de la saison, je dois entrer dans une école professionnelle dans le Nord.

Je regarde le bleu de la mer d'Andaman à droite du train, tandis que maman se tourne de l'autre côté vers les eaux troubles et brunes du Golfe. Sa fenêtre est ouverte. Elle presse son visage contre le vent tiède, ses longs cheveux noirs volent autour de sa tête, son mince chemisier bleu marine bat contre sa poitrine. Les balancements du train nous jettent l'un sur l'autre et nous font parfois cogner les épaules. Nous nous sommes à peine parlé depuis que nous avons quitté Bangkok de la gare de Hua Lamphong tôt ce matin.

Je romps le silence. Je lui dis de regarder devant nous, vers le bout du compartiment, et lui demande si elle réussit à voir les deux océans en même temps. « Oui, répond-elle avec un sourire. Bleu d'un œil, marron de l'autre. » Elle me pose la main sur le genou. Nous retombons dans le silence, les yeux fixés sur l'avant du train. Nous savons que bientôt la montagne va de nouveau s'élever et que nous devrons nous contenter d'un seul côté de la péninsule, le bleu ou le marron ; nous savons aussi qu'en se couchant, le soleil rendra les deux rivages aussi sombres et inhospitaliers l'un que l'autre, et que la terre ne se resserre et ne s'abaisse que le temps d'embrasser les deux océans d'un seul regard ; nous savons que seule une poignée de privilégiés a la chance de contempler ce spectacle une fois dans sa vie. Et bien plus, nous savons, maman et moi, que dans d'autres circonstances, si notre existence avait simplement suivi son cours normal, nous n'aurions jamais pris le temps de remarquer ce paysage extraordinaire.

Si les signes avant-coureurs semblent évidents à présent, à l'époque, je ne les ai pas vus venir. Faux pas, café renversé, choc de tasses en porcelaine sur le plan de travail. Coupures, brûlures de cuisine marquant de cloques blanches ses bras bruns. Bleus aux jambes causés par des collisions avec les meubles, corolles d'ébène fleurissant sur sa peau lisse. Elle se cognait les épaules en passant les portes, courbait trop le trait de ses sourcils, laissant paraître l'ourlet de peau sous la ligne de crayon tremblante.

Mais au départ, je suis trop occupé pour y prêter attention. La perspective de ma prochaine vie dans le Nord, seul, loin de ma mère, m'absorbe tout entier. Je passe des soirées entières dans ma chambre à étudier les brochures de ma nouvelle école, le plan des lieux, le descriptif des cours, les dépliants de la ville voisine. Je me familiarise avec la géographie de la région, rêve des montagnes au pied desquelles se blottit le campus, et d'une sérénité provinciale loin de la cacophonie de Bangkok – ses encombrements, sa chaleur, ses façades en béton. Je dresse de longues listes de ce que je vais emporter. Je les relis sans cesse. Je fais et refais mes valises jusque tard dans la nuit, bien que mon départ ne soit prévu que dans plusieurs mois.

Un matin, maman manque la dernière marche en descendant l'escalier, et se tord les chevilles. Elle se retient d'une main à la rampe.

Je lui demande en riant : « Ça va, maman ? » Elle reprend son équilibre, écarquille les yeux. Elle cligne deux fois des paupières, lisse sa robe avec les mains, puis remonte la bandoulière de son sac sur son épaule.

« Eh bien, je ne sais pas ce qui m'arrive, ces temps-ci, commente-t-elle, amusée. Un peu de surmenage, sans doute. Je pense à trop de choses à la fois. »

Quelques jours plus tard, elle reste à la maison au lieu d'aller travailler. Je la trouve allongée sur le divan ; elle regarde la télévision en pyjama.

« Tu es malade, maman ?

– Non, ce n'est rien. Une migraine », explique-t-elle en portant la main à sa tempe. Une migraine ! Jamais une migraine ne l'a empêchée d'aller au bureau. Elle n'est pas du genre à manquer le travail. Jamais elle ne s'arrête, ni pour une migraine, ni pour une grippe, ni pour un rhume. Pas même pendant la mousson ou les alertes pour glissement de terrain, ni même lors du couvre-feu militaire, il y a quelques années, alors que la Croix-Rouge transportait des manifestants blessés sur des brancards ensanglantés et les abritait dans le hall de son bureau. Cette femme est allée travailler avec la malaria. Quand son patron a voulu la renvoyer chez elle parce qu'il l'avait trouvée en train de vomir dans les toilettes, elle a refusé de partir. Elle n'a cédé qu'après s'être évanouie en pleine réunion. Il a fallu appeler une ambulance. Dès le lendemain, elle était de nouveau à son poste.

« Tu as raison de te reposer, maman. Tu veux que je t'emmène chez le médecin ? »

Elle me sourit du canapé, se tourne de nouveau vers la télévision, et se pelotonne contre les coussins.

« Non, ça va. J'ai pris un médicament. Je me sens déjà beaucoup mieux. Va en classe, luk. Ne t'inquiète pas pour moi. »

Mais deux semaines plus tard, il faut bien s'inquiéter pour de bon. Ce jour-là, alors que je prends mon petit déjeuner en bas, et que je termine ma bouillie de riz, un bruit de chute retentit dans la salle de bains du haut. J'entends l'eau de la douche, le vrombissement laborieux de la pompe à eau électrique à l'arrière de la maison, puis un nouveau choc, le son d'un objet lourd qui tombe par terre. J'appelle ma mère du bas de l'escalier, je lui demande si tout va bien, mais seul un interminable silence me répond. Je ne distingue que le clapotis lent et régulier de la douche.

Je cours en haut. Je m'arrête à la porte de la salle de bains.

« Ça va, maman ?
– Pardon, j'ai fait tomber quelque chose. »

Une sorte de rire confus s'étrangle dans sa gorge, puis, alors que je repars vers l'escalier, j'entends un glissement de peau contre le carrelage, qui me fait penser au crissement de pneus d'une voiture qui freine. Un nouveau choc, mais plus fort cette fois. On dirait les pas d'un géant. On dirait des coups de poing dans un sac de boxe. On dirait ma mère qui tombe par terre dans la salle de bains.

La porte n'est pas verrouillée, comme si maman s'était doutée de quelque chose, et qu'elle avait laissé ouvert ce matin au cas où. Je pousse la porte. Je vois sa silhouette à travers le rideau de douche, une petite forme par terre, environnée par les épais nuages de vapeur qui montent dans la pièce. J'approche de la douche. J'ouvre le rideau sur la nudité de ma mère. Ses iris, levés vers le plafond, font de rapides mouvements de va-et-vient. Ses petites mains se tendent pour m'attraper les bras. Elle plante les ongles dans ma peau. Sa bouche s'ouvre et se referme pour retrouver son souffle, comme un poisson hors de l'eau.

C'est alors que les indices épars, à peine remarqués, se rassemblent pour former un tout : sa maladresse, ses meurtrissures, ses coupures, ses chutes, ses sourcils mal dessinés, ses absences du bureau. J'arrête l'eau. J'enveloppe son corps mince d'une serviette. Je l'aide à se relever. C'est la première fois que je la vois nue. Je regarde ses seins qui pendent comme des cloches renversées, les mamelons bulbeux comme des petits mangoustans. Je regarde l'épaisse toison entre ses jambes. Je regarde son visage perdu, humilié.

Ma mère est en train de devenir aveugle.

Les médecins nous apprennent que ses yeux ne peuvent plus être sauvés. Décollement de la rétine lié à ses migraines. Si elle était venue consulter deux mois plus tôt, au début de ses douleurs dans les yeux, on aurait pu éviter la cécité. On nous dit que, maintenant, c'est trop tard. Nous faisons trois heures de trajet pour demander une seconde opinion à la Bangkok Christian, une clinique privée où s'est fait soigner le Premier ministre quand il a perdu l'œil droit au cours d'un accident de chasse.

L'ophtalmologiste de la Bangkok Christian mentionne l'existence d'une opération chirurgicale expérimentale, tout en nous avertissant que le pourcentage de réussite reste très faible. Maman risquerait la cécité immédiate en cas d'échec. Cela s'appelle une « vitrectomie », c'est-à-dire qu'on sortirait les yeux de maman de leur orbite pour enlever le corps vitré et recoller la rétine. L'opération est très coûteuse, nous explique l'ophtalmologiste, d'autant qu'il faut faire venir le chirurgien par avion de Singapour. Il nous annonce la nouvelle avec un sourire. Sa blouse, blanche et raide, nous éblouit sous les néons.

« L'argent n'entre pas en ligne de compte, docteur », dis-je d'un ton coupant, tout en sachant que c'est faux. Comment ma mère et moi, qui n'avons jamais acheté de billet d'avion de notre vie, pourrions-nous en offrir un à un inconnu de Singapour ? Maman lui dit que nous allons réfléchir. Nous quittons la Bangkok Christian sans être plus avancés. Nous avons déjà vu quatre médecins, et le diagnostic ne change pas.

Il reste de huit à dix semaines avant la perte de vue définitive. Décollement de la rétine, corps vitré rétréci, nerfs optiques irrémédiablement lésés. Évitez le soleil, les lumières vives. Ne lisez pas de trop petits caractères. Faites de la gymnastique oculaire. Accommodez sur des objets qui bougent à faible allure. La stimulation de la rétine peut, dans certains cas, causer une régénération spontanée. Dans certains cas. Autant espérer un miracle. Dormez beaucoup. Arrêtez de travailler. Non, madame, vous ne pouvez pas aller travailler. Et surtout, s'il vous plaît, ne vous affolez pas. C'est le plus important : il faut à tout prix garder son calme.

Ma mère démissionne de son emploi. Plus tard, cette même semaine, nous étudions ensemble une carte de Thaïlande ; nous suivons du doigt le contour en forme de hache, entourons les endroits qu'elle aimerait visiter. Lop Buri. Chiang Rai. Loie. Samut Songkhram. Mae Hong Son. Le corps médical conseille à maman de quitter la ville, de prendre des vacances. Nous décidons d'aller aux îles Andaman.

Dans ma chambre, cette semaine-là, je redéfais mes valises, mais pour de bon, cette fois. Je remets les livres sur les étagères, j'empile les cahiers neufs sous mon bureau. J'enlève de ma table de chevet les descriptifs des cours, les plans du campus et les brochures, pour les ranger dans un tiroir. Même s'il m'arrive encore de les sortir, de feuilleter les pages à présent familières, il ne m'est plus aussi facile de rêver de ces montagnes. Dès que je pose les yeux sur les cartes, je m'imagine ma mère aveugle et seule chez nous, et, pour la première fois de ma vie, j'en viens à me demander si je suis vraiment un bon fils.

Le train s'arrête à Trang. Je veux prendre le bras de ma mère quand nous nous levons.

« Luk, je ne suis pas encore aveugle.

– Pardon, je croyais…

– Il n'y a rien à croire, luk. Tout va bien. »

Les derniers rougeoiements du soleil, à présent disparu, illuminent l'horizon derrière la frange d'arbres. Des papillons de nuit dansent dans la lumière tremblotante des lampadaires du quai. Quand nous descendons du train, maman met ses lunettes de soleil : des Armani à monture d'écaille constellée de faux diamants violets, que nous avons achetées au marché de Chatuchak. Elle les porte le plus souvent possible, sur les conseils du médecin. Elles lui vont bien, et lui donneraient même l'air d'une vedette de cinéma chinoise, si elles ne semblaient un peu incongrues la nuit.

Nous passons à l'hôtel, puis dînons dans un bar à nouilles du centre-ville. Nous commandons un grand bol de vermicelles aux fruits de mer et nous installons à une petite table sur le trottoir où nous mangeons sous la mauvaise lumière de l'éclairage public.

« Ça va ? » demande maman en tirant sur ses nouilles avec ses baguettes. Elle me regarde par-dessus le bord de ses lunettes de soleil, à travers les fines volutes de vapeur qui s'élèvent entre nous.

« Très bien, pourquoi ?

– Tu n'es pas très bavard, c'est tout. Je te trouve un peu maussade. Une mère, ça remarque ce genre de choses, tu sais.

– De quoi veux-tu que nous parlions ? D'un sujet en particulier ?

– Non, je ne sais pas. De tout, de n'importe quoi. De ce qui nous passe par la tête. Bon sang, luk, nous sommes en vacances, tu pourrais avoir l'air un peu plus content.

– Bon, d'accord, allons-y.

– D'accord, à toi.

– D'accord. »

Elle coupe la tête d'une crevette avec les dents et me sourit en roulant la peau translucide entre ses doigts. « Tu n'as qu'à me parler de ton école dans le Nord, luk. Quels sujets allez-vous étudier ? Je crois que nous n'en avons encore jamais parlé.

– Je n'y pense plus trop.

– Ah non ?

– Non, maman.

– Mais tu étais tellement content, il y a quelques mois.

– Ça a changé.

– Tu dois faire quoi, déjà ? Des études de bibliothécaire, non ? C'est bien ça ? Tu seras un excellent bibliothécaire ! Tu seras magnifique au milieu de tous tes livres.

– Bon, on parle d'autre chose ? »

Un silence gêné retombe. Maman pose ses baguettes. Elle enlève ses lunettes de soleil, replie les épaisses branches en plastique, et les pose délicatement sur la table. On voit déjà de légers cernes se dessiner autour de ses yeux. Je me penche pour boire mon bouillon.

« Regarde-moi, luk. Non, regarde-moi. »

Je repose mon bol et m'appuie au dossier de ma chaise.

« Je ne t'ai pas emmené pour que tu fasses la tête. Je serais venue seule si je m'étais doutée que tu te conduirais comme ça. C'est trop difficile de bavarder un peu avec sa mère ? Je ne te demande quand même pas grand-chose. Sois un peu courtois, tout simplement, un peu aimable.

– Pardon, maman. Je ne voulais…
– Il n'y a pas de pardon qui tienne. Je n'attends pas d'excuses. Je veux juste que tu te conduises comme mon fils, c'est tout, et pas comme un client désagréable que je sors au restaurant. Sois poli, luk. Sois gentil. C'est trop te demander ?
– Maman…
– Tu crois que c'est facile pour moi de dîner tranquillement en sachant que je suis en train de devenir aveugle et qu'il n'y a aucun traitement ? Je pourrais me réveiller aveugle demain matin. Je pourrais ne jamais te revoir. Là, tu serais embêté, là tu aurais vraiment des regrets. Tu t'en voudrais d'avoir été aussi désagréable la dernière fois que ta mère t'a vu. »

Nous finissons notre repas en silence. Sur le chemin du retour, nous passons devant un aveugle qui joue de l'accordéon au coin de la rue en face de l'hôtel. Il chante une vieille chanson des régions du Sud d'une voix de contralto mélodieuse qui s'élève au milieu du carrefour. Les passants s'arrêtent pour jeter de la monnaie dans la tasse à ses pieds, et il sourit en entendant le joyeux tintement des pièces. Au moment où nous le dépassons, je me demande où sont ses enfants. Et puis maman et moi, nous nous détournons. De notre chambre du troisième étage, nous l'entendons chanter toute la nuit. Nous dormons au son de ses complaintes de mendiant.

Tous les samedis matin, maman marchande avec les commerçants du marché de Chatuchak. Même les plus aguerris cèdent devant sa force de persuasion. Elle ne se contente pas de les amadouer, car le charme ne peut pas tout. Maman fait dégringoler les prix grâce à un inimitable mélange de rouerie, de calcul commercial, de comédie et de bonne vieille manipulation psychologique. Ce samedi, au marché, quelques jours avant notre voyage, maman atteint le sommet de son art.

La jeune marchande n'est pas très jolie. Une foule dense passe devant son stand. Je me tiens à quelques pas, pendant que maman examine les montures alignées par centaines sur la planche. « Qu'en penses-tu ? me demande-t-elle en essayant les Armani.

– Elles te vont très bien.

– Tu es sûr ?

– Oui. Tu ressembles à Jackie Kennedy. »

Ravie, elle lève à demi la main et l'agite d'un geste indécis, puis se penche en souriant pour se regarder dans le petit miroir. « Combien ? » demande-t-elle finalement en retirant les lunettes d'un geste théâtral. La marchande annonce mille deux cents bahts. Maman pousse un cri. « Ce sont des vraies, madame, dit la marchande. Des Armani authentiques.

– Vraies ou fausses, c'est hors de prix. »

La fille lâche un rire artificiel. Un couple de Chinois entre deux âges arrive devant le stand ; le mari a l'air de s'ennuyer. Maman demande un rabais. « Je ne peux pas, madame. La marge n'est déjà pas énorme.

– Allez, faites une fleur à une pauvre vieille dame. »

La fille lui sourit et lui propose mille cent bahts. Maman pousse une nouvelle exclamation.

« Je ne suis pas une farang, si ? Nous sommes entre Thaïlandais. Faites-moi payer le prix thaïlandais. » La marchande demande à maman de proposer son prix. En tout cas, pas mille cent, répond maman. La marchande descend encore : mille cinquante. Maman repose les lunettes sur la table. « C'est ridicule », dit-elle en secouant la tête, une pointe de malice dans la voix. Je sais que le vrai marchandage ne fait que commencer. « On s'en va », me dit maman d'un ton sec en faisant semblant d'être déçue. Les Chinois nous jettent un coup d'œil, nous adressent un sourire auquel je réponds poliment. La femme recommence à regarder les lunettes tandis que le mari reprend l'air d'avoir envie d'être ailleurs. « Tu te rends compte ? s'indigne maman pendant que nous regagnons l'allée, assez fort pour que la fille l'entende. Douze cents, pour une paire de fausses Armani !

– Maman…

– Il n'y a pas de maman qui tienne. Tu ne trouves pas ça un peu cher ?

– Je…

– C'est scandaleux. »

On prend des risques quand on marchande comme maman. On peut tout perdre en s'en allant au mauvais moment. Mais ce jour-là, sa bonne étoile veille. La marchande nous rappelle.

« Madame ! Madame ! » Maman me lâche le bras et se tourne vers elle.

« Et si je vous disais mille, madame ? demande la fille en se levant de sa chaise.

– Sûrement pas, répond maman en me reprenant le bras avec un rire. Je ne vois pas pourquoi je dépenserais une fortune pareille pour une paire de fausses Armani. » Du coin de l'œil, je vois le mari chinois ricaner tout seul.

« Elles ne sont pas fausses, madame.

– Ah non ?

– Non, madame. Mon ami les a directement à l'usine.

– Je vois, de la marchandise volée.

– Madame !

– Piratée, si vous préférez. Elles sont piratées. Vous savez que je pourrais…

– Madame !

– Je plaisante ! Ça ne fait pas de mal de s'amuser un peu. Il ne faut pas prendre au sérieux les vieilles dames comme moi. Bon, attendez, je vais de nouveau leur jeter un coup d'œil. »

Maman les essaie encore une fois. La fille dit qu'elles lui vont à ravir. « Elles me plaisent, déclare maman en les enlevant. Mais pas assez pour les payer mille bahts. » La fille redemande à maman de proposer un prix. Maman sort son portefeuille, me tend les lunettes, et en extrait quelques billets. « Bon, voilà ce que je vous propose. Je laisse six cents bahts sur cette table, et je pars avec les lunettes.

– Oï ! Je ne peux pas, madame !

– Bien sûr que si.

– Non, madame, c'est impossible. » La fille me regarde. Je hausse les épaules.

« Bien, reprend maman, alors dites-moi : combien avez-vous payé ces lunettes ?

– Je ne sais pas, madame. C'est mon ami qui…

– Allez, comment voulez-vous que je me serve d'une information pareille, une vieille dame comme moi ! Votre ami n'est pas là, il me semble. Je ne peux pas vous faire une proposition honnête si je ne le sais pas.

– Je ne peux pas vous le dire, mais j'y serais de ma poche si je vous les laissais pour six cents.

– D'accord, va pour six cents », lance maman d'un ton catégorique en posant ses billets sur la table. Le mari chinois éclate de rire, cette fois, et le regard que lui jette la fille me laisse soudain supposer qu'elle est beaucoup plus vieille que je ne l'avais cru tout d'abord.

« Il n'en est pas question. » La marchande s'exprime maintenant d'un ton coupant et décidé. Elle a pâli.

« Ah ! enfin une vraie réponse, plaisante maman avec un sourire taquin. Mais arrêtez de m'appeler "madame" à tout bout de champ, c'est lassant. Discutons entre adultes. Combien avez-vous payé ces lunettes ? » La fille secoue la tête. Six cent cinquante, propose maman. La fille secoue de nouveau la tête. Maman sort un billet de cent bahts de son portefeuille. Sept cent cinquante.

« Non. »

Maman garde le billet dans sa main, et l'espace de quelques secondes, la marchande et ma mère s'affrontent, engagées dans un duel silencieux. J'ai souvent été témoin de ce genre de face-à-face, et j'ai pitié de la pauvre fille.

« Quel âge avez-vous ? demande maman brusquement.
– Pardon ?
– Je vous demande votre âge.
– J'ai vingt-six ans, madame.
– Quel bel âge, vingt-six ans ! Je n'en ai peut-être pas l'air, mais j'avais votre âge il n'y a pas si longtemps. Non, ce n'est pas si loin, mais vous êtes beaucoup plus belle que je ne l'étais à l'époque. »

La fille a l'air étonné par la flatterie. La femme chinoise se tourne vers nous pour la première fois.

« Je résume la situation. » Maman pose les cent bahts sur la table avec les autres billets, et tapote la pile comme un parieur couve sa mise. « Je vais vous raconter ce qui m'arrive, et vous verrez ensuite si vous voulez me vendre ces lunettes sept cent cinquante bahts. Vous voyez, ces lunettes, je ne vous les achète pas seulement pour faire joli. Ce n'est pas un accessoire de luxe, pour moi. En fait, je suis en train de perdre la vue. Demain, à cette heure, je pourrais très bien ne plus rien y voir. Vous comprenez ? Vous avez devant vous une femme qui est en train de devenir aveugle. Les médecins m'ont dit que ces lunettes pourraient peut-être me permettre de gagner quelques jours – demandez à mon fils, si vous ne me croyez pas. Vous n'êtes sûrement pas du genre à laisser une pauvre femme devenir aveugle pour quelques centaines de bahts. Dites-moi si je me trompe. Après tout, peut-être que ça ne vous fait rien...

– Allez, mademoiselle, un beau geste. »

La Chinoise vient d'intercéder en notre faveur d'une voix râpeuse de papier de verre.

Un peu plus tard, alors que nous nous faufilons dans les allées du marché, maman me prend le sac des mains, met ses lunettes Armani sur son nez et éclate d'un grand rire triomphant qui fait tourner les têtes vers nous dans la chaleur.

Je suis réveillé par les oiseaux. Le mendiant a quitté le coin de la rue. Maman est déjà levée. Elle fume une cigarette sur le balcon. Par la porte moustiquaire qui laisse passer un souffle de vent chaud, je vois sa frêle silhouette noire se découper sur un ciel teinté de rouge et de jaune. Elle porte ses lunettes de soleil. Quand je m'approche, elle envoie sa cigarette par-dessus la balustrade d'une pichenette.

Elle fume un paquet de Benson & Hedges par jour, alors qu'elle n'a jamais fumé. Ce n'est là qu'un des nombreux changements qui me la rendent soudain étrangère. Les lunettes de soleil. Les cigarettes. Ces vacances que nous passons ensemble, elle et moi, pour la première fois. Le pack de bières Tsingtao que nous avons traîné de Bangkok jusqu'ici, alors que ma mère ne boit pas de bière. Elle porte des jeans, des chemisiers et des tee-shirts informes à la place de ses tailleurs impeccables de femme d'affaires. Elle ne se maquille plus non plus, et, sans son rouge à joues, ses lèvres carmin, le trait de ses sourcils, j'ai parfois l'impression de voir son visage pour la toute première fois. Et il m'arrive souvent maintenant, en me réveillant, de la trouver assise à quelques pas, en train de me regarder dormir.

Je me laisse tomber sur une chaise à côté d'elle et demande d'une voix ensommeillée : « Depuis combien de temps es-tu debout ?

– Un moment. Je voulais voir le jour se lever.

– Tu te sens bien ?

– Oui. Je vois mieux, ce matin. Je n'ai pas encore eu mon point noir. »

Quelques jours plus tôt, elle m'a expliqué que, parfois, quand ses yeux la trahissaient, elle avait l'impression de regarder dans un kaléidoscope. D'abord elle était éblouie par un éclair blanc, puis, quand elle recommençait à voir, il lui semblait que le monde se fragmentait en un millier de morceaux minuscules. Elle devait fermer les yeux un moment avant que l'image brisée se recompose, que les particules de brun deviennent une chaise, les rouges une chemise, les taches de crème son propre reflet dans le miroir de la salle de bains. Parfois, quand elle rouvrait les yeux, l'image restait trouble, brouillée, comme si elle était sous l'eau, et il lui fallait attendre encore un moment avant que sa vue ne se rétablisse. Les crises s'allongeaient mais ne la gênaient pas trop, tant qu'elles passaient. Ce qui la dérangeait vraiment, c'était « son point noir », comme elle l'appelait : un petit point d'abord pas plus gros qu'une tête d'épingle, au centre de son champ visuel, qui s'élargissait en formant un cercle de plus en plus large, bouton de fleur noire qui, en s'épanouissant lentement, obstruait sa vue.

Il grandissait tous les jours davantage, et elle devait cligner des yeux plusieurs fois de suite pour s'en débarrasser.

Nous regardons le soleil se lever ensemble. La boule orange flamboyante pointe lentement au-dessus de la mer, révélant l'ombre fantomatique de la première des îles Andaman à l'horizon. Maman quitte sa chaise. « Ça va me manquer », dit-elle.

La mer s'étale, plate et bleue. Nous arrivons au port de Trang, achetons nos billets pour Koh Lukmak, et nous installons pour manger un bol de soupe au poisson. Une longue traversée nous attend : huit heures de mer. L'air empeste la marée, et, au loin, des bateaux dansent à l'horizon les uns derrière les autres, comme s'ils étaient reliés par un fil invisible. Les mouettes piquent sur les jonques à quai, et donnent des coups de bec aux entrailles de poisson abandonnées sur les ponts de contreplaqué, dans un concert de cris discordants.

Dès que nous montons à bord, maman s'endort, allongée sur un banc, un gilet de sauvetage sous la tête en guise d'oreiller, baignée par la lueur d'un soleil bleuté qui filtre à travers la toile de l'auvent. C'est une embarcation longue et étroite de seize places, pilotée par un garçon de mon âge. Il est assis à la poupe, la main sur la barre du moteur. Derrière lui les hélices bouillonnent sous la surface, le vent agite ses cheveux décolorés par le soleil qui grimpe dans le ciel. Les vagues claquent doucement contre la coque en bois. Deux farangs sont assis à la proue, hors de l'ombre de la toile, deux Blancs portant des chemises de batik voyantes, qui se passent une flasque plate de whisky du Mekong. Koh Trawen, l'île où nous devons déposer les farangs et nous arrêter pour déjeuner, n'est encore qu'un spectre brumeux dans le lointain.

Avant de s'endormir, maman m'apprend que, pendant les années trente et quarante, Trawen abritait un pénitencier où le gouvernement envoyait les escrocs, les royalistes, les écrivains dissidents, et les communistes. Après la guerre, lors d'une révolte, les prisonniers assassinèrent leurs geôliers. En représailles, le gouvernement cessa tout approvisionnement et les abandonna à leur sort, sans moyen de rejoindre le continent, et surveillés par une patrouille maritime interdisant l'accès de l'île aux chaolays, les gitans des mers, qui auraient éventuellement pu se porter à leur secours. Le gouvernement affirme qu'ils sont tous morts au bout de quelques années, affamés sur les rives de cette frontière maritime, mais des pêcheurs prétendent voir encore des feux la nuit dans les collines. Ces flammèches orange qui dansent par-delà les flots sont autant de signes pour eux que les rebelles, ou peut-être leurs enfants, ou bien encore leurs fantômes, attendent le moment du retour en se préparant à un nouvel assaut contre le gouvernement militaire.

Je contemple la forme diffuse de Trawen au large. L'un des deux farangs est allongé dos à la proue, pieds posés sur le premier banc, casquette ramenée sur les yeux. Son ami range sa flasque de whisky dans son sac à dos et me sourit. Je réponds d'un signe du menton. Il rejoint l'autre à l'avant, et s'installe, visage tourné vers le ciel, recouvert d'une serviette. La toile bat au-dessus de nos têtes comme une voile légère. Bientôt, je suis le seul à rester éveillé, à l'exception de notre pilote qui dirige notre barque dans l'océan Indien. Je regarde maman dormir un moment, sa poitrine monter et descendre. Dès qu'elle s'endort, je me demande si elle sera aveugle au réveil, et comment je réagirai, ce que nous

nous dirons. Bientôt, moi aussi je m'assoupis, apaisé par le balancement du petit bateau qui oscille comme un berceau sur la mer.

À mon réveil, je trouve maman courbée en deux, la tête dans les mains.

Tâchant de ne pas m'affoler, je demande : « Que se passe-t-il ? » tout en me disant : *Ça y est, ça y est, elle est aveugle.*

« Je crois que j'ai le mal de mer, luk. Je n'ai pas l'habitude de monter en bateau. » Je cherche sous le banc et lui tends une bouteille d'eau. « Tiens, bois un peu. Respire à fond. Ne regarde pas par terre. Il paraît qu'il ne faut pas quitter l'horizon des yeux. »

Maman se redresse sur son siège, prend deux grandes inspirations, puis boit quelques gorgées à la bouteille. Elle a le visage empourpré, le front moite. Trawen s'est rapprochée – je distingue presque la silhouette des arbres. La masse qui, de loin, semblait former une seule et même île, je m'en rends compte à présent, se compose en réalité de quatre ou cinq îlots regroupés autour d'une plus grande terre. Elles se teintent de centaines de nuances de vert, et plus nous approchons, plus les couleurs se multiplient.

« Tu as envie de vomir, maman ? »

Elle fait non de la tête, une main posée sur la bouche. Je la rassure : « On est presque arrivés. » Elle pousse un gémissement. « Combien d'heures de traversée reste-t-il entre Trawen et Lukmak ? demande-t-elle.

– Cinq, maman.

– Dans ce cas, nous ferions mieux de passer la nuit à Trawen. Je ne crois pas pouvoir remonter en bateau aujourd'hui. »

L'instant d'après, maman se retrouve à quatre pattes, la tête penchée par-dessus bord, et vomit tripes et boyaux. De longs jets de liquide clair aspergent les vagues vertes aux reflets bleutés. Assis sur le banc à côté d'elle, je lui écarte les cheveux du front, et lui caresse le dos. Son corps se convulse, se détend, se convulse, se détend sous ma main. Elle se vide complètement, jusqu'à n'en plus pouvoir, tandis que les farangs lui jettent de temps en temps des coups d'œil à la dérobée.

« C'est le mieux que vous ayez à faire, madame », dit le garçon derrière nous, un peu fort pour couvrir les pétarades du moteur. Son ton calme et serein dénote une longue habitude des dames victimes du mal de mer. « Tenez bon, madame, Trawen n'est plus très loin. »

Le corps de maman s'apaise. Elle plonge la main dans les vagues et se rince la bouche plusieurs fois avec de l'eau qu'elle recrache dans la mer. Elle s'essuie avec le bras, puis s'appuie au bord du bateau sur les coudes. « Ça va, maman ? » Elle hoche rapidement la tête, sans me regarder, s'efforçant de reprendre son souffle. C'est alors qu'elle écarquille les yeux, cligne deux fois des paupières. Elle écarquille les yeux, cligne deux fois. Écarquille, cligne encore deux fois. Elle cligne deux fois, cligne trois fois. Elle m'agrippe la cuisse et me pince jusqu'au sang avec les doigts. Je me retiens de hurler. Je pose une main légère sur la sienne pour l'encourager à continuer. Elle écarquille les yeux, cligne deux fois des paupières. Écarquille, cligne deux fois. À la fin, elle relâche la pression, et je sens la circulation reprendre dans ma cuisse. Elle pose les deux mains sur ses genoux, respire à fond plusieurs fois, puis se lève pour venir s'asseoir sur le banc à côté de moi. « Tu as vu ça, luk ? souffle-t-elle d'une voix faible. Tu as vu dans quel état je suis ? »

Elle palpe la poche de poitrine de son chemisier, puis passe une main affolée sur son cœur. Son regard court sur le fond humide du bateau.

« Que se passe-t-il, maman ? »

Elle a la bouche tremblante. Elle mord ses lèvres frémissantes qui blanchissent.

« Mes... mes... Ou sont... Mes lunettes de soleil, luk... »

J'imagine la lente chute des lunettes, la monture en écaille constellée de brillants violets marquée du mot armani en petites lettres d'or, qui descendent en tournoyant dans les profondeurs sous-marines, avant de se poser sur le doux lit sablonneux.

Nous trouvons où nous loger sur la côte ouest de Trawen, au bord d'une anse de sable, loin des farangs. Avec l'approche de la mousson, sur les six bungalows de la plage, seuls deux sont occupés. L'un des îlots qui entourent Trawen se dresse juste en face du nôtre, à quelques centaines de mètres seulement, une modeste éminence, pas plus grande qu'un carré d'immeubles s'élevant dans la mer. Tout à l'heure, quand j'ai demandé au garçon du bateau si l'îlot avait un nom, il m'a répondu que non, qu'il était trop petit. Maman a loué l'autre bungalow pour notre pilote qui doit nous emmener à Lukmak demain matin ; il a amarré sa barque à un poteau de la jetée, incrusté d'anatifes.

Maman se rendort dès que nous avons fini de défaire nos sacs sur les nattes en osier, étalée de tout son long sur le matelas. Je passe mon caleçon de bain et décide d'aller me baigner. Je ferme doucement la porte moustiquaire derrière moi en sortant.

L'eau est chaude comme l'air du soir. J'avance de quelques pas dans la mer, les genoux fendant la calme surface. Nous avons beau ne pas encore être à Lukmak, c'est aussi beau que maman l'espérait : l'eau tendue comme une peau transparente sur la terre, le sable fin et blanc, moelleux comme un oreiller ; les bancs de petits poissons arc-en-ciel qui filent à l'unisson. Des crabes décampent sur le fond et s'enterrent, laissant derrière eux des monticules de sable.

Quand l'eau m'arrive à la taille, je plonge et m'éloigne rapidement de la plage sous l'eau, à la brasse. Ma poitrine frôle le doux fond de sable. Je remonte pour respirer, prends une grande inspiration, et replonge. La fois suivante, je m'aperçois qu'il y a davantage de profondeur. L'inclinaison s'accentue tandis que, tout en suivant le fond, je sens la surface s'éloigner lentement à chaque brasse. Je donne une poussée des deux mains dans le sable, remonte respirer, puis replonge.

Cette fois, j'ouvre les yeux pendant la descente, propulsé par d'énergiques coups de jambe. Des traits nébuleux de soleil percent l'eau glauque et trouble. Des bouquets de bleu, des bouquets de jaune, des bouquets de vert se dispersent autour de moi, petits grains de couleur en suspension, flottant à travers une tapisserie de lumière sans relief. J'entends mes coups de pied, le battement de mon cœur, le flux de l'eau tiède autour de moi. Le fond, indistinct, monte vers moi. Je me cogne au sable. Je pense à maman et à la cécité qui la gagne. Elle doit percevoir ces mêmes apparitions floues, ces teintes fragmentées. Ressentir cette impression d'apesanteur.

Je remonte respirer. Quand je brise la surface, je me tourne vers la côte, les yeux brûlants, les lèvres desséchées et salées. Le bungalow semble petit au pied du pic qui s'élève derrière lui, le sommet couronné par un soleil doré ; la plage n'est qu'un fin sillon blanc au loin.

Je vois une porte s'ouvrir, une femme s'asseoir sur les marches du bungalow. Elle forme une tache rouge et noire, appuyée en arrière sur ses coudes, les pieds dans le sable. Je lève le bras hors de l'eau pour attirer son attention. J'espère qu'elle va me voir. Je veux croire qu'elle répond à mon geste, que le mouvement rouge et noir que je distingue est le signe d'une mère à son fils. C'est moi, maman. Moi. Je retourne vers le rivage.

Le générateur électrique de l'île s'arrête avec un grand fracas à huit heures. Maman rentre chercher la lampe à huile, et retourne s'asseoir avec moi sur la plage. La marée vient de changer et commence à redescendre.

« Tu te sens mieux, maman ?

– Je suis une autre femme, luk. Désolée pour tout à l'heure.

– Tu n'as aucune raison de t'excuser, maman. C'est dommage, pour tes lunettes.

– Tant pis, dit-elle avec un rire en allumant une cigarette tout en jouant avec le goulot de sa bouteille de Tsingtao. C'était de la vanité pure. Ça m'apprendra à avoir entourloupé cette pauvre fille de Chatuchak. »

Nous gardons le silence un moment, à écouter la brise bruire dans les branches des cocotiers, le ressac sur la plage, et à regarder l'ombre rapide des crabes qui courent de côté sur le sable.

« Je peux te poser une question, luk ?

– Bien sûr.

– As-tu toujours l'intention d'aller dans le Nord, à la fin de l'été ?

– Sérieusement ?
– Bien sûr.
– Je ne sais pas, maman.
– J'avais peur de ça. »

Elle tire sur sa cigarette, le visage doucement éclairé par le bout incandescent. Elle regarde l'océan qui s'obscurcit. Elle écrase son mégot contre la bouteille de bière, faisant voler des étincelles contre le verre.

« Écoute-moi, luk. Écoute-moi bien. » Elle me prend les joues entre ses mains. Ses paumes sont fraîches, refroidies par la bouteille de bière. Son geste me surprend.

« Je veux que tu partes à la fin de l'été. Je me fiche de ce que tu penses, il faut que tu ailles dans ton école. C'est important pour moi. J'y tiens absolument. Je ne veux pas que tu restes pour t'occuper de moi. Je ne m'attends pas à ce que tu te sacrifies, si c'est ça qui t'inquiète. Ne t'en fais pas. Je peux très bien me débrouiller toute seule.

– Mais maman…
– Écoute-moi. Comme si ça ne suffisait pas que je devienne aveugle ! Il n'est pas question que tu en pâtisses aussi. Et puis, ajoute-t-elle en me lâchant et en portant le goulot à ses lèvres, je ne vais pas mourir, tu sais, luk. Je deviens aveugle, c'est tout. N'oublie pas ça. Il y a une grande différence. Une énorme différence, même si ça arrive à des gens très bien tous les jours. »

Je me réveille dans le noir en entendant grincer la porte moustiquaire. Les draps de maman sont proprement pliés sur le matelas à côté de moi. Je me lève, passe une chemise, puis je sors et descends les marches du bungalow. Il n'y a pas un bruit, à part le sifflement du vent dans les arbres, pas une lumière dans le noir sauf une flamme vacillante, orange vif, qui se déplace au loin sur la mer.

Je pense aux âmes des bagnards morts, aux histoires des pêcheurs, mais je m'aperçois vite que ce n'est que maman, éclairée par la lampe à pétrole. La mer s'est beaucoup retirée depuis que je me suis couché, entraînant assez loin le bord de la plage, la limite de l'eau et du sable.

La flamme de la lampe à pétrole rapetisse et ne forme bientôt plus qu'un point lumineux dans la nuit. Je pense : *Ma mère marche sur l'eau.* La lumière a obliqué, elle longe à présent le bas d'une ombre noire au large de la baie, puis s'arrête. *Ma mère est sur une île qui n'a pas de nom.*

J'avance vers la mer, vers la lumière tremblotante. La flamme cligne comme un œil orange qui m'appelle à travers le chenal. Le sable humide est tendre comme de l'argile molle, mes pieds s'enfoncent dans sa tiédeur à chaque pas.

Arrivé au bord de l'eau, je me rends compte qu'il reste encore une distance considérable entre l'endroit où je me tiens et la lumière de la lampe de maman sur l'île, au large de la baie. L'eau est peut-être assez peu profonde pour traverser, mais je me souviens de mon bain de la veille, et de la soudaine déclivité du fond. Ma mère n'est pas très bonne nageuse.

Et puis, du coin de l'œil, j'aperçois quelque chose : une fine ligne lumineuse, un fil ténu au milieu de la baie. Un banc de sable opaque, veine saillante reliant les deux îles.

Je longe la plage pour m'approcher du gué sans quitter la flamme des yeux. Le sillon n'a pas plus d'un mètre de large, et forme un sentier blanc à la surface de l'eau. Le ciel noir vire à l'indigo tandis que la nuit cède lentement la place au jour, et je distingue la frêle silhouette de maman, assise à côté de la lampe scintillante. Je m'engage sur le banc de sable ; des vaguelettes chaudes viennent lécher mes pieds nus. Je vais regarder le soleil se lever avec maman, et puis je la ramènerai avant que la marée ne change, que l'eau ne monte et que ce sable ne redevienne le fond de la mer.

Priscilla la Cambodgienne

La richesse, pour moi, restera toujours liée aux magnifiques dents de Priscilla la Cambodgienne. Elles étaient toutes couronnées d'or pur, comme de jolis lingots. Les sourires de cette petite fille brillaient parfois comme si elle avait avalé le soleil. Dong et moi, nous lui demandions souvent de nous les montrer, et Priscilla ouvrait toute grande la bouche. Nous nous approchions pour en inspecter les tréfonds, si longtemps qu'elle en avait mal aux mâchoires. « Tu es riche », commentions-nous, et Priscilla la Cambodgienne riait d'un air mutin de fille à qui l'on vient de dire qu'elle est belle.

Son père était dentiste. Quand la situation s'était aggravée au Cambodge, il avait fait fondre l'or familial, et avait engrangé ce trésor dans la bouche de Priscilla. Peu de temps plus tard, il avait été arrêté. Priscilla se souvenait des séances, assise dans le fauteuil de dentiste de l'hôpital vide, pendant que les bombes tombaient sur Phnom Penh. Au cours des trois années suivantes, alors que Priscilla transitait de camp en camp avec sa mère, il lui arrivait de passer des journées entières sans ouvrir la bouche : sa mère redoutait qu'il ne vienne des idées aux gardiens. Elle obligeait Priscilla à grignoter de minuscules bouchées de gruau et de poisson salé dans l'intimité toute relative du hangar qu'elles partageaient avec des centaines d'autres réfugiés. « C'est dingue, disions-nous. On devrait faire un film de ta vie, morveuse. »

Cet été-là, Dong et moi traînions à longueur de temps au fond de la piscine du lotissement, laissée inachevée par le promoteur. Priscilla et sa mère venaient d'arriver à Bangkok en compagnie de deux autres familles cambodgiennes. Ils occupaient un bidonville près de la voie ferrée, à la limite de notre quartier. Avant de rencontrer Priscilla, mus par notre irrépressible ennui, il nous était arrivé, à Dong et à moi, de monter sur la voie et de jeter des cailloux pour le seul plaisir de les entendre frapper les toits de tôle ondulée des Cambodgiens. La mère de Priscilla, une femme très petite au visage plat, surgissait en hurlant des invectives dans une langue que nous ne comprenions pas, mais la pelle rouillée qu'elle brandissait n'était guère équivoque, et nous nous enfuyions en nous tordant de rire.

Ma mère jugeait que la présence des réfugiés ne présageait rien de bon. « C'est un message du bon Dieu, disait-elle. Je l'entends s'excuser : "Désolé, les gars, mais il n'y aura ni club de sport, ni jardin, ni terrain de jeux, ni piscine, bref aucun des aménagements que vous vous attendiez à trouver quand vous avez emménagé dans ce lotissement, pauvres cons. À la place, je vais vous mettre des réfugiés cambodgiens. Ce n'est pas aussi marrant, mais bon, la vie, c'est pas tout rose, on n'en a pas toujours pour son argent." » Papa hochait la tête et répondait qu'il n'y avait aucun doute, que ces réfugiés allaient gagner du terrain et nous envahir. « Ces salauds ne se déplacent qu'en bande », se lamentait-il. Leur petit camp grandirait tellement que c'était nous qui allions finir par nous prendre pour des réfugiés.

À l'époque, la crise économique sévissait déjà. Les usines avaient été délocalisées aux Philippines et en

Malaisie. Ma mère en était réduite à coudre des collants chez une Chinoise. Mon père portait des poutrelles en béton dans un chantier pour un salaire de misère. Certaines familles du lotissement avaient déjà déménagé, abandonnant leurs animaux domestiques, leurs plantes d'intérieur, et leurs demi-pavillons vides. Plus tôt, cet été-là, mon père et ma mère avaient aussi essayé de revendre, mais il était déjà trop tard, le marché s'était effondré. Quand l'agent immobilier du promoteur était venu estimer notre maison, papa avait tellement pâli que j'avais craint qu'il ne fasse un malaise. « Bon Dieu, c'est de l'escroquerie ! s'était-il écrié quand l'agent avait proposé à peine plus de la moitié du prix d'achat.

– Pas du tout, avait répliqué l'agent en tripotant son nœud de cravate. C'est la loi du marché, purement et simplement.

– Sortez de chez moi ! avait alors crié mon père. Sortez, ou je vous mets purement et simplement mon pied au derrière ! »

L'agent immobilier ne s'était pas départi de son sourire.

« Comme vous voudrez. Vivez comme des sauvages, je vous souhaite bien du plaisir. »

Un après-midi d'avril, Dong et moi, nous nous esquintions à tenter des cascades idiotes à vélo dans la piscine inachevée. Je frottais une tache sur mon pantalon, assis dans le petit bain, attendant que Dong s'élance du plongeoir. Nous allions faire sensation avec ce saut, pensions-nous. Les filles seraient à nos pieds. Nous étions persuadés qu'après nous avoir vus prendre notre envol du plongeoir et atterrir dans le grand bain, elles se pâmeraient, tomberaient à genoux, et se battraient pour avoir l'honneur de s'adonner à des danses délicieusement indécentes avec nous. Nous avions bien compris que nos avantages physiques ne suffiraient pas à nous ouvrir les plaisirs de la danse. Pour commencer, nous étions bruns comme des pruneaux. Ensuite, mon asthme récalcitrant me valait le surnom de Sifflet bouché à l'école. Et pour finir, Dong marchait les pieds en dedans et était plutôt grassouillet. Les Friqués de l'école le surnommaient Gros Canard. Dès qu'il y avait des filles à portée de voix, il leur suffisait de crier, « Hé ! regardez, les mecs, voilà le Gros Canard et le Sifflet bouché qui s'amènent » ou « Coin-coin, reuf-reuf ! », et les mots beau gosse s'inscrivaient instantanément sur leurs fronts. Inutile de préciser, cela ne nous amusait pas le moins du monde, même pas un quart de seconde, contrairement aux parents de Dong et aux miens : ils s'étranglaient tellement de rire quand nous revenions en pleurnichant que nous en avions tiré l'impression d'être les garçons de onze ans les plus dépressifs de la planète. Il nous fallait donc un talent particulier, et les acrobaties aériennes nous semblaient parfaitement adaptées à nos besoins. Malheureusement, aucune de nos tentatives ne s'était jusqu'alors révélée très acrobatique ni même très aérienne.

Cet après-midi-là, au moment où Dong arrivait au milieu du plongeoir, Priscilla la Cambodgienne a surgi au bord de la piscine comme une petite diablesse. « Ouiii ! » a-t-elle crié joyeusement. Dong a eu une hésitation et a tourné la tête vers elle, ce qui lui a fait perdre son élan et dégringoler du bout du plongeoir. Il a atterri avec un bruit inquiétant sur le carrelage dur ; au milieu du fracas de ferraille, on a entendu un glapissement de chien heurté par une voiture. Priscilla a éclaté de rire en le montrant du doigt, et c'est là que j'ai vu étinceler ses crocs en or pour la première fois.

« Raclure de réfugiée, a marmonné Dong en se relevant de la faïence moisissante. T'arrêtes, oui ? » Il a ramassé son vélo en chancelant. Priscilla la Cambodgienne ne s'est pas gênée pour continuer de s'esclaffer.

Je suis intervenu tout en rejoignant Dong dans le grand bain. « Eh, oh ! La piscine est à nous. Barre-toi. » Elle m'a dévisagé. Elle était plus jeune que nous, et portait un vieux tee-shirt de la banque Kasikon, qui lui arrivait aux genoux. Ses cheveux, courts et noirs, se dressaient sur sa tête en épis emmêlés. Mais surtout, elle avait la bouche remplie d'or.

Elle a arrêté de rire, a pris l'air féroce, et nous a désignés d'un doigt accusateur. « Laissez ma mère tranquille, a-t-elle lancé sèchement en thaï d'une voix fluette qui a vibré dans la piscine. Arrêtez de jeter des cailloux. » Dong et moi, nous nous sommes regardés. Nous ne nous étions pas doutés qu'elle parlait thaï. Nous l'avions déjà vue dans le lotissement avec les autres Cambodgiens, mais nous ne les avions entendus se parler que dans leur charabia.

« C'est pas nous, a grommelé Dong en se frottant la tête du plat de la main.

– Si, c'est vous », a-t-elle répondu. J'ai eu un nouvel aperçu de ses dents, qui m'ont évoqué des pirates. « Si vous recommencez, je vous tue. Je ne plaisante pas, les gars.

– D'accord », a dit Dong avec un haussement d'épaules. Il est remonté sur son vélo et s'est mis à pédaler furieusement en rond, avec force grincements de chaîne et crissements de pneus. « Cause toujours, morveuse. » Elle est restée à nous observer, impassible, tandis que Dong faisait des cercles au fond de la piscine.

« Tu parles drôlement bien thaï, ai-je dit au bout d'un moment. Comment tu t'appelles ? »

Dong m'a jeté un regard incrédule tout en pédalant.

« Priscilla », a-t-elle répondu d'un air presque gêné en roulant le bas de son tee-shirt entre ses doigts.

« Drôle de nom pour une réfugiée ! ai-je remarqué en riant. C'est pas cambodgien, ça. C'est un nom de farang. »

Elle a ouvert les lèvres comme si elle s'apprêtait à s'expliquer, mais elle s'est ravisée, a tourné les talons et s'est éloignée. « Surtout ne recommencez pas, a-t-elle jeté en passant le portail en mal de peinture. Ne lancez plus de cailloux. Ma maman n'aime pas ça. »

Elle n'était pas partie depuis plus de dix minutes que Dong et moi grimpions l'échelle de la piscine, hissions le vélo hors du bassin, et nous dirigions vers la voie ferrée.

« T'as vu ses dents ?
– Oui, a répondu Dong. Elle est pas normale. »

Un mince filet de fumée s'élevait de la cahute de Priscilla. On faisait la cuisine chez elle. Les pieds sur les traverses, nous avons choisi avec soin de beaux cailloux bien lourds, délicieusement froids. « Lâchez les bombes ! » a clamé Dong avec un clin d'œil.

La première pierre n'a suscité aucune réaction. Mais, à l'instant où la deuxième cognait le toit en tôle, Priscilla a jailli de la maison comme un petit sanglier furieux, poings serrés, narines dilatées, et, chargeant à travers les broussailles, elle a monté le talus qui séparait le bidonville de la voie. En voyant son expression enragée, j'ai éclaté de rire et je me suis enfui à toutes jambes. À mi-distance de la route, je me suis aperçu que Dong ne courait pas à côté de moi.

Je me suis retourné. La petite Cambodgienne, toute fluette qu'elle était, avait plaqué Dong face contre terre sur les traverses. Elle était assise sur son dos et tenait bon, pendant qu'il ruait et se débattait sous elle comme un cheval de rodéo. Elle l'invectivait en lui donnant des coups sur la tête à tour de bras. J'ai eu envie d'abandonner Dong à son sort, mais je me suis souvenu qu'elle avait menacé de nous tuer et j'ai pris peur, ne sachant pas si les Cambodgiens lançaient ce genre d'avertissement à la légère, même si la Cambodgienne en question n'était qu'une petite fille. Elle aurait pu être Khmère rouge – un terme que ma mère et mon père prononçaient avec des accents inquiets quand ils se plaignaient des réfugiés. À l'époque, j'avais vaguement compris qu'il était dangereux d'être Khmer rouge, comme d'être cancéreux, par exemple. Quand on avait le khmer rouge, on devait perdre ses cheveux, devenir tout pâle et beaucoup trop maigre, et cracher des glaires vertes dégoûtantes comme l'oncle Sutichai que nous allions voir à l'hôpital les dimanches. Si cette petite fille avait le khmer rouge, il fallait à tout prix l'empêcher de le refiler à Dong.

À mon arrivée, Dong m'a jeté un coup d'œil d'impuissance. Priscilla lui retenait les deux bras contre terre avec les pieds. « Fais quelque chose, mec, a-t-il supplié.

– Demande pardon ! » a hurlé Priscilla. Dong a grogné en recommençant à se débattre, en vain. Elle ne m'avait pas remarqué. « Demande pardon ! » a-t-elle crié de nouveau en tapant plusieurs fois sur le crâne de Dong avec un bruit sec et mat.

Je lui ai touché l'épaule. Elle a fait volte-face et m'a frappé si vite au visage que j'ai reculé en titubant. Elle s'est levée du dos de Dong et m'a sauté dessus comme une petite panthère. Elle a montré ses dents en or, et, un instant, j'ai craint qu'elle ne me morde, mais elle s'est contentée de m'asséner des claques sur la tête. J'ai levé les bras pour me protéger de ses coups efficaces et cinglants, tout en riant de surprise devant une telle rage.

« Demande pardon ! répétait-elle en criant à pleins poumons.

– C'est bon, c'est bon, suis-je parvenu à dire au bout d'un moment. Pardon. T'as gagné. Pitié !

– Eh ! Ça va, morveuse, a dit Dong en se relevant et en époussetant son fond de pantalon des deux mains. La paix, pas la guerre ! »

Elle s'est arrêtée et nous a regardés l'un après l'autre. « Je vous avais prévenus que je vous tuerais ! » a-t-elle remarqué en croisant fièrement les bras. Puis elle a donné un coup de poing dans l'épaule de Dong. « Putain, a crié Dong en reculant. On t'a dit ça suffit ! Tu sais que t'as de la chance d'être une fille, parce que sinon…

– Tu n'as pas demandé pardon », a-t-elle coupé sévèrement. Dong se frottait l'épaule d'une main. Elle a levé de nouveau les poings.

« Ça va, a-t-il grommelé. Pardon. T'es contente maintenant ?

– Non. Je veux que vous demandiez pardon à ma maman.

– Sûrement pas, ai-je rétorqué.

– Ah ! ben putain non ! » s'est indigné Dong en secouant la tête.

Mais Priscilla avait déjà crié quelques mots en cambodgien vers la cabane et nous avons vu sa mère gravir lentement le talus vers nous en s'essuyant les mains sur son tablier taché.

Je n'avais jamais rencontré de femme aussi petite. Elle avait à peine une tête de plus que nous, le visage plat comme une omelette, de grands yeux noirs sans lustre, et de larges épaules masculines. Ses dents n'étaient pas en or comme celles de sa fille. Elles étaient juste un peu de travers, plutôt jaunes, tristement ordinaires. Priscilla lui a dit encore quelques mots en cambodgien. Sa mère a hoché la tête tout en nous contemplant d'un air mécontent. « Demandez-lui pardon », a ordonné Priscilla en thaï.

Dong m'a regardé. J'ai regardé Dong.

« Allez, a-t-elle insisté en fronçant durement les sourcils, ou je recommence à vous taper dessus. »

Nous avons fini par nous excuser en chœur, tête basse, en nous regardant les pieds : « Pardon. » La mère de Priscilla nous toisait toujours méchamment. J'ai cru qu'elle allait se mettre à nous aboyer dessus en cambodgien. J'ai même eu peur de découvrir quelles atrocités elle s'était apprêtée à commettre avec sa pelle rouillée. Elle allait sûrement nous enterrer vivants. Je me préparais à m'enfuir à toutes jambes, mais la mère de Priscilla n'a rien fait d'autre que de nous donner une tape à l'arrière de la tête. Ensuite, à notre immense surprise, elle nous a fait un grand sourire – un vrai gentil sourire – avant de dire quelque chose à Priscilla et de redescendre à sa cahute.

Priscilla nous observait en se passant l'ongle du petit doigt entre les dents, comme si elle se demandait quel sort nous réserver.

« On peut s'en aller, maintenant ? a demandé Dong.

– Si vous voulez, a-t-elle répondu avec un haussement d'épaules, sauf si vous avez envie de manger quelque chose. »

Nous ne devions pas le regretter. Nous n'avons plus jamais jeté de cailloux sur sa maison. Même si Dong persistait à prétendre que nous ne nous étions pas défendus parce que Priscilla n'était qu'une petite fille, nous savions parfaitement l'un et l'autre que nous aurions eu du mal à vaincre sa fureur. Je n'avais jamais vu un tel acharnement, sauf le soir où ma mère avait pourchassé à coups de manche à balai un énorme rat qui s'attaquait à notre poubelle.

Donc, loin de protester quand Priscilla est arrivée à la piscine le lendemain matin, nous l'avons accueillie avec plaisir. Désœuvrés, nous avons passé ces belles journées d'été à faire les fous tous les trois au fond du bassin vide. C'est là que Priscilla nous a parlé de son père et que, en regardant ses dents, Dong et moi lui disions qu'elle était riche.

Nous avons initié Priscilla aux joies simples d'un été normal, un été loin des camps de réfugiés. Grâce à nous, elle a goûté à de la glace pour la première fois. Nous avons acheté un cerf-volant, que nous dirigions du fond de la piscine. Nous l'avons emmenée voir un film au cinéma bon marché de la rue Onnut, un film d'horreur sur une sorcière qui vivait près d'un canal, et elle m'a serré si fort le bras quand elle avait peur que je me suis découvert une constellation de petits bleus en sortant. Nous lui avons même appris à faire du vélo. La première fois qu'elle a roulé seule, elle a descendu à toute allure la pente du grand bain en poussant des cris tellement perçants qu'on a presque senti trembler les parois carrelées.

Dong et moi, de notre côté, avons amélioré nos cascades. Nous sommes arrivés à rouler une ou deux fois sur la roue arrière, mais le saut du plongeoir restait encore bien au-dessus de nos capacités. « Vous êtes complètement malades, les gars, disait Priscilla quand nous rassemblions notre courage avant une nouvelle tentative. Je n'ai jamais rien vu d'aussi bête. » Mais elle riait tellement au moment où nous tombions, que cela valait presque la peine de risquer de se rompre les os pour l'entendre.

Quand il faisait trop chaud, nous allions nous abriter dans la cahute de Priscilla. Sa mère faisait des ménages dans le lotissement des riches, au coin de la rue – où les

Friqués de l'école s'ébattaient dans leur piscine olympique – mais pendant ses jours de congé, elle nous préparait souvent du riz gluant. Il n'y avait jamais rien d'autre : pas de poisson, pas de porc, mais le riz était délicieux et nous remplissait le ventre. La mère de Priscilla nous regardait manger d'un air impassible, et nous lui enseignions tous les trois des expressions en thaï. Dong et moi lui apprenions des gros mots. Elle nous faisait beaucoup rire, parce qu'il n'y avait rien de plus drôle que d'entendre une réfugiée cambodgienne à la face plate dire « couille molle », « tête de nœud » et « chatte poilue ».

C'est là que nous avons appris pourquoi elle avait appelé sa fille Priscilla. Elle lui avait donné le nom de la femme d'Elvis Presley. Un des rares objets qu'elle avait emportés était un trente-trois tours montrant la grosse tête de farang d'Elvis encadrée par ses épais favoris broussailleux. Le disque trônait sur le dessus d'un casier à bouteilles de lait vide, appuyé au mur de tôle crasseux, comme l'image sainte d'un autel. Priscilla disait ne l'avoir jamais entendu – elles n'avaient pas de tourne-disque – mais sa mère lui en avait chanté les chansons le soir dans les camps pour l'endormir. En regardant l'album, Dong et moi nous étonnions qu'on puisse le trouver beau. S'il avait grandi à Bangkok, disions-nous, il n'aurait été le roi de rien du tout. Les Friqués de l'école se ficheraient de lui en lui trouvant des surnoms méchants. Il ne se serait pas mieux débrouillé que nous autres, pauvres pouilleux. « Mais regardez-le ! Et en plus il porte une cape ! »

À part le disque d'Elvis, il y avait une petite photo du père de Priscilla scotchée au-dessus du vieux matelas mité qu'elles partageaient la nuit. Sur la photo, il se tenait devant un bâtiment en béton massif, vêtu de sa tenue vert clair d'hôpital. Il portait de grosses lunettes épaisses, et fixait un point hors champ. « Ce type-là, disions-nous à Priscilla, lui, il est beau. Comparé à lui, Elvis c'est de la merde. » Priscilla imaginait que son père était encore en vie. Nous n'avions aucune intention de la détromper.

Le bidonville s'est agrandi, comme mon père l'avait prédit. Il avait raison : ils se déplaçaient en bande. Il y a eu quatre baraques, puis six, puis huit, et vers la fin de l'été, une trentaine de Cambodgiens devait vivre de l'autre côté de la voie ferrée à la limite de notre lotissement. De loin, leurs minuscules maisons bancales appuyées les unes aux autres semblaient une structure unique et délicate, château de cartes métalliques froissées. Comme Priscilla et sa mère, les occupants étaient surtout des femmes et des enfants, mais il y avait quelques hommes, graves et émaciés. Les Cambodgiens ne se parlaient pas beaucoup, et quand ils échangeaient quelques mots, c'était à voix basse, comme si le statut de réfugié commandait le silence. Il leur arrivait d'avoir le fou rire ou de faire de grands gestes ou de se mettre en colère, mais ce n'était jamais qu'en sourdine. Le soir, ils bavardaient, se lançaient une balle de takraw, cousaient des couvertures et des oreillers, s'occupaient du carré d'herbes aromatiques qu'ils cultivaient sur le talus. Dong et moi, nous ne leur parlions jamais, mais nous les trouvions gentils, parce qu'ils nous saluaient d'un signe de tête, d'un geste ou d'un sourire quand nous arrivions à vélo.

Tous les matins, un pick-up blanc venait en chercher certains pour les emmener travailler sur un chantier de construction de routes. Ils s'empilaient à l'arrière, tellement serrés qu'il n'y avait pas la place de s'asseoir. Un jour où Dong et moi nous étions levés assez tôt pour assister au départ, nous avions vu sur le visage de ces Cambodgiens une détresse à briser le cœur. Ils avaient l'expression anxieuse de gens qui craignent de ne pas revenir. Ils contemplaient leur petit monde précaire près de la voie de chemin de fer comme s'ils le voyaient pour la dernière fois. Le camion revenait les déposer en début de soirée, et ils rentraient tous, bien sûr – il n'y avait absolument pas de quoi s'inquiéter – et j'avais un mal fou à comprendre pourquoi ils éprouvaient un tel soulagement à retrouver des cahutes aussi minables. La survie, simplement, était pour eux une victoire et un émerveillement permanent.

Cet été-là, Priscilla a perdu deux dents. La première était une incisive, juste après les deux dents de devant. Elle a pleuré toute la journée en s'apercevant qu'elle bougeait. « Je ne sais pas quoi faire », gémissait-elle en la maintenant en place du bout du doigt. À notre âge, Dong et moi étions déjà des vétérans de la dent de lait. Nous lui répétions de ne pas s'en faire. C'était normal. « Je m'en fiche que ce soit normal », répondait-elle en se remettant à pleurer toutes les larmes de son corps. Nous avons passé le plus clair de la matinée à la consoler et lui avons conseillé d'imaginer toutes les choses qu'elle et sa mère pourraient acheter avec cet or. Une télévision. Un tourne-disque. Un réfrigérateur. Mais, disait-elle, elle ne voulait rien. « C'est ma dent. Elle est à moi. » Alors je lui ai expliqué que son père avait compté qu'elle les perdrait. Il avait sûrement pensé que Priscilla et sa mère auraient besoin de leur or pour rentrer dans leur pays et le retrouver – une idée qui a semblé la consoler provisoirement.

Une semaine plus tard, la dent a fini par tomber. Nous partagions un sac de boulettes au poisson à la piscine quand Priscilla a soudain craché la dent dans sa main. Nous sommes restés un moment les yeux rivés sur ce lingot baignant dans sa petite mare de salive sanguinolente et de poisson mastiqué, puis Priscilla l'a essuyé et nous l'a fait passer. Hors de sa bouche, la dent était moins étincelante. On aurait dit un petit gravier brillant, incroyablement léger dans ma main. Nous l'avons rapporté à sa mère qui l'a rangée dans une boîte en teck, à côté du portrait d'Elvis Presley.

Comme mes parents l'avaient redouté, la déchéance de notre lotissement est devenue tristement apparente. Pour la première fois, l'entrepreneur n'a pas pris la peine de reboucher les énormes cratères que les inondations de la saison humide avaient creusés dans les rues. Ma mère se plaignait d'avoir l'impression de vivre sur la lune avec tous ces trous. Elle disait : « Bon Dieu, maintenant je me fous complètement du club de gym et de la piscine et du jardin, je ne demande qu'à pouvoir prendre mon vélo jusqu'à l'arrêt de bus sans me casser le cou. »

Il y avait de plus en plus de rats. À la fin de l'été, ils étaient tellement nombreux que, même animée par ses fureurs les plus noires, ma mère n'aurait pas pu les empêcher de fouiller dans notre poubelle. Un soir, j'ai vu avec horreur un chien errant à l'air féroce flairer une bouche d'égout devant notre maison, et battre en retraite devant trois énormes rats. « C'est une invasion, gémissait ma mère. Non mais attendez, c'est l'apocalypse ! » Tous les deux jours, mon père mettait du papier collant à rats dans la cuisine extérieure le soir. Le matin, on trouvait toujours deux ou trois rats, gros comme des chatons, pris dans la surface gluante, qui couinaient en se débattant comme des minidinosaures démoniaques en train de s'enliser dans un marécage de poix.

Dong expliquait que les rats étaient hypersexualisés : il avait vu un documentaire à la télévision. Un seul rat, rapportait-il, pouvait engendrer jusqu'à quinze mille petits par an. Cela faisait rire Priscilla qui trouvait que nous n'avions pas à nous plaindre. « Ici, ça va », disait-elle. Elle nous racontait que dans un de ses camps, la situation était devenue si critique que les gens dormaient un bâton dans les bras pour se défendre.

Un jour, nous en avons découvert un dans la piscine. Il était tombé au fond, et n'arrivait plus à sortir. Penchés au bord, nous avons regardé l'immonde créature aux yeux rouges sauter vainement sur les parois. Comme nous ne savions pas quoi faire, nous avons passé le reste de la matinée à errer dans les rues. Dong était tellement perturbé par ce rat qu'il semblait au bord des larmes. Mais quand nous sommes retournés à la piscine dans l'après-midi, le rat était parti. Nous avons eu beau ne plus en revoir dans le bassin, nous ne nous y sommes plus jamais sentis aussi à l'aise.

Mon père accusait les réfugiés d'avoir attiré les rats. D'après lui, ils apportaient la vermine. « Pas étonnant qu'il y ait des rats, a-t-il dit un soir à des hommes du quartier venus boire un verre. Ça chie et ça pisse partout. Quand on chie et qu'on pisse n'importe où comme ça, il ne faut pas s'étonner qu'il y ait des rats. »

Les voisins ont hoché la tête et ont fait tourner la bouteille de whisky. Le père de Dong était là, lui aussi. J'ai apporté un plateau de Heineken avec un seau de glace pour les amis de mon père, pendant que maman, dans la cuisine, s'énervait en faisant ses comptes.

« Moi, je vous dis qu'ils font de l'élevage, a clamé l'un des voisins. Les Cambodgiens mangent du rat, c'est sûr.

– C'est les Cambodgiens, les rats, si vous voulez que je vous dise », a ironisé un autre.

Je leur ai versé les bières, et j'ai vidé le cendrier dans un sac en plastique. Mon père a posé la main sur mon épaule. « Ce petit gars, c'est mon fils, a-t-il déclaré en me secouant comme un prunier. Les enfants, c'est notre avenir. C'est pour eux qu'on se bat. »

Les voisins, déjà très soûls, ont hoché la tête. J'ai soudain eu un terrible pressentiment. J'avais envie de leur dire que les réfugiés avaient construit de vraies toilettes, cachées discrètement derrière une haie. Je voulais qu'ils sachent que les Cambodgiens ne chiaient et ne pissaient pas n'importe où, comme le prétendait mon père. Je voulais leur parler de Priscilla et de sa mère. Mais je doutais que les amis de mon père apprécient mes explications.

Je me suis réveillé dans la nuit en entendant des éclats de voix surexcités. Je suis sorti de mon lit, et je les ai vus qui entouraient mon père dans le jardin, hochant la tête de concert. Quelqu'un est arrivé au volant d'un pick-up et les hommes sont montés à bord ; le bourdonnement rauque de leurs voix d'ivrognes résonnait jusqu'à ma fenêtre. Ils avaient laissé leurs bouteilles vides sur le paillasson du jardin, et l'idée que ma mère et moi devrions nettoyer derrière eux le lendemain matin m'a traversé la tête. Le pick-up s'est éloigné lentement dans la rue tandis que les hommes scandaient des chants guerriers, comme s'ils s'encourageaient à accomplir un acte de bravoure. J'ai descendu l'escalier, le ventre noué. J'ai enfilé mes tongs, et je suis parti en courant dans la rue sombre vers la voie ferrée.

À mi-chemin, essoufflé par ma course, j'en ai vu assez pour être fixé. Les hommes du quartier mettaient le feu au bidonville des Cambodgiens. Une lueur rouge fleurissait au bout de la rue principale du lotissement, comme un deuxième soleil s'élevant dans la nuit. J'ai entendu des voix rudes, exaspérées, des cris aigus de femmes. Il y a eu une explosion. Des bris de verre. Des imprécations. Je me suis arrêté et me suis assis en tailleur au milieu de la chaussée. Un rat a détalé dans une bouche d'égout, puis a reparu pour chercher de la nourriture. Le terrible rougeoiement me paralysait à tel point que si les rats avaient surgi pour me dévorer tout cru, je n'aurais pas eu la force de les repousser.

Je ne me souviens pas d'être rentré chez moi. Je dois pourtant l'avoir fait, car je me suis réveillé dans mon lit le lendemain matin, souffrant d'un terrible mal de tête. J'ai cru être devenu fou. J'ai essayé de me persuader que j'avais rêvé les événements de la veille, mais quand j'ai embrassé mon père en me levant, il empestait la fumée et l'essence.

Tout de suite après le petit déjeuner, j'ai couru chez Dong. J'ai commencé à lui raconter ce qui s'était passé, mais il m'a arrêté pour me dire qu'il savait déjà. Son père aussi sentait l'essence. Ce matin, disait-il, tous les pères du lotissement puaient l'essence.

« Ça arrive. Que veux-tu qu'on y fasse ? Ça leur pendait au nez. Ce n'était qu'une question de temps. Papa dit que le terrain n'est même pas à eux et qu'on ne peut pas vivre aux crochets des autres. Ce n'est pas juste.

– Et Priscilla ?

– Ben quoi, Priscilla ? Elle s'en sortira. C'est une battante.

– J'y crois pas. Quand je pense que mon meilleur ami est un gros connard qui marche en canard !

– Fais gaffe à ce que tu dis, Ducon ! »

Là, il a fait demi-tour, et il est rentré dans la maison. Je suis resté comme un idiot à regarder sa porte, tremblant de fureur. Je ne savais pas quoi faire. J'avais envie de lui taper dessus. Alors j'ai eu l'idée d'aller prendre son vélo dans le jardin. Dong a hurlé par la fenêtre en me voyant, mais je filais déjà à grands coups de pédales vers les ruines du bidonville pour aller voir Priscilla et sa mère.

Des cendres tourbillonnaient au-dessus de la voie ferrée. Un léger voile de fumée piquait les yeux. À mon arrivée, il m'a semblé que le bidonville des Cambodgiens n'avait jamais existé. Il n'y avait plus une cahute en vue. Sur le sol carbonisé, des plaques de tôle noircies continuaient de fumer. Leur potager, lui aussi, avait été saccagé. Les Cambodgiens arpentaient les lieux en fouillant les décombres, se parlant à mi-voix sous le soleil matinal. Par bonheur, ils étaient parvenus à sauver une partie de leurs biens ; ils empilaient des sacs et des affaires sur un carré de terre dégagé. Personne n'avait l'air particulièrement affolé. Personne n'avait l'air particulièrement triste. On aurait dit qu'ils s'étaient attendus à l'incendie. Sauf qu'aucun d'eux ne m'a salué à mon arrivée.

Priscilla attendait avec sa mère à côté du tas d'affaires. Les autres femmes déambulaient autour d'elles en agitant la main devant leur nez pour chasser la fumée. Sa mère, assise sur un sac à dos, contemplait les dégâts, l'air morne. Elle ne m'a d'abord pas prêté attention, puis elle m'a adressé un signe de tête grave. Priscilla m'a souri en me voyant. Elle avait des cernes, et son visage était noirci par le feu, comme si on l'avait barbouillée avec du charbon. « Salut, a-t-elle dit.

– Salut, ai-je répondu, essoufflé, en jetant le vélo de Dong par terre. Quelle merde, dis donc. »

Elle m'a appris qu'il n'y avait pas eu de blessés. Sa mère et elle n'avaient pas perdu grand-chose. La dent en or, l'album d'Elvis, la photo du père de Priscilla, tout avait survécu aux flammes, mais elles devraient trouver un autre matelas pour dormir. Priscilla m'a raconté que des hommes étaient venus cogner sur leurs maisons avec des bâtons au milieu de la nuit, et leur avaient ordonné de sortir s'ils ne voulaient pas brûler vifs dans leurs baraques. Je l'ai écoutée en hochant la tête, tâchant de faire comme si je n'étais pas au courant. Je lui ai dit que j'étais content que sa mère et elle soient saines et sauves, mais j'avais du mal à la regarder en face. L'air blasé, Priscilla m'a raconté que la même chose s'était produite à leur dernier campement. Comme Dong, elle jugeait que cela devait arriver un jour ou l'autre. L'expulsion aurait même pu être beaucoup plus violente.

« On s'en va, a-t-elle conclu. On déménage. Vous allez me manquer, tous les deux. »

Elle a regardé le vélo de Dong et m'a demandé où il était. Je lui ai dit qu'il dormait. Je lui ai proposé de m'accompagner à la piscine inachevée une dernière fois. Elle a demandé la permission à sa mère, qui a accepté en lui accordant une heure de liberté. Avant notre départ, je me suis approché de sa mère pour lui présenter mes excuses. Je m'excusais à tout bout de champ auprès de cette petite bonne femme à la face plate, mais jamais je ne lui demanderais assez pardon. « Je suis désolé que vous ayez perdu votre maison », ai-je dit en thaï, et une fois de plus, la mère de Priscilla m'a donné une tape derrière la tête, puis son visage en omelette s'est fendu d'un large sourire. « Chatte poilue, a-t-elle répondu en thaï. Couille molle. Tête de nœud. »

Nous n'avons pas fait grand-chose à la piscine ce matin-là. Nous nous sommes contentés de rester assis sur le bord, jambes pendantes, à discuter vaguement dans une chaleur de plus en plus étouffante. Si nous avions vécu dans un monde plus juste, j'aurais pris le vélo, je me serais élancé du plongeoir, et j'aurais réalisé un atterrissage parfait dans le grand bain pour Priscilla. Là, elle se serait souvenue de moi. Mais je n'étais pas d'humeur à tenter des cascades ; je n'avais aucune envie de faire le clown. Priscilla, fatiguée, était moins bavarde que d'habitude. Elle n'avait pas dormi de la nuit. Une deuxième incisive s'était mise à branler. Elle me l'a montrée en la poussant avec le doigt, la bougeant d'avant en arrière sur sa petite gencive rose. J'étais totalement fasciné, d'autant que, je le savais, c'était ma dernière occasion de voir la bouche en or de Priscilla.

À notre retour au bidonville fumant, j'ai eu la surprise de trouver Dong qui bavardait avec la mère de Priscilla. Nous avons fait semblant de ne pas nous voir. Tout le monde rassemblait les bagages, se préparant au départ. J'ai suivi Priscilla qui allait parler à sa mère, et je les ai écoutées un moment en tournant le dos à Dong. La proximité des Cambodgiens me donnait soudain la nausée.

Priscilla demandait quelque chose d'une voix suppliante. Sa mère hochait la tête en la considérant avec sévérité, tout en se tournant vers Dong et moi par intermittence. Elles n'avaient pas l'air d'accord, mais finalement, après un dernier hochement de tête de sa part, Priscilla a couru toute joyeuse à leur sac à dos et en a tiré la boîte en teck.

« Tiens, c'est pour toi », a-t-elle dit en mettant la dent dans la main de Dong. Dong m'a regardé pour la première fois.

« Je ne peux pas accepter, morveuse, a-t-il protesté en secouant la tête et en la lui rendant sur sa paume ouverte.

– C'est pour toi et ta maman, a insisté Priscilla en lui refermant les doigts sur la dent. Prends-la, ou je te tape encore dessus. » Dong a haussé les épaules.

« D'accord, a-t-il dit en fourrant la dent dans sa poche. Merci beaucoup, morveuse. »

Elle s'est avancée vers moi. C'était mon tour. Je voulais refuser, je voulais l'empêcher de continuer, mais Priscilla s'attaquait déjà à son incisive, la travaillait d'avant en arrière entre le pouce et l'index, le visage crispé par la douleur et l'effort. Les Cambodgiens se sont tous arrêtés pour se tourner vers nous. Elle a trituré sa dent pendant une éternité. J'arrivais à peine à la regarder. Puis, d'un geste décidé et vigoureux, elle a enfin réussi à l'arracher, et il n'est plus resté qu'un petit trou là où on aurait dû voir de l'or, ainsi qu'une trace de sang rouge vif sur sa gencive.

« Celle-là est pour toi », a-t-elle déclaré en me la tendant après l'avoir essuyée sur son pantalon. Je l'ai prise et je l'ai mise dans ma poche arrière en la remerciant. Ensuite, elle est allée retrouver sa mère pour l'aider à hisser le gros sac à dos sur ses épaules.

Nous n'avons jamais eu de nouvelles de Priscilla la Cambodgienne. Cet incendie marqua aussi la fin d'une époque ; ce furent les derniers jours que je devais passer avec Dong. Peu de temps plus tard, ses parents revendirent leur pavillon au promoteur à la moitié de son prix d'achat. Mes parents finirent par les imiter, mais pour encore moins cher.

Ce jour-là, je suis resté avec Dong devant les ruines du bidonville à regarder s'éloigner rapidement la colonne des Cambodgiens qui partaient à pied. Et soudain, sans pouvoir rien dire, je n'ai plus eu la force d'assister à ce départ. J'ai ramassé le vélo de Dong par terre et je l'ai remis sur ses roues.

« Hé ! Rends-moi mon vélo, Ducon !

– T'as qu'à venir le chercher toi-même, gros connard », ai-je rétorqué en montant en selle.

Je me suis remis à pédaler, en danseuse cette fois, le vent dans les cheveux, poursuivi par les cris furieux de Dong. Je ne sais pas combien de temps j'ai roulé ce matin-là. Dans ma tête, j'avais décidé d'aller au bout du monde. J'ai laissé le lotissement derrière moi ; après en avoir franchi les limites comme l'éclair, j'ai pris Pattanakan Road, et j'ai traversé le lotissement coquet des Friqués de l'école. J'ai dépassé le marché aux légumes. Les rues et les passants me devenaient de plus en plus étrangers. J'ai pédalé dans les encombrements à travers la fumée et les gaz d'échappement, slalomant si inconsciemment entre les voitures que je déclenchais de multiples coups d'avertisseur. J'ai pris un pont qui franchissait un large canal noir. Je ne m'étais jamais autant éloigné de chez moi tout seul. J'ai pédalé jusqu'à ce que le soleil monte haut dans le ciel. J'étais épuisé ; je tremblais de tous mes membres ; les muscles de mes cuisses ne m'avaient jamais autant brûlé.

Je me suis arrêté à un carrefour ; des hommes et des femmes d'affaires en costume et en tailleur me dévisageaient en me dépassant, réprobateurs. Je n'avais aucune idée de l'endroit où j'étais. Je ne savais même pas depuis combien de temps je roulais. Il fallait que je trouve des toilettes. J'avais envie de faire pipi, et aussi de vomir. J'ai laissé le vélo de Dong près d'une cabine téléphonique, et je suis entré dans un bar à nouilles. Le propriétaire m'a dévisagé par-dessus ses marmites de bouillon fumantes. Il m'a demandé ce que je voulais. J'ai bien vu qu'il me prenait pour un gamin des rues. Sans rien dire, j'ai foncé au fond du restaurant et je suis entré dans les toilettes avant qu'il ne puisse m'en empêcher.

Pendant que je me soulageais, je me suis souvenu de la dent que Priscilla m'avait donnée. J'ai jeté mon souvenir dans la cuvette, puis j'ai tiré la chasse. Je ne pouvais pas garder un truc pareil.

Quand je suis ressorti, le propriétaire m'attendait de pied ferme. « Qu'est-ce que tu fabriques, gamin ? m'a-t-il demandé avec sévérité.

– D'après vous ? J'avais envie de pisser. »

Il a plongé pour m'agripper par le col. Je lui ai échappé de justesse, et j'ai essayé de lui donner un coup de poing dans le ventre. Cette fois, il a réussi à m'attraper les poignets – d'abord l'un, puis l'autre. Il avait une sacrée poigne. Il m'a attiré à lui d'une main de fer. Toutes mes forces m'ont abandonné, et j'ai senti déborder des larmes brûlantes. Je m'étais mis à pleurer sans m'en apercevoir.

Le restaurateur s'est agenouillé pour me regarder dans les yeux.

« Je ne suis pas du genre à frapper les enfants des autres », a-t-il sifflé entre ses mâchoires crispées. Il me serrait si fort les mains qu'elles en devenaient insensibles. J'ai essayé de m'échapper, mais plus je me débattais, plus il m'enfonçait ses gros ongles dans la peau pour m'empêcher de bouger.

« Bon, écoute-moi bien. On va dire que tu n'as pas essayé de me donner de coup de poing. Je vais te relâcher, et je vais compter jusqu'à trois. Quand j'arriverai à trois, tu auras filé. Tu vas disparaître, et plus vite que ça. Compris ? »

Là, j'ai éclaté en sanglots. Les larmes dégoulinaient sur mon visage, et de la morve salée me coulait sur les lèvres.

J'ai gémi : « Lâchez-moi, s'il vous plaît.

– Mon bar, c'est pas un orphelinat, bordel de merde, a-t-il maugréé en me retenant toujours. C'est pas non plus des toilettes publiques. C'est un commerce, compris ? »

Il m'a scruté un moment, très en colère.

« Compris ? a-t-il encore demandé.

– Oui, m'sieur, ai-je bégayé. J'ai compris, m'sieur.

– Bien, a-t-il dit en me libérant les poignets. Un. Deux. Trois. »

Je ne veux pas mourir ici

Mon fils Jack me dit de ne pas embêter le monde. C'est l'heure du dîner. Il fait une chaleur à crever. Les bâtards se donnent des coups de pied sous la table en poussant des gloussements imbéciles. La bru m'enfourne des cuillerées de bouillie froide et grumeleuse dans la bouche. Dès qu'une cuillère s'arrête sous mon nez, ma belle-fille étrangère ouvre la bouche pour me montrer l'exemple. C'est une horreur. Quelle humiliation ! Je sais manger, mille mercis. J'ai accepté dignement de ne plus pouvoir me nourrir seul – bon sang, je supporte même de porter un bavoir pendant les repas – mais chaque fois que la femme de mon fils fait ah ! pour m'encourager, mon bras droit paralysé en tremble presque.

Je supplie : « Jack, par pitié, demande-lui d'arrêter. » La cuillère est si près que je pourrais la lécher, et la bru a encore bêtement entrebâillé les lèvres. « Dis-lui que je n'en peux plus de la voir ouvrir la bouche comme ça. »

Mon fils prend l'air atterré et soupire. « Arrête d'embêter le monde, papa ! » On dirait qu'il gronde un enfant turbulent dans un grand magasin.

La bru me regarde, regarde Jack, replonge la cuillère brutalement dans le bol de bouillie. Elle se lève de table. Les bâtards se calment pour la première fois de la soirée. « Assez », dit la bru en anglais à mon fils avec un geste découragé. « Je plus fais ça, d'accord ? Il mange seul, maintenant, Jack. » Jack pousse encore un soupir, essaie de la retenir en l'appelant par son nom. Il crie : « Tida… », mais elle sort de la cuisine en se parlant toute seule en thaï comme une vraie dingue.

Jack me considère, sourcils froncés. « Bravo, commente-t-il en se levant pour la suivre. Mission accomplie, papa.

– Quoi ? Mais bon sang, qu'est-ce que j'ai encore fait ? »

Mon fils jette sa serviette sur la table sans me répondre et part rattraper sa femme thaïlandaise. Je me retrouve seul face aux bâtards. Un moustique siffle dans mon oreille. Je lève la main gauche, celle qui fonctionne, pour l'écraser. Je le manque. Par contre, je ne manque pas mon oreille qui devient complètement sourde. La gamine dit quelque chose au gamin en thaï. Le petit me regarde, yeux ronds. Même s'ils ne parlent pas bien anglais, je leur fais la leçon : « On ne fixe pas les gens des yeux, c'est mal élevé. »

À ma grande surprise, ils semblent comprendre, car ils baissent la tête sur leurs assiettes à moitié vides comme s'ils s'étaient pris d'une soudaine passion pour la porcelaine. Et donc je prends mon mal en patience pendant que mes petits-enfants étrangers font tout pour ne pas me regarder. Je tente de récupérer l'usage de mon tympan en agitant le doigt de ma bonne main dans mon oreille. Je jette un coup d'œil à mon bol de bouillie : tout à coup, je meurs de faim, ce qui ne m'est pas arrivé depuis très longtemps.

Jack me frotte le dos avec une éponge rugueuse. Vu les événements de la soirée, je trouve qu'il y met plus d'énergie que nécessaire. Ses mouvements vigoureux, presque rudes, me font osciller. J'ai quelques remords – la bru n'est pas revenue à table –, alors j'essaie de me tenir tranquille. Pourtant, il y a une limite à tout : on ne peut pas accepter n'importe quoi de son fils unique, surtout ce genre d'agressivité déguisée.

Finalement, j'explose. « Mais bon sang, Jack. Tu me laves, ou tu veux m'arracher la peau ? »

Il s'arrête. Il fait le tour, s'attaque à mon torse, les yeux fuyants. Jack a horreur de me voir nu. Ça le gêne. Pourtant, si quelqu'un doit être gêné, c'est moi. Ce n'est pas lui qui est incapable de faire sa toilette seul.

« Mais qu'est-ce que tu veux, papa ? » Il me pose cette question en me regardant le nombril, tandis qu'il passe l'éponge froide et râpeuse dans les plis de mon ventre. « Qu'est-ce qu'il faut faire pour que tu sois heureux ici ? » Il essore l'éponge sur mes épaules. De l'eau dégouline sur ma poitrine. Je m'essuie avec ma main gauche.

« Bonne question, Jack. Tu poses toujours d'excellentes questions. »

Il se met à rire, mais pas d'un bon rire, d'un rire grinçant, impatient.

« Ce qui me rendrait heureux, ce serait de mourir, dis-je finalement. Ça me plairait assez de mourir.

– Papa !

– Je suis sûr que vous aussi, ça vous arrangerait bien.

– Arrête !

– Peut-être pas toi, Jack, mais sûrement cette fille que tu as épousée. Elle fêtera ça joyeusement ! Elle ne me supporte pas, je le sais très bien. Pourquoi, Jack ? Pourquoi me déteste-t-elle alors que je ne suis qu'un vieux bonhomme ? Je suis très fragile, tu sais.

– Elle ne te déteste pas, papa.

– Bien sûr que si. Regarde ce qui s'est passé, ce soir. J'ai simplement fait une demande toute simple et elle pique une crise. Je t'assure, Jack, cette fille a juré de me faire avoir une autre attaque. Un de ces jours, elle va me tuer avec ses mauvais sentiments.
– Tu n'es pas croyable », soupire Jack en secouant la tête. Il murmure autre chose dans sa barbe, me savonne les cuisses, me rince les jambes à grands coups d'éponge. Il accélère le mouvement comme s'il voulait se débarrasser de sa corvée plus vite, me frotte de nouveau avec des gestes brutaux et déplaisants. J'essaie d'en faire abstraction en regardant le dessus de sa tête. C'est fou ce que ça me déprime. J'ai l'impression d'être un meuble. Alors, je regarde les parois de la douche, je cherche des images dans les moisissures comme on regarde les nuages dans le ciel. Je découvre un troupeau de chevaux sauvages au galop sur le lino. Je le regrette tout de suite, car cela me rappelle mon vieil ami Macklin Johnson – le pauvre homme, un type vraiment bien – avec qui je louais des vieux westerns-spaghettis pour passer le temps. Soudain, une horrible boule brûlante grossit dans ma poitrine et mes yeux se remplissent de larmes.

« C'est pas vrai ! s'exclame Jack. Tu ne vas quand même pas te mettre à pleurer ! »

Je ne vois pas ce qu'un adulte peut répondre à ça. Mon fils m'essuie la figure. Il m'habille. Il me porte jusqu'au fauteuil électrique, un bras sous les jambes, l'autre derrière les épaules, comme des cordes bien arrimées. Je pense toujours à Mac. J'ai un mal fou à ne pas pleurer. Je déglutis, et je dis : « Jack... » Mon fils m'attache, place le repose-bras au-dessus de mes genoux. « Allez, courage, dit-il en me souriant pour la première fois de la soirée. Ça va s'arranger. Personne ne te déteste ici.

– Jack, je veux rentrer en Amérique. Je ne veux pas mourir ici.

– Tu ne vas pas mourir, papa, répond mon fils. Tu vas être heureux. »

J'essaie de m'endormir en pensant à mon vieux copain Mac quand la bru passe la tête dans ma chambre. Elle me fait une telle peur que je manque chier sous moi. Sa petite silhouette, sombre et menaçante, s'encadre dans l'ouverture de la porte, et j'entends sa voix doucereuse : « Monsieur Perry, dormi ? » Et je réponds : « Non, très chère. Monsieur Perry sauter à la perche. Monsieur Perry courir le marathon. D'après toi, il fait quoi, monsieur Perry, bordel ? »

Elle garde le silence, et penche la tête de côté en me dévisageant.

Au bout d'un moment, je demande : « Qu'est-ce que tu veux ?

– Je veux pas rien, dit-elle d'une voix un peu vexée. Je veux juste dire pardon. Je veux pas faire de peine.

– Qui a dit que j'avais de la peine ?

– Jack dit vous pleure.

– Il ment.

– Pas ment, proteste-t-elle en secouant la tête. Jack dit vous pleure comme bébé dans la douche.

– Ridicule. Je le saurais, quand même, si j'avais pleuré ! »

Elle se tait un moment, plonge les mains dans ses poches comme si elle ne savait pas où les mettre. « Voilà, ajoute-t-elle. Je dis pardon pour ce soir.

– J'accepte tes excuses, si ça peut te faire plaisir.

– Mais maintenant, ajoute-t-elle sévèrement, si vous désirez me dire quelque chose, dis-le-moi directement, d'accord ? Ne dis pas à Jack. Je parle anglais. Pas très bien, mais je comprends.

– Oui, c'est ça, tu parles anglais. »

Elle reste plantée là, comme si elle attendait que je m'excuse à mon tour, mais je ne vois pas ce que j'ai à me faire pardonner. Ce n'est pas moi qui ai infantilisé un pauvre vieux monsieur sans défense pendant le dîner. Alors je dis : « Monte le ventilateur, Tida. Je meurs de chaud. » Une seconde, je crois qu'elle va refaire une scène, mais non, elle approche du ventilateur et monte la vitesse d'un cran. Il tourne sur sa base comme un animal qui secoue la tête lentement de droite à gauche.

« Merci. » Un courant d'air frais me chatouille la figure. « Ça va mieux. »

Elle traverse la pièce vers moi, s'arrête près du lit, et me considère un moment. Je me demande si elle va m'étrangler, mais elle se contente de remonter le drap sous mon menton.

« O.K. ? »

Et moi je réponds : « O.K.

– Demain, ça va mieux, monsieur Perry.

– J'en doute, dis-je en fermant les yeux. Enfin, on peut toujours espérer. »

Quand je rouvre les yeux, la bru est partie. La lumière est éteinte dans le couloir, la maison silencieuse. Dans le noir, je pense à la dernière fois que j'ai vu Macklin Johnson.

Nous avions des billets pour un match des Orioles. C'était son cadeau d'adieu. Il devait passer me chercher. Ça n'allait déjà plus très fort pour nous. J'avais eu mon petit problème, et Mac commençait à souffrir de confusion mentale. Sa mémoire le lâchait. Nous nous voyions de moins en moins, d'abord parce que Mac oubliait tout, et aussi parce que je passais mes journées chez moi à me morfondre et à essayer de comprendre le fonctionnement de mon fauteuil roulant haut de gamme, tâchant tant bien que mal de ne pas aller valser dans les meubles.

J'avais donc été très content que Mac prenne des places pour les Orioles. L'idée partait d'une bonne intention, et c'était une façon sympathique de se faire nos adieux. Je trouvais moins agréable, par contre, d'être obligé de lui rappeler tous les deux jours pourquoi il les avait achetées.

« Alors, il paraît qu'on va à un match de base-ball, avait-il dit une semaine avant le grand jour.

– Oui. C'est même toi qui as pris les places, Mac, bon sang.

– Ah ? Mais pourquoi ?

– Parce que je m'en vais, tu te souviens ? Je vais vivre chez Jack et sa femme.

– Quoi ? Tu t'en vas ? Mais merde, où ça, Perry ? Toi qui ne peux même plus aller sur ta véranda !

– En Thaïlande, à Bangkok.

– Ah ! Quel dommage ! Tu vas me manquer.

– C'est sûr.

– Mais qu'est-ce qu'il fout là-bas, Jack ? Il est à l'armée ?

– Non, je ne sais pas trop ce qu'il fabrique. Il travaille dans le textile, je crois.

– Perry, tu sais que je ne peux pas blairer le base-ball. C'est un jeu de cons. Ça m'a toujours dépassé qu'on en fasse un tel foin. »

Donc, naturellement, je me demandais si Mac se montrerait le jour dit. Il est bien venu. Pile à l'heure, même. Il s'est arrêté dans sa vieille camionnette Volkswagen, il est descendu, et quel plaisir j'ai eu de le voir monter les marches dans un de ses vieux costumes rayés ! Avec Patricia, l'infirmière noire qui venait tous les matins, il m'a aidé à monter dans la camionnette. « Soyez prudents, a recommandé Patricia avant notre départ. Ne faites pas de bêtises. Ne conduisez pas trop vite, d'accord, monsieur Johnson ? »

Quand nous avons pris l'autoroute de Baltimore, je me suis rassuré : tout allait bien se passer. Mac semblait lucide. Il était tout à fait cohérent. Il me parlait de la garde-malade qui vivait chez lui, et qu'il aimait beaucoup, mille fois plus que la précédente. Elle était très belle, grande, une magnifique princesse africaine. Justement, elle s'était mise en colère le matin parce qu'il lui avait dit qu'elle ressemblait à Néfertiti.

« Je n'y comprends rien, se plaignait-il. On ne peut même plus complimenter une jolie femme de nos jours. » Mac a toujours eu un faible pour les femmes de couleur. Il en a épousé deux. La dernière, Carmen – beaucoup de classe, très beau sourire – était morte deux ans avant d'un cancer du cerveau. « Encore, si je lui avais dit qu'elle ressemblait à tante Jemima, là, oui, je comprendrais que ça la mette en colère, mais tout ce que j'ai dit, c'est Néfertiti, et vlan ! elle me flanque une baffe en me traitant de connard. »

J'ai hoché la tête par sympathie, et j'ai revissé ma vieille casquette de base-ball sur ma tête avec ma bonne main. Et puis d'un coup, j'ai vu que nous dépassions la sortie de Camden Yards.

« Hé ! On a dépassé Camden Yards, Mac. »

Il a tourné la tête vers moi avec un sourire. C'est là que j'ai commencé à avoir la trouille.

« Mais on ne va pas à Camden Yards, Perry ! s'est-il exclamé en riant. Tu sais bien que j'ai horreur du base-ball. Je n'ai jamais compris pourquoi on en fait un tel foin.

– Arrête, Macklin, tu me fais marcher. Ce n'est pas drôle.

– Quoi ? On ne va pas à Hopkins ? On ne va pas rendre visite à Carmen ?

– Non, Mac. Carmen est morte. Nous allons à un match des Orioles.

– Ah bon… » Il ne savait plus du tout où il en était, et il avait l'air tout penaud. « C'est pour ça que tu portes une casquette de base-ball, alors ? »

Mais Mac n'a pas fait demi-tour. Nous avons continué à filer sur l'autoroute. « Je le savais parfaitement, dit-il. Pour Carmen, je le savais. Tu n'avais pas besoin de me le rappeler, Perry.

– Ramène-moi à la maison, Macklin.

– Ah bon ?

– Oui, j'ai envie de rentrer chez moi, maintenant.

– Tu es sûr ?

– Tout à fait sûr. On n'a qu'à se louer des films. »

Il nous a fallu pas mal de temps pour rentrer. J'indiquais le chemin à Mac, tout en étant persuadé de vivre ma dernière heure. Patricia finissait le ménage. Elle est sortie pour m'aider à descendre de la camionnette et à me remettre dans mon fauteuil. Elle n'avait pas l'air étonnée du tout de nous voir rentrer si tôt. Elle n'a même pas demandé si le match s'était bien passé. J'ai dit à Mac d'entrer. Pendant qu'il s'installait dans le living, j'ai appelé son fils Tyrone, qui vit au diable à Bethesda.

« Merde, a dit Tyrone. Vous savez pourtant qu'il ne doit plus conduire, monsieur Perry.

– Non, je ne savais pas, fiston. Je croyais que ça allait encore. »

Tyrone a pris le train et est arrivé quelques heures plus tard. Quand j'ai dit au revoir à Mac, il a retrouvé sa lucidité d'un coup. Il s'est penché sur moi, et m'a serré très fort dans ses bras.

« Je te demande vraiment pardon pour aujourd'hui, Perry. Reviens vite, d'accord ? Je me rattraperai. Nous n'avons pas dit notre dernier mot sur cette planète. »

Il est monté dans la Volkswagen avec son fils, et c'est la dernière fois que j'ai vu mon ami. Je ne le reverrai sans doute jamais, parce que six semaines plus tard, je suis couché dans ce lit, au bout du monde, dans ce pays étouffant infesté de moustiques, à des milliers de kilomètres de la moindre possibilité d'aller à un match des Orioles, avec deux petits-enfants auxquels je peux à peine parler, une belle-fille qui se moque de ma paralysie pendant les repas, et un fils apparemment indifférent à mon calvaire, tous plongés dans le sommeil du juste à faire de jolis petits rêves. Moi, je suis dans une telle rage que je crispe mon bon poing dans le noir.

Alice aurait sûrement su s'y prendre avec les petits bâtards. Mais Alice n'est pas ici. Alice est partie depuis longtemps. Elle n'a même pas rencontré ces enfants, assis en face de moi, qui font une partie de rami avec leur grand-père pour l'aider à passer le temps. Elle n'a pas à gérer cette petite tricheuse qui fait sa maligne en regardant mon jeu dans le reflet de mes double foyer. Alice n'a pas besoin de lui donner une tape sur la tête en protestant. « Hé ! Arrête ! Tu donnes le mauvais exemple à ton petit frère. Chez nous, on ne triche pas. »

Elle n'a pas à supporter le regard impénétrable de la gamine qui abat son carré de valets final, se défausse de sa dernière carte face contre la table, puis lève ses petits poings de tricheuse en signe de victoire, et tire la langue pour narguer son grand-père à moitié paralysé pendant que son petit frère pousse de grands cris d'allégresse.

« Grand-père l'a dans le cul », dit la gamine en anglais, avec son sourire de filoute.

Je la gronde en jetant mes cartes sur la table, déçu d'avoir perdu. « On ne dit pas ça. Les gentilles petites filles ne disent pas "cul".

– Cul, cul, cul ! glapit le gamin en s'étranglant de rire, très content de lui.

– Mais tu m'apprends, proteste la gamine. Tu m'apprends "cul", oui ?

– Non, ce n'est pas vrai. Je ne t'aurais jamais appris ça.

– Si, c'est vrai. Tu m'appris. Tu me dis un jour : ton père Jack l'a dans le cul.

– Eh bien, même si je l'ai dit, toi, tu ne dois pas le répéter. Il n'y a que les vieux messieurs comme moi qui ont le droit d'utiliser ce mot.

– Cul, cul, cul ! » braille toujours le gamin. Il se lève et exécute une danse près de la table pour accompagner son refrain. « Tais-toi ! lui dis-je. Assieds-toi, petit. » Mais il ne m'écoute pas. Il continue de chantonner le gros mot jusqu'à la cuisine où se trouve sa mère.

« Fini joue aujourd'hui, dit la gamine en quittant la table pour suivre son frère. Mais peut-être demain. Peut-être demain grand-père va gagner. Peut-être demain le cul de grand-père content. »

Je grommelle tandis qu'elle sort en sautillant joyeusement pour aller à la cuisine. « Et peut-être que demain tu ne seras plus une sale tricheuse. »

À la mort d'Alice, Jack vivait déjà à Bangkok depuis un an. Il était cadre, je crois, dans une usine japonaise quelconque, et il était encore célibataire. Nous avions rarement de nouvelles de lui. Je pense que ma femme est morte en étant à moitié convaincue que notre fils était homosexuel. Quand Jack est rentré pour l'enterrement, et qu'il m'a annoncé qu'il allait se marier avec une Thaïlandaise, je ne l'ai pas bien pris. Je lui ai reproché de ne pas nous avoir annoncé la nouvelle plus tôt, parce qu'il aurait peut-être sauvé la vie de sa mère. Je disais ça en l'air, bien sûr. J'étais triste à cause de la mort d'Alice, j'étais en colère, et j'avais peur. Elle commençait déjà à me manquer énormément. Je crois que Jack n'a jamais oublié. Macklin Johnson est d'avis qu'ils ne vous pardonnent pas ce genre de bêtise.

Je me suis endormi la tête sur la table. Ils me réveillent. La bru me décolle un deux de trèfle de la joue, à la grande joie des enfants. Elle me redresse dans mon fauteuil roulant, range les cartes et met le couvert pour le déjeuner. « Monsieur Perry, dit-elle, nous mange. »

Il y a du riz frit aux œufs, aujourd'hui. Je n'ai pas envie que la bru me donne à manger, mais la dernière fois que j'ai insisté pour me nourrir seul, je me suis renversé du bouillon de poule dans le col de ma chemise. D'ici à quelque temps, grâce à mes exercices, les médecins pensent que je retrouverai un semblant d'autonomie. Il paraît que je pourrai utiliser ma main gauche aussi bien que je me servais de la droite. L'ennui, c'est que je soulève mon poids de cinq livres depuis des semaines et que ma main continue de trembloter comme une sale cabocharde.

Heureusement, cette fois la bru me nourrit plus respectueusement, bouche fermée. Elle m'essuie le coin des lèvres avec une serviette en tissu. Depuis que je suis ici, j'ai de sérieux problèmes de salivation. Je bave comme un robinet qui fuit.

« Vous sent mieux aujourd'hui, monsieur Perry ? demande-t-elle, et je réponds entre deux bouchées en aspirant la salive qui s'accumule le long de mes gencives.

– Oui. Je me sens en pleine forme, très chère. »

Je n'ai pas très faim. Au milieu, je secoue la tête, et la bru peut commencer son repas. Comme d'habitude, il fait chaud à crever. Mon ventre dégoulinant trempe ma chemise. Je regarde les enfants manger maladroitement leur riz frit aux œufs à la cuillère, en se parlant en thaï, tandis que la bru hoche la tête de temps en temps.

Les enfants ne me ressemblent pas beaucoup. Il faut vraiment y regarder de près pour trouver le moindre air de famille. Ils ont le nez large et plat, des yeux allongés en banane, les cheveux auburn foncé, et une peau caramel au lait. Ils ne ressemblent pas non plus beaucoup à Jack, même si les yeux du garçon sont du même bleu constellé de marron, et qu'ils ont tous les deux hérité des lèvres minces de mon fils et de son menton carré. Mais c'est Alice qui a transmis ces traits à Jack. En fait, notre fils ne tient pas tellement de moi, donc sans doute est-il logique que ses enfants n'aient pas grand-chose en commun avec moi non plus. N'empêche. Parfois, il faut que je me rappelle qu'ils n'ont pas été adoptés, que ces enfants sont la chair de ma chair, et qu'un jour, dans leurs petits corps bruns, une mirifique qualité venue de moi se révélera peut-être, même si je n'arrive pas à prononcer leurs noms, ni eux le mien. (Mon nom devient souvent celui d'une ville dans leur bouche : « Paris », ou même « purée » quand ils ne sont pas inspirés, alors je préfère qu'ils m'appellent grand-père. J'évite de dire leurs noms. Pour la fille, je préfère « petite » et pour le garçon « petit », parce que les rares fois où je me suis essayé à prononcer leurs vrais noms « Ruchira » et « Sornram », ils ont ri sans le moindre tact.)

Bon, je ne dis pas que les gens ne doivent pas se mélanger. Le cœur a ses raisons, et cetera. D'ailleurs Macklin Johnson est mon meilleur ami sur terre. Mais au moins, Tyrone et ses enfants lui ressemblent. Au moins, ils ont des noms prononçables, eux. Au moins, ils parlent la même langue. Au moins, Mac peut dire en les regardant : « Oui, tu es mon fils, vous êtes mes petits-enfants, vous êtes la chair de ma chair. » Enfin, vu son état, il doit tous les confondre, maintenant, mais il n'est pas coincé ici, dans cette jungle urbaine, à se demander ce que ces bon Dieu de gens – ses seuls héritiers sur terre – peuvent bien avoir en commun avec lui.

Au fond, les bâtards ne me gênent pas. Je redoute même le jour où ils devront retourner en classe. Même s'ils ne me parlent pas beaucoup, leur présence est agréable. Ils me tiennent compagnie pendant que Jack est au travail. Je passe presque toute la journée dans mon fauteuil roulant à les regarder jouer tout en soulevant mon poids de cinq livres, ou à somnoler.

Mon petit-fils de six ans est entièrement dévoué à sa sœur aînée qu'il adore avec la plus totale abnégation. Il fait tout ce qu'elle veut. C'est le gamin le plus influençable que je connaisse. Il n'y a pas un jour où il ne se soumette de bon cœur aux tortures qu'elle invente. Je voudrais lui apprendre à se défendre un peu mieux, mais vu la situation, je peux à peine lui dire l'heure.

Aujourd'hui, elle l'a convaincu de passer l'après-midi à faire son petit chien. Il ne se déplace plus qu'à quatre pattes, et la guide à travers la maison et le jardin, attaché au bout d'un long morceau de laine noire passé autour du cou. Il aboie, il renifle par terre, il halète en regardant sa sœur avec de bons yeux. J'interpelle la gamine. « Dis donc, ce n'est pas très gentil », mais elle prend l'air étonné. « Il aime ça », explique-t-elle. Le gamin jappe pour signifier son approbation, alors je ne m'en mêle plus.

Une heure plus tard, le petit me lèche la jambe gauche, et la jambe a un mouvement réflexe qui le cogne au visage, comme n'importe quelle jambe d'un homme à moitié endormi dans son fauteuil roulant.

Il tombe en arrière, lève les yeux vers moi, puis fond en larmes. La gamine a beau rire, elle s'accroupit pour voir s'il ne s'est pas fait mal. Si. Il saigne un peu du nez.

« Malheur ! dis-je en me penchant vers lui. Ça va, petit ? »

Mais il court déjà se réfugier dans les jupes de sa mère à l'étage, sa laisse de laine noire volant derrière lui comme la queue d'un cerf-volant. La petite me considère d'un air de reproche.

« Pourquoi ? demande-t-elle en anglais. Pourquoi grand-père lui donne coup au cul ?

– Je ne lui ai pas donné un coup au cul, je lui ai donné un coup dans la figure. » Bêtement, je me mets à rire.

« Pas drôle, grand-père, proteste-t-elle. Cul, figure, c'est pareil. Il pleure.

– Oui, je sais, pardon. Je n'ai pas fait exprès. Je dormais à moitié. Je ne me suis pas rendu compte. C'est ta faute s'il me léchait la jambe, d'abord. »

Quelques minutes plus tard, la bru arrive, son fils larmoyant à la traîne. « Quoi passe ? » demande-t-elle sourcils froncés. J'essaie de lui expliquer, mais le petit n'arrête pas de m'interrompre en thaï, en me montrant du doigt et en pleurnichant toujours. Il a deux énormes bouchons de papier hygiénique dans les narines. Elle essaie de le calmer, s'accroupit pour le prendre dans ses bras. « Vous lui donne coup de pied ? demande-t-elle en lui caressant la tête. Pourquoi vous donne coup de pied dans la figure, monsieur Perry ?

— C'est un accident. Je dormais, Tida. Je ne l'ai pas fait exprès. Ils jouaient ensemble, et... » La gamine m'interrompt et parle à sa mère en thaï avec de grands gestes. Une seconde, le regard sévère de l'épouse de mon fils me fait craindre que la petite ne raconte des histoires pour me donner le mauvais rôle. Mais finalement, la bru sourit, et dit au garçon d'aller jouer avec sa sœur. Les deux enfants sortent la main dans la main dans le jardin ensoleillé.

« Il va bientôt mieux, monsieur Perry. Il a peur, c'est tout.

— Dis-lui de revenir, Tida, je voudrais m'excuser. Je n'ai pas fait exprès.

— Je sais. Plus tard, peut-être, monsieur Perry. Maintenant, il a encore peur. Vous s'excuse plus tard, O.K. ? »

Mais le gamin m'évite tout le reste de la journée. Il n'arrive même pas à me regarder en face. J'essaie de me rattraper. Je fabrique un avion en papier avec ma bonne main. Mais comme elle tremble, le papier est froissé et les plis de travers. J'essaie de le lancer aux enfants, qui montrent la plus parfaite indifférence quand il tombe mollement entre nous. J'appelle même le gamin par son vrai nom pour le faire rire. Il murmure quelque chose à sa sœur, et ils vont chercher leurs raquettes de badminton, puis ils sortent jouer dans la rue, déserte l'après-midi. Je voudrais bien les regarder, mais il fait une chaleur d'enfer, et il y a quelques jours, quand je suis sorti, j'ai vomi à cause de la chaleur. Alors je passe le reste de l'après-midi assis devant la porte d'entrée, à regarder le volant monter et descendre en arc de cercle de l'autre côté du mur, en espérant que Jack va bientôt rentrer pour me sauver.

Quand je suis arrivé, Jack et sa famille ont décidé qu'il fallait me faire visiter la ville. Jack a pris une semaine de congé, et tous les matins, nous nous entassions dans leur Corolla, moi à l'avant, et Tida à l'arrière, assise entre les enfants pour essayer de les faire tenir tranquilles.

La circulation est tellement épouvantable dans cette ville, que nous ne parvenions à aller que dans très peu d'endroits chaque jour. Moi qui pensais que l'heure de pointe à Washington était pire que tout, comparée aux encombrements de Bangkok, c'est une piste de formule 1. Je garde peu de souvenirs de cette première semaine, sauf d'avoir passé mon temps à regarder vaguement par la fenêtre du passager en somnolant à moitié, tandis que les voitures avançaient en accordéon. « On se croirait dans un putain de parking », avais-je commenté le premier jour alors que nous étions bloqués à un feu depuis des heures.

Des temples, des temples, et encore des temples. Nous n'avons vu que ça, au début. Je ne sais pas pourquoi Jack et sa femme tenaient absolument à me les montrer. C'était un calvaire pour les gamins, et je les comprends : les enfants et les lieux de culte ne font pas très bon ménage, en général. Ils s'ennuyaient à mourir en nous attendant dans la voiture pendant que Jack et la bru me poussaient dans mon fauteuil pour visiter. Moi non plus, je ne m'amusais pas trop. J'aurais préféré rester au frais avec eux à profiter de l'air conditionné. Je ne dis pas que je ne suis pas sensible aux différences culturelles, mais si Tida et les gosses étaient venus me voir à Washington et que je les avais traînés dans toutes les églises de la ville, je ne pense pas qu'ils auraient passé un très bon moment non plus. Donc, le matin du troisième jour, j'ai expliqué à Jack que j'avais eu ma dose de temples, même s'ils étaient très beaux et très pittoresques et très intéressants, et qu'il faisait beaucoup trop chaud dans cette ville de malheur pour trimballer un bonhomme dans mon état. « Jack, ai-je dit, je ne suis pas venu faire du tourisme, tu sais. » Et Jack a répondu : « D'accord, papa, on n'a qu'à rester à la maison. On n'a qu'à s'enfermer en faisant semblant que le monde extérieur n'existe pas. »

À dire vrai, je n'appréciais pas non plus ces excursions parce que je ne me sentais pas à l'aise dehors. Chez moi, en Amérique, un homme dans mon état, quand il sort de chez lui, doit affronter les regards condescendants et apitoyés des passants. J'ai mis un certain temps à ne plus y faire attention, mais ici en Thaïlande, non seulement on vous dévisage, mais en plus on fait des commentaires. Quand je m'en suis plaint à Jack, il m'a traité de parano narcissique, et moi j'ai répondu : « Tu n'as qu'à essayer de te faire balader en fauteuil roulant, Jack. Vas-y, tu verras si tu n'as pas l'impression qu'on parle de toi derrière ton dos. »

Nous avons passé le reste de la semaine au centre commercial du coin. Jack et moi, nous allions au cinéma multiplex pour voir des films d'action américains pendant que les enfants accompagnaient Tida dans les magasins. Là c'était plus tolérable. En fait j'étais même assez content. Quand les lumières s'éteignaient et que le film commençait, j'avais l'impression de me retrouver en Amérique l'espace de quelques heures, surtout une fois que je suis arrivé à oublier les gros sous-titres jaunes. Et, entre Jack et moi, c'était comme au bon vieux temps, père et fils au cinéma pour une petite sortie. J'arrivais facilement à oublier mes soucis pendant un moment. Il me semblait même qu'en sortant du cinéma, nous retrouverions dehors un monde que nous connaissions bien tous les deux.

Les enfants sont encore dehors à taper dans leur volant quand Jack rentre du travail. Je lui raconte le coup de pied au petit. L'histoire l'amuse. « Laisse-lui le temps, papa, me conseille-t-il. Il est encore jeune. Il a sans doute déjà tout oublié.

– Tu aurais dû voir sa tête. Il m'a regardé comme si j'étais un monstre.

– Quoi ? ironise Jack, tu veux dire que tu n'es pas un monstre ?

– Très drôle. Sérieusement, Jack, je me sens mal.

– Ne t'en fais pas. Tu peux lui donner cent coups de pied dans la figure, ça sera toujours ton petit-fils. »

Tida fait ses comptes, assise à la table de la salle à manger. Jack va lui poser un baiser sur la tête. Ils se parlent en thaï pendant un moment. C'est assez incroyable d'entendre Jack parler thaï. Le temps passe, et on pense connaître son gosse, et puis d'un coup, il se met à parler une langue étrangère, et on n'a plus du tout l'impression de savoir qui il est.

Je manœuvre pour m'approcher d'eux, à grand bruit de moteur électrique.

J'interromps leur conversation. « Au moins, parle-lui pour moi, Jack. Présente-lui mes excuses. Dis-lui que je n'ai pas fait exprès de lui donner un coup dans la figure. »

Il sourit. « D'accord. Je vais discuter avec lui, si ça peut te faire plaisir.

– Pas s'inquiète, monsieur Perry », ânonne la bru. Elle pose la main sur mon bras paralysé. « Sornram va bien. Il est juste petit garçon. »

Je la regarde sans rien dire. Elle se remet à parler avec Jack. Il lui raconte une histoire, peut-être une anecdote amusante sur sa journée, parce qu'elle rit de temps en temps en l'écoutant. Ils ont l'air de se suffire à eux-mêmes, alors je pars dans ma chambre.

C'est une petite pièce grise aux murs cimentés dont ils se servaient de débarras avant mon arrivée. L'installation est temporaire. Jack m'a expliqué que je déménagerais au premier dès qu'ils auraient adapté un mécanisme à l'escalier pour me transporter à l'étage comme un skieur sur un remonte-pente. Mac a acheté un engin de ce genre pour aider Carmen à descendre à la cave, mais elle est morte avant d'avoir le temps de s'en servir. Un jour, avant mon attaque, pour tromper l'ennui et parce nous avions bu un sherry de trop, Mac et moi nous avons fait un concours de vitesse sur la rampe mécanique en nous minutant pour voir qui allait le plus vite.

Je décide d'écrire une lettre à Mac, mais je n'arrive pas à mettre en marche l'ordinateur qu'ils ont installé dans ma chambre. Je ne sais pas non plus très bien quoi raconter : ça m'étonnerait qu'il s'intéresse au coup dans la figure qu'a reçu mon petit-fils. Et puis j'ai déjà écrit trois fois à Mac sans recevoir de réponse. Alors je ferme les yeux pour faire un somme avant le dîner. Je suis épuisé. Je n'ai pas passé une bonne nuit. Mais dès que je m'assoupis, je vois le petit visage du gamin qui me regarde comme si j'avais essayé de liquider un de ses animaux en peluche chéris.

J'entends enfin les enfants rentrer. Ils parlent à leur père. La gamine hurle de rire en voyant Jack faire je ne sais quoi, et d'après la voix de son frère, on devine qu'il a aussi envie de participer. La bru rit avec eux, et prononce le nom de Jack d'une voix taquine. Je ne comprends rien à ce qu'ils se racontent. Je n'ai pas la moindre idée de ce qu'ils peuvent bien fabriquer, mais de là où je suis, on croirait tout à fait une famille normale, et d'un coup, je me surprends à sourire tout seul, comme un aliéné dans sa cellule capitonnée.

J'ai posé une photo d'Alice près de mon lit. Je la prends. Ce n'est pas une photo extraordinaire : juste mon Alice debout devant l'évier en train de faire la vaisselle, mais la lumière est belle. C'est la fin de la journée et les rideaux vanille laissent passer un flot de rayons dorés qui tombe sur elle. Alice détestait se faire photographier. Elle ne voyait pas l'intérêt. *Perry*, avait-elle dit ce jour-là en riant, quand, désœuvré, j'avais sorti le vieux Leica, *que veux-tu que je fasse d'une photo de moi ?* Et je me souviens de lui avoir répondu que la photo n'était pas pour elle, mais pour moi, alors tais-toi et fais-moi un beau sourire, Alice, sois belle pour moi, parce que quand je deviendrai gâteux, il me faudra quelque chose pour réveiller ma mémoire.

Je repose la photo sur son support. On se croirait dans un sauna. Je suis au bord de la syncope. J'ai envie de pleurer. Quand je lève la tête, le petit garçon est à ma porte il me regarde timidement.

« Bonjour, balbutie-t-il. Comment allez-vous ? »

Il me pose toujours la même question. Il a appris un peu d'anglais à l'école, mais je crois que c'est la seule phrase qu'il ait retenue. Il a encore ses bouchons de papier hygiénique enfoncés dans les narines.

« Comment allez-vous ? répète-t-il comme si je ne l'avais pas entendu.

– Salut, toi. » Je tourne le fauteuil vers lui, et je lui fais signe d'approcher. « Viens ici que je regarde ton nez. »

Il me dévisage, fait quelques pas prudents vers moi. Je tends le bras et attrape son petit menton avec ma bonne main pour lui faire lever la tête vers la lumière. Il a l'air de ne pas comprendre mon geste et d'avoir un peu peur.

« Ce n'est pas trop grave, dis-je en inspectant son visage. Je te demande pardon. »

Quand je le lâche, il se jette sur moi et me serre si fort que je manque tomber de mon fauteuil. Il me comprime le cou à tel point que je peux à peine respirer. Quand il repart, il me fait signe des deux mains et dit « bye ! » puis il sort de la chambre à toute allure comme s'il avait hâte de se sauver. J'écoute ses petits pas précipités retourner à la salle à manger. Un peu plus tard, Jack passe la tête par la porte. « Ça s'est bien passé avec le petit ? Pourquoi restes-tu assis dans le noir, papa ? » Alors je dis : « Oui, Jack. Il est gentil. Je crois que nous sommes arrivés à nous comprendre. »

Après le dîner, Jack m'annonce que nous allons au temple ce soir. Quand je lui lance un regard contrarié, il m'explique qu'il y a une kermesse. Une fête foraine. Les enfants ont envie d'y aller, ajoute-t-il. Ils ne parlent que de ça depuis un mois. La petite saisit des bribes de notre conversation. Elle nous observe un moment pendant que nous parlons, puis elle s'exclame : « Nous va nous amuser, grand-père ! Nous va rire ! » Alors je dis :

« D'accord, petite, allons-y. Ça ne me déplairait pas de te piler au Skee-Ball.

– Skee-Ball ?

– Il n'y a pas de billard électrique, ici, me signale Jack.

– Dommage pour toi, dis-je à la gamine. Tu ne sais pas ce que tu rates. »

Elle lance un regard interrogateur à son père. Jack lui pose la main sur la tête et lui dit quelque chose en thaï. Elle monte en courant pour aller se changer.

« Tiens, remarque Jack en me voyant la suivre des yeux, on dirait que tu souris, vieux brigand. Ne me dis pas que tu es de bonne humeur.

– Jack, tu m'énerves. »

Le temple n'est pas loin le trajet ne prend pas plus d'un quart d'heure. La bru m'aide à descendre de voiture. Après m'avoir attaché dans mon fauteuil roulant, elle prend un doigt de ma main paralysée, et s'en sert pour se gratter la joue. Les autres trouvent la plaisanterie impayable. Les enfants se tordent de rire, Jack aussi, et la bru est tellement fière d'elle que des larmes de joie lui coulent sur la figure. Elle tient toujours ma mauvaise main, et je sens presque les secousses de son hilarité.

« Ha, ha ! Très drôle, dis-je. Je peux récupérer ma main, maintenant ? »

Il y a des lumières, de la musique, et une foule épaisse dans le parc du temple. Le gamin est dans un état de surexcitation folle. Il part en courant avec sa sœur, et revient aussi vite pour nous raconter ce qu'il a vu. Jack et sa femme hochent distraitement la tête, et il repart à fond de train rejoindre sa sœur à la grille.

« Qu'on donne un tranquillisant à ce petit, dis-je. Il va chier dans son froc s'il ne se calme pas. »

C'est une fête foraine comme tant d'autres. Une grande roue, des chevaux de bois, des tasses géantes, un tourbillon, une minimontagne russe dont le circuit passe à travers un décor de jungle mal fait. Des jeux de toutes sortes, et des peluches comme lots. Les moines du temple, assis dans des guérites, prennent les tickets. Ils rajustent leurs robes safran de temps en temps comme les oiseaux lissent leur plumage. De la musique thaïlandaise hurle dans les haut-parleurs grésillants du temple. Un clown se promène entre les gens, perché sur des échasses. Il titille les passants du bout d'une nouille en mousse géante, tout en poussant des rires gras et tonitruants, ses échasses frappant le sol comme des sabots de cheval. Il se dirige vers nous. S'il a le toupet ne serait-ce que de m'effleurer avec sa nouille, je lui fais un croche-patte pour qu'il dégringole de ses saloperies d'échasses. Les enfants sont ravis. Ils approchent du clown, lèvent des visages béats vers lui. Il donne plusieurs coups sur la tête de mon petit-fils. Le bonheur du gamin est tel qu'il en a presque une crise d'épilepsie. Quand le clown s'approche de moi, je lui lance mon regard le plus venimeux. Il semble comprendre où je veux en venir. Je vois presque s'effacer son sourire sous son épais maquillage de clown grotesque. Vite, il reporte son attention sur un groupe d'adolescentes, à quelques pas de là.

Un moment, nous nous laissons guider par les enfants à travers la fête foraine. Nous restons derrière les barrières pour les regarder monter dans quelques attractions. À la grande roue, j'entends mes petits-enfants bâtards nous hurler des salutations de là-haut, dans le ciel. Le gamin agite la main chaque fois que leur nacelle arrive à son point le plus bas. Pendant une descente, il crie « cul » sans arrêt jusqu'en bas. Ça me fait rire. Jack me lance un regard bougon. « Bravo, papa !

– Ce n'est pas moi qui lui ai appris ça. Pourquoi lui aurais-je appris une chose pareille ? »

La gamine aperçoit un groupe de camarades de classe. Je vois bien qu'elle aimerait aller avec elles. Elle demande la permission à Jack, qui interroge sa femme du regard. Tida hausse les épaules, l'air de dire qu'elle n'y voit pas d'inconvénient. Le petit veut accompagner sa sœur. Jack et Tida parlementent avec les deux enfants. Le visage grave, très parental, ils recommandent à la gamine de prendre soin de son frère. Jack enlève sa montre et la donne à ma petite-fille. Nous devons nous retrouver près de la grande roue dans une heure. Avant même que nous ayons le temps de leur dire au revoir, ils se perdent dans la foule.

Nous nous retrouvons tous les trois sous un chapiteau juste à l'extérieur de la grille. Presque tous les adultes finissent par aboutir là. Il y a une piste de danse vide égayée par une boule à facettes. On sert de la bière. Je demande à Jack de m'en chercher une. « Je ne sais pas si tu peux boire, dans ton état », répond-il. Je m'indigne. « Ne dis pas de bêtises. Mon état, justement, justifie amplement mon envie de boire. » Quand je précise que je veux une Budweiser, il me regarde comme si j'avais une queue fourchue.

Il revient avec deux bières, une pour lui, une pour moi. Je fais très attention de ne pas en renverser, mais la boisson danse jusqu'aux bords du gobelet en plastique. Jack me propose de l'aide, alors je lui rétorque que je sais quand même encore boire une bière, merci beaucoup. À cet instant, j'en renverse sur mes genoux.

« Bon sang ! »

La bru se met à rire. Jack sourit et récupère le gobelet qui tressaute dans ma main gauche. « Je vais te chercher une paille.

– Mais bon sang ! Je ne veux pas de paille, Jack. Personne ne boit sa bière à la paille.

– Papa, il te faut une paille. »

Un peu plus tard, Jack m'informe que sa femme a envie de danser.

« Vas-y, lui dis-je. Danse, tu es un grand garçon maintenant, Jack. Tu n'as plus besoin de ma permission. Je vous attends ici avec mon biberon. »

Jack conduit Tida sur la piste. À part eux, personne ne danse. Tout le monde les regarde. Les gens lèvent la tête pour contempler mon fils, ce grand étranger, qui danse avec son épouse thaïlandaise. C'est un slow du pays, et un couple d'autochtones les rejoint sur la piste sous le ballet des lumières de la boule à facettes. Jack serre sa femme contre lui. Ils se sourient, éperdus d'amour. Je suis un peu gêné. Bien que je n'aie pas très envie de les regarder, je ne peux pas m'arracher à ce spectacle. Tout en pompant ma bière, je pense qu'on ne s'habitue jamais à la vie sentimentale de ses enfants. En me tournant, je m'aperçois que des hommes sous le chapiteau se moquent de Jack en ricanant. De leur côté, les femmes font des commentaires critiques en lorgnant du côté de mon fils et de sa femme. À leur tête, je me doute qu'elles pensent que Tida est une prostituée. D'un coup, je suis très fier d'eux, parce qu'ils osent danser devant tout le monde, fier de mon fils Jack parce qu'il serre sa femme dans ses bras, et parce que leur amour me semble brusquement, pour la première fois, un acte courageux de la plus haute importance. Je pense : *Regarde-le, Alice. C'est notre fils. Regarde notre petit homme.*

Quand nous retrouvons les enfants à la grande roue, le temple commence à se vider. Quelques moines balaient le parc. Mes petits-enfants bavardent comme des pies pour raconter leurs aventures à Jack et à Tida. Le gamin me montre une girafe en peluche maigrichonne qu'il a gagnée à un jeu. « Comment allez-vous ? me demande-t-il en levant l'animal fièrement au-dessus de sa tête. Zi-rraf ! » Je réponds : « Oui, mon garçon. Girafe.

– Grand-père O.K. ? » demande la gamine. Elle a une rose violette peinte sur chaque joue. « Grand-père s'amuse au temple ? »

Je lui réponds : « Beaucoup. Grand-père s'est bien amusé. Grand-père a bu de la bière. Grand-père a un petit coup dans le nez. » La gamine me regarde sans comprendre. Jack et sa femme se mettent à rire. Mon fils traduit à la petite, qui me lance un sourire espiègle. « Oui, dit-elle en hochant la tête avec ardeur. Coup dans le nez. »

Nous avons traversé la moitié du parc vers la sortie quand j'avise quatre adolescents dans des autos tamponneuses, qui se percutent en riant comme des bossus. Mon petit-fils court jusqu'à la barrière et les admire en serrant sa girafe sur son cœur.

J'attire l'attention de Jack. « Regarde-le. Il est comme toi. Tu adorais les autos tamponneuses, tu te souviens ?

– Oui, sûrement. »

Le gamin veut faire un tour d'autos tamponneuses. Il a envie de jouer avec les grands. Jack et sa femme refusent. J'interviens. « Allez, ne faites pas les rabat-joie. »

Jack baisse les yeux vers moi d'un air amusé. Il dit quelque chose à sa femme qui hausse les épaules, puis il appelle son fils. Le gamin accourt en sautillant d'excitation. La petite aussi est contente. Elle a envie de l'accompagner.

Les autos tamponneuses s'arrêtent brutalement ; le tour des adolescents est terminé. Ils descendent, et vont tendre de l'argent au moine qui manœuvre le levier, puis ils retournent à leurs voitures avec de grands sourires. Le moine attend Jack et les enfants. Jack sort son portefeuille et donne de l'argent aux petits.

« On devrait tous y aller », dis-je soudain.

Jack me regarde comme si je venais de faire un bruit inconvenant.

« Très drôle, commente-t-il en suivant des yeux les enfants qui courent vers le moine.

– Allez, Jack, on va bien rigoler.

– Tu ne peux pas, papa.

– Bien sûr que si.

– Mais non, voyons.

– Je veux y aller avec eux, je veux m'amuser un peu avec mes petits-enfants. »

Sans laisser à Jack le temps de répondre, je brandis mon bras gauche pour indiquer au moine qu'il doit attendre, puis je roule vers les autos tamponneuses. Jack crie « Papa ! » mais je me suis mis en position rapide, et les roues tournent à toute allure. Il me rejoint avec sa femme, et ils marchent tous les deux à côté de moi d'un bon pas pour ne pas se laisser distancer. « Monsieur Perry », implore Tida.

Quand j'arrive devant lui, le moine baisse les yeux sur moi, les relève vers Jack, puis les rabaisse sur moi, un sourire au coin des lèvres. Il resserre les pans de sa robe orange autour de lui. Une seconde, je me demande s'il porte quelque chose en dessous.

Je m'adresse à Jack en tendant ma bonne main : « Donne-moi de l'argent.

– Non. Tu ne peux pas monter dans les autos tamponneuses, papa.

– De quel droit ?

– C'est lui qui ne veut pas », répond-il en désignant le moine d'un geste du menton.

Je regarde le moine droit dans les yeux. « C'est vrai ? » Mais le moine se tourne vers Jack et Tida sans comprendre. Il fait un commentaire en thaï, et Tida a un rire gêné. Le moine me sourit vraiment maintenant. Sur la piste, je vois que mon petit-fils fait semblant de conduire sa voiture, alors qu'elle est encore immobilisée.

« Laissez-moi y aller, dis-je au moine en indiquant les autos tamponneuses avec la tête. Il n'y a rien à craindre, monsieur le moine.

– Papa…

– Jack, je t'en prie. » Jack a les sourcils froncés ; il ne comprend pas. Je demande : « Tu veux vraiment que je sois heureux ici ? Eh bien, c'est l'occasion ou jamais. Là je serai heureux, je te le jure. Laisse-moi monter dans les autos tamponneuses, et je serai le plus heureux des hommes. »

Jack hésite, on voit qu'il commence à céder. Je l'ai presque convaincu. Assis dans leurs autos tamponneuses, les gamins nous regardent avec impatience. Jack pousse un soupir et dit quelque chose au moine. Le moine hausse les épaules, puis pêche un paquet de cigarettes dans les plis de sa robe.

« Je n'y crois pas », commente Jack en ressortant son portefeuille.

En voyant Jack me soulever de mon fauteuil et me porter sur la piste, tous les gamins se taisent. Il m'emmène à une vieille voiture rouge et me glisse à la place du passager. Au moment où il s'apprête à monter à côté de moi, je lui dis de se prendre une autre voiture.

Je me décale sur le siège du conducteur et ramène mon bras paralysé vers moi. « Je veux conduire. C'est ça l'intérêt !

– Je rêve », soupire Jack en levant les yeux au ciel.

Mais j'ai un regard tellement buté qu'il va rejoindre son fils à quelques pas, et s'assied à côté de lui dans sa voiture. Les jeunes ricanent. Tida a pris place avec sa fille, et attend sagement, de l'autre côté de la piste. Elle parle de moi ; la gamine hoche la tête en silence, me jetant des coups d'œil de temps en temps.

Je me suis installé comme il faut. La ceinture de sécurité est bouclée sur mes genoux, mon pied gauche est posé en plein sur l'accélérateur, ma main gauche agrippe le haut du volant métallique. Le mouvement me semble naturel. Elle ne tremble pas du tout. Je la regarde avec surprise, comme si je découvrais son existence.

Je crie : « Allons-y, monsieur le moine ! », et comme s'il n'avait attendu que cela, la boule à facettes se met à tourner au plafond, la musique éclate dans la sono, des étincelles jaillissent du quadrillage électrique au plafond, et la voiture part d'un coup, comme une fusée qui me propulse à travers la stratosphère, avec une énorme secousse et un grincement suraigu. Les enfants poussent des cris de joie. Je me mets à glousser comme si on me chatouillait, sans pouvoir m'arrêter. Les premières secondes, je ne tourne même pas le volant, trop occupé à rire, grisé par la vitesse.

Ma voiture s'arrête en heurtant le bord de la piste. Ma tête est projetée en avant, puis en arrière, et l'impact me fait encore plus rire. De la bave coule de ma bouche et vole en tous sens, mais je m'en fiche royalement. Je tourne le volant du plat de la main pour m'éloigner de la bordure. Derrière moi, je remarque que les autres se tiennent à l'écart. Alors, je me dirige vers le groupe qui reste agglutiné au milieu de la piste.

Jack et son fils rentrent doucement dans l'arrière de la voiture d'un des jeunes, et les deux véhicules rebondissent, l'un en avant, l'autre en arrière, comme des billes de billard. Je fonce sur eux. Je gagne de la vitesse. Je suis un caillou catapulté par un lance-pierre, et je ne les rate pas. Je heurte Jack et son fils tellement fort par l'arrière que leurs têtes se balancent comme les poupées ridicules que Mac collait sur son tableau de bord. Le gamin éclate de rire, et moi je m'en étouffe presque de joie en hurlant : « Je t'ai eu ! Je t'ai eu ! »

Jack me regarde, les yeux ronds, comme si j'étais devenu fou, mais moi, je fais demi-tour en vitesse, me servant toujours de la base de ma paume pour manœuvrer, et j'essaie de repérer la bru et sa fille. Deux des jeunes ont réussi à les coincer, alors je me déporte sur le côté, et j'attends une ouverture. Dès qu'un espace se dégage, je fonce dans le tas comme un attaquant se ruant sur la ligne de but avec le ballon. Juste au moment de les atteindre, je donne un coup de volant et je les heurte par le côté, encore plus fort que je n'ai cogné Jack et le gamin. Juste quand je m'apprête à demander à la gamine qui l'a dans le cul, maintenant, quelqu'un m'emboutit par-derrière. En me tournant, je vois que c'est Jack et le petit. J'esquive, et ils télescopent Tida et la petite. Ils sont tous pliés de rire, face à face dans leurs voitures, tandis que je leur tourne autour, cherchant le meilleur angle. Je vais leur donner le coup de grâce. Je vise les pare-chocs des deux voitures, et quand nous entrons en collision, l'impact manque me faire voler hors de mon siège, et ma ceinture de sécurité me garrotte la taille.

Encore quelques manœuvres, et la boule à facettes s'immobilise, la piste devient noire, et la musique s'arrête. On n'entend plus que nos rires monter des voitures. Je suis trempé de sueur. Je suis à bout de souffle, presque asphyxié. J'ai une horrible crampe dans le cou. J'ai très mal au derrière, et ma main est violette à force d'avoir serré le volant. Je suis agité de secousses nerveuses, l'afflux de sang fouette mon cerveau. Mes lèvres sont insensibles quand je passe la main sur ma bouche pour essuyer ma salive. Les adolescents sortent déjà de la piste en courant. J'essaie de m'extraire seul de la voiture. Une fois ma ceinture de sécurité détachée, je me hisse à la force de mon bon poignet. Je manque glisser. À cet instant, Jack surgit à mes côtés pour m'aider. Il empoigne mon corps tremblant, il m'extirpe de la voiture et me soulève dans ses bras. « Papa ? » Il semble inquiet, et moi je ne parle pas, je ne bouge pas. Le corps flasque, je lève un regard fixe vers lui. « La ferme, mon garçon, lui dis-je. Fiche-moi la paix. Je ne suis pas encore mort. »

Combat de coqs

I

Les coqs de papa perdaient tous leurs combats. Il les ramenait le dimanche soir, frissonnants dans leurs volières sur le plateau arrière du Mazda, leurs petits yeux ronds de volatiles enfiévrés de terreur, leurs plumes vigoureuses et brillantes de combattants trempées de sang. Maman et moi, nous plumions les morts. Nous les ébouillantions. Nous les saignions pour faire du boudin, et jetions les entrailles aux chiens errants. Ensuite, ils passaient à la rôtissoire, car après tout, comme me le disait souvent papa, une volaille restait une volaille, qu'elle soit élevée pour pondre des œufs, pour chanter au lever du jour ou pour se battre comme un gladiateur.

Il avait beau le cacher, je savais que la mort de ses bêtes brisait le cœur de papa. À le voir finir son assiette, se lécher les babines et les doigts, ne laisser que des os rongés, il semblait vouloir me démontrer les vertus de l'indifférence. Moi aussi, je me régalais ostensiblement, restant brave, car en ce temps-là, la bravoure était notre credo et notre ridicule sport familial. Mais je n'étais pas dupe. Je savais que papa adorait ses coqs. Le soir, j'entendais des hululements monter du poulailler délabré tandis que sa lampe jetait des ombres erratiques sur le mur de ma chambre. Il restait à roucouler avec ses coqs pendant des heures. Je ne savais pas s'il priait, les insultait ou leur chantait des berceuses, mais je n'arrivais pas à dormir tant qu'il ne rentrait pas, que sa lumière ne quittait pas ma fenêtre et que la nuit n'était plus troublée que par les hurlements des chiens en maraude sous les hévéas derrière chez nous.

Bonne nuit, les coqs. Bonne nuit, papa.

Puis papa se mit à dormir avec ses coqs, et je découvris à quel point les nuits pouvaient être intolérables. Je surveillais le mur de ma chambre pendant des heures, terrorisée par les formes fantomatiques que la lumière de sa lampe y dessinait. Mes peurs nocturnes n'avaient plus rien d'enfantin. Des satyres monstrueux exécutaient des danses obscènes sur les murs, dents de vampire, doigts griffus, pénis rouge sang. Je me voyais nue devant eux, morceau de viande tressaillant sur le billot du boucher. Leurs ongles s'enfonçaient dans mes seins, leur haleine moite et fétide soufflait sur mon visage, leurs poils touffus râpaient mon ventre. L'épuisement avait raison de moi, mais le sommeil ne m'apportait aucun réconfort. Je sombrais dans des cauchemars sexuels, le plus souvent indissociables de rêves de décapitation.

Le matin, maman et moi retrouvions papa ronflant dans un lit de paille, des mégots éparpillés autour de lui, pendant que ses coqs réclamaient leur grain en caquetant. Elle le poussait du bout du pied, et il ouvrait les yeux d'un coup, comme s'il n'avait pas dormi, et reprenait ses tâches en silence – distribution de nourriture dans les mangeoires, d'eau propre dans les gamelles – puis il rentrait à la maison pour faire sa toilette comme s'il n'y avait rien de plus naturel au monde pour un homme de son âge que de se faire surprendre à dormir avec ses coqs.

Les gens commençaient à le trouver étrange. On riait de lui. Il était devenu la proie des médisances. En ville, les hommes gloussaient sur mon passage en battant des coudes, sans que je sache trop si c'était par pur plaisir de se moquer de papa, ou aussi, bizarrement, pour essayer de m'aborder.

« Ton père perd la tête », me dit maman un matin alors que, les bras plongés dans l'eau savonneuse jusqu'aux coudes, nous faisions la lessive à l'arrière de la maison. Nous entendions papa poursuivre les coqs dans la cour pour les entraîner, leurs caquètements et leurs gloussements se joignant au chœur matinal des oiseaux. Pendant la semaine, quand il ne s'occupait pas de ses coqs, il travaillait à l'usine de matériaux de couverture, où il aplatissait des gigantesques plaques de tôle. « Il perd ses coqs, il perd son argent, il perd ce qui lui reste de cervelle. Il perd complètement les pédales. » Je hochai la tête, tout en tordant un pantalon de travail de mon père au-dessus du bac.

« Et tes seins, soupira maman en tendant brusquement une main mouillée pour me toucher. Ils deviennent énormes !

— Maman, arrête, marmonnai-je en lui tapant sur les doigts. Ne dis pas de bêtises !

— Ne fais pas ta nigaude. Je suis ta mère. C'est moi qui te les ai fabriqués.

— Maman !

— Tu n'es pas enceinte au moins ? Ça serait le bouquet, Ladda. Je me tirerais une balle si un salaud te mettait en cloque. »

Je ne répondis rien, et continuai d'essorer le pantalon de mon père au-dessus du bac tout en écoutant les coqs piailler en battant des ailes dans la cour.

La vie n'avait pas toujours été aussi dure. Il fut un temps où papa gagnait. C'était le meilleur coqueleur de la région. Les amateurs disaient que papa était un magicien, qu'il jetait des sorts à ses coqs pour leur insuffler des élans d'agressivité sanguinaire. Magie ou pas, j'adorais le voir rentrer d'un pas joyeux à la maison après une journée au gallodrome. Droit et conquérant, rayonnant de fierté, il jetait une liasse de billets sur la table à la grande joie de maman. Il me laissait vérifier ses gains ; j'humectais mes doigts et comptais les billets en professionnelle, imitant les gestes amoureux des parieurs en ville après une soirée à jouer aux dés. Nous n'étions pas riches, mais pendant un temps, nous avions pu acheter ce que nous voulions : un vélo flambant neuf pour moi, une cuisinière électrique pour maman. Des orchidées pour son jardin. Le pick-up Mazda pour papa. Une plus grosse et meilleure télévision.

Mais la chance tourna le jour où Petit Jui apparut au gallodrome.

II

Âgé de seize ans, héritier de la fortune et du pouvoir de Grand Jui, Petit Jui était autant connu pour son illustre père que pour sa dépendance aux métamphétamines. Il arriva au gallodrome accompagné de ses gardes du corps, en pleine crise d'hallucinations, se prenant pour un chien enragé et n'ayant plus rien d'un parieur ordinaire. Il se mettait à quatre pattes, aboyait après les coqs, et certains dirent même qu'il bavait, se grattait les oreilles avec le pied, et reniflait les fonds de pantalons. Au début, personne ne fit attention à lui, puis quelques éleveurs reprirent leurs volières et s'en retournèrent chez eux.

Entrer en conflit avec Petit Jui, c'était provoquer Grand Jui et s'exposer à des représailles d'une cruauté suprême. Vers dix ou onze ans, dans la cour de l'école, Petit Jui avait voulu se battre avec Samat, le fil du barman, un garçon maigrichon qui, inconscient comme le sont souvent les enfants, entreprit de lui démontrer qu'il était plus fort que lui en boxe thaïlandaise. Grand Jui eut vent de l'affaire, et le lendemain, à notre immense effroi, nous vîmes le pauvre Samat, tuméfié, traverser la ville traîné par Petit Jui au bout d'une ficelle attachée à son petit pénis sans un poil. Personne ne pouvait intervenir.

Au gallodrome, quand il émergeait de ses bouffées délirantes, Petit Jui pariait contre les coqs de papa. Et Petit Jui perdait, combat après combat. Il hurlait de dépit, sa fureur allant croissant dès qu'un nouvel adversaire sortait de l'arène la poitrine déchirée, l'œil crevé, l'aile sectionnée. Ses gardes du corps, Dam et Dang – deux gros mâcheurs de bétel – tendaient son argent à papa avec une courtoisie glaciale.

À lui seul, Petit Jui fit empocher six mille bahts à papa en quatre combats.

Papa aurait dû s'arrêter là. Il aurait dû se méfier. Il disait pourtant toujours que rien ne compte plus que l'élégance quand les gens vous mettent de l'argent dans le portefeuille. Un coqueleur délicat, m'expliquait-il, évitait toujours le ridicule à un adversaire et s'arrangeait pour ne pas le ruiner. Mais papa devait penser à Samat, et aux graves conséquences que pouvait entraîner un pareil traumatisme pour un petit garçon. Il songeait peut-être aussi à toutes les victimes des brimades infligées par la famille de Petit Jui à la population locale depuis tant d'années. Donc papa fit combattre ses coqs. Il releva tous les défis. Il continua de prendre l'argent de Petit Jui.

Les témoins de la scène savaient que papa avait renoncé à son éthique pour un enjeu plus important. Dans notre ville, personne n'avait jamais osé défier la famille de Petit Jui. Même s'il ne s'agissait que de coqs, cela devait leur procurer un certain plaisir de voir Petit Jui perdre à tous les combats avec des braillements d'animal blessé, tandis que la liasse de billets de papa grossissait. Les spectateurs n'étaient pas assez bêtes pour pousser des cris de joie, mais ils ne parvenaient pas à camoufler leur satisfaction et leurs sourires narquois.

La nuit tomba. Les coqs n'étaient plus que des ombres grises qui battaient des ailes dans le noir. Papa avait soulagé Petit Jui de neuf mille bahts – jamais il n'avait autant gagné en un après-midi. Le jeune truand était fou de rage. Il menaça de faire pulvériser par ses gardes du corps ceux qu'il prendrait à sourire de ses défaites. Beaucoup de participants partirent. Papa décida de suivre leur exemple. Il en avait assez fait, se dit-il. Inutile de tenter le sort.

« C'est l'heure du dîner, annonça papa d'un ton déférent en ramassant quelques volières pour les rapporter dans le Mazda.

– Toi, tu ne bouges pas de là ! » hurla Petit Jui en tendant le doigt vers lui. Dam et Dang encadrèrent aussitôt papa et lui empoignèrent solidement les bras. « Un dernier, vieux camarade, quitte ou double. »

Un grand silence se fit. Personne de chez nous n'avait jamais parié autant d'argent. Papa réfléchit un moment, regarda Petit Jui avec circonspection. Il ouvrit la bouche pour répondre, mais Petit Jui se jeta par terre à quatre pattes, se roula dans la poussière et se remit à gémir comme un chien. Ce dut être un grand moment pour papa de voir le fils de Grand Jui s'humilier de la sorte, un choc aussi de sentir les gros doigts de Dam et de Dang enserrer ses bras maigres. Il ne dut pas rester indifférent non plus aux regards qui convergeaient sur lui. On le prenait pour un héros : les gens fondaient des espoirs insensés sur papa et ses coqs. Enfin, il ne faut pas négliger l'impact de la somme mise en jeu. Gagner encore neuf mille bahts, ce serait plus que maman ne touchait en une saison pour coudre des fausses perles sur les soutiens-gorge de l'entreprise de confection de lingerie féminine de Mlle Mayuree.

Rentre, papa. Sauve-toi ! Ramène tes coqs à la maison.

Mais papa resta. Il prépara Somsak, un bantam thaïlandais d'un mètre de haut qu'il avait baptisé du nom de son père, mon grand-père. Papa faisait rarement combattre Somsak. Il ne le lançait dans l'arène que pour les grandes occasions. Avec sa poitrine vermillon et sa huppe verte qui rehaussait les plumes indigo iridescent de son cou, Somsak avait été élu « Coq thaïlandais de la semaine » par un magazine de combats de coqs. Nous avions affiché la double page sur la porte du réfrigérateur. On y voyait des photos de papa le manipulant ; Somsak en plein saut ailes déployées, magnifique chatoiement de couleurs ; des diagrammes complexes détaillant les subtilités de son plumage impérial. Somsak n'avait jamais perdu, bien qu'il ait frôlé la défaite une fois, un jour où l'éperon de l'adversaire lui avait perforé le poumon. Entre les assauts, papa insérait une paille dans la plaie pour aspirer le sang accumulé dans la cage thoracique. Somsak retournait dans l'arène plus énergique que jamais et gagna le combat. Dans la soirée, papa sutura la blessure avec la trousse de couture de maman pendant que je maintenais le coq tremblant entre mes genoux. Dès le lendemain matin, Somsak ressortait dans la cour et folâtrait comme les autres.

On disait beaucoup que le nom de Somsak n'était pas gratuit. C'était la réincarnation de l'esprit de mon grand-père, revenu sous la forme d'un coq pour donner à mon père ce qu'il ne lui avait pas offert pendant sa vie. Idée qui n'était peut-être pas aussi farfelue qu'on pourrait le croire, car papa disait toujours que le vrai Somsak ne lui avait rien donné d'autre que des bleus aux fesses et une vie de famille malheureuse.

Pendant que papa préparait Somsak – lissage des plumes, fixation des éperons à la place des ergots, pinçage de son gosier violet – Petit Jui inspectait les coqs des autres éleveurs autour de l'arène pour trouver un adversaire à sa taille. Ignorant tout de la question, il choisit un coq malade, plus très jeune, et si gros que les éleveurs le surnommaient La Poule. Son propriétaire tenta de convaincre Petit Jui que La Poule n'avait aucune chance de gagner. Ce ne serait pas un combat, avertit-il, ce serait un massacre. Mais Petit Jui répondit qu'il n'était pas dupe, qu'il était victime d'une conspiration, qu'on se liguait contre lui pour le faire perdre, alors la ferme, je sais quand même reconnaître un beau coq quand j'en vois un, regarde cette bestiole, on dirait une autruche tellement il est énorme, putain, c'est un monstre, ce poulet, alors prépare-le ou, là, il va vraiment y avoir un massacre, parce que je dirai à mes hommes de t'enfiler sa tête de gland dans ton tout petit trou du cul.

Les éleveurs prirent leurs coqs et les présentèrent dans l'arène, face à face. Somsak se débattit violemment pour échapper à papa. La Poule en profita pour s'enfuir vers le bord de l'arène, ce qui fit se sauver les spectateurs, car, comme le disait toujours papa, quand un coq de combat vous vole dans les plumes avec ses éperons aux pattes, il vaut mieux se garer pour éviter d'être lacéré. Comme La Poule n'était pas très agile, son propriétaire parvint à le récupérer avant qu'il n'y ait des blessés.

Une fois l'ordre rétabli, les hommes procédèrent de nouveau à l'affrontement des coqs pour les exciter, puis ils les lâchèrent. Somsak fit un bond, et, du premier coup de patte, enfonça son ergot métallique dans le cou de La Poule. Les témoins racontèrent plus tard que Somsak leur avait fait penser à Bruce Lee, tant il avait été splendide. La Poule s'effondra tel un ballon de plume crevé. Il avait été pratiquement décapité. Le sable de l'arène rougit en absorbant son sang.

Fin du combat. Vainqueur, papa, une fois de plus.

Mais avant qu'il ait le temps de récupérer Somsak, qui trottait autour de La Poule comme un boxeur narguant un adversaire malheureux, Petit Jui enjamba la barrière de l'arène avec un hurlement. L'assistance se figea, stupéfaite, en le voyant se jeter sur l'homonyme de mon grand-père et le maintenir au sol. Il coinça le coq glapissant entre ses genoux, se pencha, enfonça la tête tout entière dans sa bouche, et la lui arracha.

Petit Jui resta à terre, la bouche pleine de plumes, du sang dégoulinant sur son menton, un sourire mauvais de maniaque imprimé sur le visage. Il recracha la tête de Somsak vers papa.

« Match nul, déclara-t-il, triomphant. Personne ne gagne. »

Papa ramassa la tête de Somsak et la jeta sur Petit Jui.

« Espèce de monstre ! hurla-t-il. Espèce d'animal ! » Papa voulut sauter dans l'arène, mais les gardes du corps de Petit Jui le plaquèrent au sol. Ils n'auraient pas réagi plus vite si Petit Jui avait été le Premier ministre et papa un assassin sur le point de commettre un attentat. L'un d'eux s'assit sur sa poitrine et lui fit une clé aux bras, l'autre dirigea un revolver sur sa tête.

Sur quoi Petit Jui éclata d'un rire suraigu de dément, toujours à cheval sur Somsak. On a raconté que, alors que Petit Jui riait, assis sur son corps sans tête, Somsak battit une dernière fois des ailes. Le scénario avait terriblement mal tourné : de héros incontesté, papa se retrouvait par terre en un temps record, à côté de son plus beau coq décapité.

« Eh ben, vieux camarade ! Faut pas pleurer, ce n'est qu'un coq », railla Petit Jui. Papa essaya de parler, mais le poids du garde du corps lui coupait le souffle. Petit Jui avança à quatre pattes vers papa. Il pencha la tête au-dessus de lui, et contempla son visage grimaçant et violacé.

« Tu sais, murmura-t-il avec un sourire, du sang dégoulinant de son menton sur les joues de papa, je pourrais te tuer, vieux camarade. Dam n'a qu'à appuyer sur la détente. » Papa leva les yeux vers Petit Jui avec un glapissement, essayant toujours de parler. Dam lui appuya le canon du revolver sur la tempe.

« Arrêtez, intervint l'un des spectateurs.
– À quoi ça sert ? ajouta un autre homme.
– Tu l'as dit toi-même, Petit Jui, vous êtes à égalité.
– C'est ça, Petit Jui, il y a toujours match nul quand les deux coqs meurent. »

Mais Petit Jui haletait, soufflant sur le visage angoissé de papa. Il lui cracha à la figure.

« Bon, ça va », dit-il à Dam et à Dang. Il se leva en s'essuyant la bouche avec le bras. « Lâchez-le. »

Ils libérèrent papa. Petit Jui s'éloigna de l'arène avec ses gardes du corps, et repartit sur le chemin de terre battue qui ramenait à l'artère principale de la ville. Les témoins entourèrent mon père, lui demandant comment il se sentait, mais papa ne bougeait pas, les yeux tournés vers le ciel noir, comme envoûté par les étoiles.

« Si tu étais un homme… ! » hurla papa brusquement, avant que Petit Jui ne disparaisse au tournant. Un instant, les autres ne comprirent pas si mon père s'adressait au ciel ou au fils de Grand Jui. Petit Jui s'arrêta pour lui faire face.

« Si tu étais un homme, hurla de nouveau papa en se levant et en pointant le doigt vers Petit Jui, au moins, tu combattrais avec tes propres coqs !

– Tu pourrais être plus reconnaissant, vieux camarade ! lui cria Petit Jui. Ne m'oblige pas à demander à Dam de terminer le travail.

– Il fallait me tuer quand tu en avais l'occasion, espèce de lâche ! vociféra papa. Ce que tu viens de faire, c'est honteux !

– Parle, parle, vieux camarade. Continue comme ça, et tu verras…

– Je verrai quoi, Petit Jui ? Je verrai si tu es un homme ? Je verrai si tu arrives à me battre en m'envoyant tes deux colosses ? » Papa cracha vers Petit Jui. Les hommes qui l'entouraient le retinrent, le supplièrent d'arrêter. « Voilà ce que tu es, continua papa en désignant du doigt l'endroit où était tombé son crachat. Tu n'es qu'un glaviot ambulant !

– Attention, vieux camarade. Si j'étais toi, je me méfierais…

– Pour qui te prends-tu, espère de petit salaud ? Qui t'a donné la permission d'arracher la tête de mon coq ? Tout le monde a vu que j'avais gagné loyalement. Tu te prends pour un homme, Petit Jui ? » Papa s'engagea d'un pas déterminé sur le chemin pour rejoindre Petit Jui ; il marchait lentement en tendant le doigt vers lui. « Un homme ! Tu parles ! Je vais te dire ce que tu es, Petit Jui. Tu n'es pas un homme, tu es un animal ! Pire qu'un animal ! Mes coqs ont plus de moralité et de sens de l'honneur que toi et ta famille.

– Continue, vieux camarade, continue, tu vas voir où ça te mène.

– Un jour, tu vas mourir, Petit Jui, et ce jour-là, tu te demanderas pourquoi tu as gâché ta vie. Tu mourras en te demandant si les gens t'ont aimé pour ce que tu es, ou parce qu'ils avaient peur de ton père. Tu vas même te demander si une seule personne t'a aimé un jour, et…

– Je t'aurai prévenu, coupa froidement Petit Jui. Arrête de faire des discours. »

Mais papa continua d'avancer en lui criant ses quatre vérités. Tout le monde tremblait pour mon père, mais les gens avaient beau vouloir le retenir, l'empêcher de vitupérer sur le chemin obscur, ils ne pouvaient pas se résoudre à le rappeler. La situation se renversait d'étrange façon. Furieux, Petit Jui reculait devant mon père. Les paroles de papa semblaient le diminuer.

Alors Petit Jui prit le revolver à la ceinture de Dam et tira un coup dans la nuit. L'éclair fulgurant de l'arme révéla papa et Petit Jui et ses gardes du corps, figés dans leurs poses respectives : papa levant un doigt menaçant sous le nez de Petit Jui ; le revolver dans la main droite de Petit Jui, dirigé maladroitement vers le ciel ; Dam et Dang à leurs côtés, abasourdis. Une odeur de poudre flotta dans l'air. Des animaux déguerpirent dans les buissons. Les coqs battirent des ailes fébrilement, pris de panique. Il y eut des cris dans l'assistance. Certains plongèrent pour se protéger. Papa, lui, ne broncha pas : doigt en l'air, bouche ouverte, jambe en avant. Le coup de feu l'avait fait taire. Quelques secondes passèrent, interminables. Ses compagnons retenaient leur souffle. Petit Jui appuya le canon du revolver sur le front de mon père. Papa eut un mouvement de recul involontaire en sentant la chaleur du métal. Le soir, quand il rentra, un petit cercle sombre de peau enflée marquait le milieu de son front, comme une drôle de marque hindoue.

« Ne fais pas l'imbécile, siffla Petit Jui. Ne va pas trop loin, vieux camarade. »

Après quoi il leva le revolver et l'abattit sur la tempe de mon père. Papa tomba. Sans lui laisser le temps de reprendre ses esprits, Dam et Dang le rouèrent de coups de pied, comme deux gros enfants maladroits qui se disputent un ballon de foot.

« Reste à ta place », conclut Petit Jui quand Dam et Dang se furent bien fatigués. Puis ils partirent, et leurs ombres s'évanouirent au bout du chemin pendant que papa restait à terre, la respiration laborieuse.

Plus tard, de la fenêtre de ma chambre, je regardai maman soigner papa dehors. Tout en pestant à mi-voix, elle enduisit de pommade sa poitrine contusionnée, tamponna son front avec de l'alcool. Papa posait un regard aveugle sur les hévéas, sursautant de douleur, tandis que les cris lancinants des chiens errants résonnaient dans la nuit.

« Espèce d'idiot, entendis-je maman marmonner. Abruti. Qu'est-ce que je t'avais dit ? Les combats de coqs, c'est dangereux. Promets-moi de ne plus jamais y retourner, Wichian. Promets-moi que tu ne feras plus combattre un seul coq de ta vie. » Le regard vide, papa ne répondait pas. Maman se mit à pleurer en pansant une de ses plaies. Papa voulut la consoler d'une caresse, mais elle se déroba. En regardant mes parents sous le clair de lune, je mesurai pour la première fois la dureté du monde, et ce dont sont capables les hommes. Plus que tout, j'eus envie de nous emmener tous les trois ailleurs, très loin, en sécurité.

III

Cette même semaine, alors que je rentrais du lycée à vélo, la Range Rover de Petit Jui ralentit pour rouler à côté de moi. Il était à la fenêtre arrière, la tête et les bras pendant mollement par la vitre ouverte, le moteur grondant comme une monstrueuse bête mécanique. Dam conduisait ; à la place du passager, Dang se perçait un bouton en se regardant dans le miroir du pare-soleil. Une odeur aigre d'eau de Cologne, de nicotine et d'alcool montait de la tête de Petit Jui. Je continuai de rouler, les yeux braqués sur la route.

« Bonjour, ma jolie, roucoula-t-il. Tu ne veux pas qu'on mette ta bicyclette dans le coffre ? On pourrait aller faire un tour. J'ai la trique. » J'essayai de pédaler plus vite, mais plus j'accélérais, plus la Range Rover s'approchait de moi.

« Pourquoi t'es si pressée ? » demanda-t-il d'un air mauvais. Il eut un sourire salace. « N'aie pas peur. Petit

Jui ne te fera pas de mal. Petit Jui veut juste te montrer deux ou trois petits trucs.

– Va-t'en, marmonnai-je.

– Faut pas le prendre comme ça, dit-il en riant. Je t'ai vue me faire de l'œil. Je te surveille, tu sais. Nous ne sommes plus des gamins. Tu imagines tout ce qu'on pourrait faire ensemble ? On pourrait se rouler des pelles. On pourrait se peloter. Je pourrais te prendre en levrette.

– Laisse-moi tranquille.

– Je t'ai dit que j'adorais tes seins ? Ils me plaisent beaucoup, Ladda. Justement, j'en parlais l'autre jour à Dam et à Dang. Hé, les gars ! – Petit Jui se pencha vers l'avant pour taper l'épaule de Dam et de Dang – Je ne vous ai pas parlé de ses lolos ? » Les gardes du corps tournèrent brièvement la tête. Ils eurent un ricanement et l'un d'eux me fit un clin d'œil. « T'as vu ? continua Petit Jui. J'en rêve de tes seins, ma jolie. J'y pense tout le temps. Je les imagine en train de gigoter quand je secoue mon petit singe la nuit. »

Je m'étais levée en danseuse et pédalais de toutes mes forces. Je me débrouillai pour dépasser la Range Rover, mais elle me rattrapa, Petit Jui, toujours à la fenêtre, avec son sourire lubrique, comme un chien dégénéré profitant d'un bel après-midi à la campagne. Au loin, je vis papa dans la cour, encore vêtu de son uniforme gris de l'usine, qui nourrissait les volailles. Maman cousait sous la véranda.

« Tiens, ton paternel, dit Petit Jui en suivant mon regard. Il va bien ?

– Laisse mon père tranquille. Il ne t'a rien fait.

– Tu lui diras bonjour de ma part. Dis-lui que je serai au gallodrome dimanche, et aussi… » Il se pencha un peu plus, de sorte qu'il me murmurait presque à l'oreille.

« Tu lui diras qu'un de ces jours, je vais baiser sa fille. » Il avança les lèvres pour faire des bruits de succion, puis la voiture accéléra. Ils donnèrent des coups de klaxon en passant devant la maison, de longs bêlements déplaisants qui vibrèrent dans l'air, et, à travers l'épais nuage de poussière, Petit Jui hurla quelque chose à mes parents. Maman se leva d'un bond, et courut vers eux en criant, mais quand elle arriva à la route, la Range Rover avait disparu depuis longtemps.

À mon arrivée, maman était dans la cour et hurlait après papa en faisant de grands mouvements de mains.

« Ce n'est pas possible ! Tu ne peux pas y retourner, Wichian !

– Ne t'énerve pas », répondit papa en me souriant. Il avait les yeux enflés, le visage encore marqué. Les coqs se promenaient autour de ses pieds. J'aurais sans doute dû raconter ma rencontre avec Petit Jui à mes parents, mais la boursouflure sur le front de papa me fit taire, et je me demandai comment il pouvait sourire si calmement alors qu'il s'était fait matraquer à coups de revolver à peine quelques jours plus tôt.

« Je n'ai pas de raisons de m'énerver ? hurla maman. Tu ne te souviens pas de ce qu'ils t'ont fait ? Tu veux mourir ? C'est ça que tu veux, Wichian ? Tu veux me rendre veuve ?

– N'en fais pas un drame. Tu ne te plaignais pas tant quand je rapportais de l'argent du gallodrome. » Papa se pencha pour caresser un coq. « Tu ne te plaignais pas quand je t'ai acheté tes orchidées et ta cuisinière électrique.

– Mais là, ce n'est plus pareil, Wichian. Tu sais bien que c'est autre chose.

– Si je ne vais pas là-bas, cela voudra dire qu'ils ont réussi à nous intimider, expliqua papa en s'accroupissant. Cela voudra dire qu'ils ont gagné. Je refuse de leur faire ce plaisir, Saiya. Et puis, que veux-tu que je fabrique de tous ces coqs ?

– J'en ai rien à foutre ! » hurla maman en lançant un coup de pied aux bêtes. Les coqs déployèrent leurs ailes et se posèrent un peu plus loin, effrayés.

« Hé ! Attention ! C'est fragile, les coqs !

– Tu veux jouer les héros ? hurla maman sans l'écouter. Tu veux jouer les redresseurs de torts ? On n'est pas dans un film, Wichian. Il n'y a pas les bons d'un côté et les méchants de l'autre. Et même si c'était le cas, même si on était dans un film, je l'ai déjà vu ! C'est là que le gentil meurt en laissant sa femme et ses enfants sans le sou, la basse-cour pleine de coqs brailleurs qui ne leur servent à rien, sauf à se rappeler sa bêtise. »

IV

En ville, le bruit courut que Petit Jui viendrait au gallodrome le dimanche avec ses propres coqs. Grâce à son père, il s'en était procuré quatre de race pure philippine et un éleveur prodige de dix-huit ans originaire de Manille du nom de Ramon. On racontait que Ramon, qui avait été vu en compagnie de Petit Jui en ville pendant la semaine, hypnotisait les bêtes dont il avait la charge. Il méditait avec eux tous les matins pour synchroniser leurs auras. Pendant les combats, Ramon murmurait des encouragements à ses coqs, les excitait dans une langue que comprenaient les volatiles mais qui semblait étrange et inhumaine à des oreilles non averties. D'après ce qu'on disait, Ramon avait un jour entraîné une grosse poule pondeuse pour le célèbre gallodrome de Manille, et elle avait gagné.

« Les hommes sont fous, Ladda », soupira maman. Elle était encore en retard pour ses soutiens-gorge ; je l'aidais à épingler des garnitures de dentelle à des bonnets en mousse. L'entreprise de lingerie exigeait la livraison de huit cents soutiens-gorge par mois. Il ne nous restait que sept jours pour en finir trois cents. Papa était encore à l'usine à battre ses tôles. « C'est à croire que le bon Dieu a inventé l'idiotie le même jour que le pénis.

– Qu'est-ce que tu racontes, maman ?
– Tu me comprends très bien. Tu as vu toutes les histoires que font les hommes avec leurs crétins de coqs ? » Elle coupa son fil entre ses dents, et recracha des fibres. « Méditer avec des coqs, je te jure !
– Le combat de coqs est une tradition ancestrale, maman, répliquai-je en jetant un soutien-gorge terminé sur le tas qui grossissait entre nous. C'est le sport des rois. Tu sais bien que le roi Naresuan était champion de combat de coqs pendant son règne.
– Ne commence pas, Ladda.
– C'est vrai, tu sais. J'ai même cherché à la bibliothèque pour vérifier que papa ne racontait pas d'histoires.
– Même si c'était vrai, rétorqua maman en s'interrompant dans son travail, n'oublie pas que notre bon roi des coqs s'est tué en allant à la bataille à dos d'éléphant. » Elle se tapota le front du bout du doigt.

Je me levai pour m'étirer ; j'avais envie d'abréger la conversation.

« Je ne veux pas que ton père retourne au gallodrome. Après ce qu'ils lui ont fait ! À le voir, on ne dirait pas qu'il a vécu ici toute sa vie. Parle-lui, je t'en prie. Peut-être qu'il t'écoutera, toi. »

Je hochai la tête et me rassis.

« Il ne se rend pas compte du danger », continua maman. Je hochai de nouveau la tête, tâchant de me concentrer sur mon travail.

« Tiens, essaie ça, dit-elle brusquement en me jetant un soutien-gorge terminé, rouge et noir, constellé de fausses perles. Je crois qu'il est à ta taille.

– Sûrement pas, répondis-je en l'attrapant et en le renvoyant sur le tas. Il est affreux, maman.

– Allez, ça ne va pas te tuer. Il n'est pas beau, d'accord, mais c'est un sous-vêtement. Personne ne le verra. Tu as quinze ans, maintenant. Il est temps que tu arrêtes de montrer le bout de tes seins à tout le monde.

– Mais toi, tu n'as pas porté de soutien-gorge avant l'âge de trente ans.

– Peut-être, mais il n'y en avait pas, à l'époque. C'était la préhistoire. Nous vivions comme des singes. Nous n'avions pas la télévision. Nous n'avions pas de voitures. Nous dansions tout nus autour du feu la nuit. Nous portions des couches quand nous avions nos règles. Rends-toi compte du privilège que c'est de vivre maintenant, Ladda. Rends-toi compte de la chance que tu as de pouvoir mettre ce soutien-gorge. Rends-toi compte des bienfaits de la civilisation. »

V

Le samedi, j'essayai de parler à papa. J'allai le trouver dans le poulailler, où il aiguisait les éperons. Le frottement sifflant et insistant de l'acier sur la pierre montait dans la nuit, comme la respiration d'un asthmatique. Des lucioles clignotaient dans les hévéas. « Salut », dit-il quand j'ouvris la porte du poulailler.

Je m'installai sur une botte de paille, tandis que papa aspergeait la pierre à affûter avec de l'eau qu'il prenait du bout des doigts dans un bol. La pierre luisait dans la lumière de la lampe à huile posée à côté de lui. Les éperons étaient alignés à ses pieds, dans une ordonnance militaire, des plus courts aux plus longs, étalage de faucilles miniatures présentées à des enchères de matériel agricole lilliputiennes. Les coqs dormaient paisiblement dans leurs volières, tête enfoncée dans leur jabot rebondi. Papa s'interrompit et se pencha sur la lampe pour allumer une cigarette.

« Je sais que ta mère ne veut pas que j'aille au gallodrome demain », dit-il en soufflant des filets de fumée entre ses dents. L'odeur de clou de girofle brûlé emplit le poulailler. Alors que papa me parlait en reprenant sa tâche, j'eus l'occasion de voir ses bleus de plus près. On aurait dit des cartes géographiques indigo tachées d'encre.

« Elle a peur que tu prennes un mauvais coup.
– Je sais. D'après toi, je devrais faire quoi, Ladda ?
– N'y va pas », répondis-je aussitôt. La spontanéité de ma réponse m'étonna moi-même. Mon visage avait enflé d'émotion à la vue des contusions de mon père. « Ça n'en vaut pas la peine, papa. »

Il me considéra, puis se remit à aiguiser un éperon, donnant du brillant au métal en le passant d'avant en arrière sur la pierre. Nous ne dîmes plus rien pendant un moment. Je regardais les ombres danser sur les murs de terre. Dehors, les chiens errants entonnèrent leur chœur nocturne.

Tout en glissant les éperons dans leurs étuis de peau, papa dit : « Tu as sans doute raison, Ladda. Ça n'en vaut peut-être pas la peine. » Il éteignit sa cigarette sur la semelle d'une tong, rangea les éperons dans la pochette que maman lui avait cousue des années plus tôt. « Mais la vie ne vaudrait pas non plus la peine d'être vécue dans la peur.

– Papa…

– Nous vivons dans un monde cruel, Ladda. » Il me sourit en fermant le bouton-pression. « Ce n'est pas une question d'honneur. Ce n'est même pas pour tenir tête à Petit Jui et aux gens de son espèce, mais je refuse de vivre à genoux et de me laisser terroriser. Je veux pouvoir dire au monde : "Hé ! Toi ! Hé ! Connard ! Oui, c'est à toi que je parle, le monde ! Je sais que tu fiches la frousse, mais je vais te dire une chose, mon vieux : je ne me sauverai pas comme un pleutre. Tu ne m'impressionnes pas. Moi, Wichian, je ne me laisserai pas faire !" »

Son discours m'amusa, parce que je l'imaginais en train d'invectiver un énorme globe terrestre de dessin animé pourvu de petites jambes. Mon hilarité se communiqua à papa, et le poulailler résonna de nos rires un moment. Puis je me levai et secouai la paille collée à l'arrière de mon pantalon.

« Tiens, dit-il, tu portes un soutien-gorge, maintenant ?

– Mais qu'est-ce que vous avez tous ? m'exclamai-je en me dirigeant vers la porte. Fichez-moi la paix ! »

VI

Donc papa retourna au gallodrome. Ce dimanche après-midi, pendant son absence, maman et moi restâmes dans la véranda à finir de coudre notre commande du mois, et à empaqueter les soutiens-gorge dans des cartons pour le transport. Mlle Mayuree, la représentante de l'entreprise, devait venir en prendre livraison le lendemain. Nous travaillions en silence, à toute allure, tandis que le soleil suivait sa lente courbe dans le ciel. Maman parlait peu. Elle s'inquiétait pour papa. Elle sursautait dès qu'un ronronnement de moteur montait de la route. J'essayai de lui faire la conversation. Je lui racontai des anecdotes du lycée : le prof de maths alcoolique, les histoires d'amour entre élèves, les dernières rumeurs et les secrets. Je m'essayai même à quelques plaisanteries sur les nouveaux modèles de soutiens-gorge fantaisie à glands de cuir que nous fabriquions, mais maman se contentait de sourire comme pour dire : *Merci de te donner tant de mal, ma chère fille, mais finissons ces soutiens-gorge, et espérons que ton père rentrera sain et sauf.*

Le soleil se couchait. Maman était vraiment inquiète. Elle fronçait les sourcils. Ses jambes tressautaient malgré elle. Elle rentra dans la maison et en ressortit avec la bouteille de whisky du Mekong de papa. Maman buvait quand elle était angoissée. Elle se versa une dose généreuse dans un verre. Après avoir avalé quelques gorgées, elle se rassit par terre à côté de moi dans la véranda pour enfourner des soutiens-gorge dans des sacs en plastique, pendant que je triais les modèles et les rangeais dans les cartons. Elle me tendit son verre et je bus un peu, même si je détestais la brûlure de l'alcool.

« Je n'en peux plus, déclara-t-elle en faisant tourner son whisky dans son verre et en regardant la route pour la centième fois.

– Il va bientôt rentrer, maman. » Le whisky me pesait sur l'estomac. « Ne t'inquiète pas. Il passe sans doute une bonne journée. Il doit gagner.

– Ça m'est égal qu'il gagne. » Ne sachant que répondre, je me contentai de bourrer les cartons de soutiens-gorge.

« Je vais te raconter quelque chose, me dit soudain maman en remplissant une nouvelle fois son verre. Écoute, ton père avait une sœur, autrefois. »

Je m'arrêtai de travailler pour la regarder.

« Tu ne savais pas ça, hein ? dit-elle avec un haussement de sourcils de conspiratrice. Je ne vois pas pourquoi on te l'aurait dit. Personne n'aime en parler, même pas les imbéciles en ville.

« Cette sœur, continua maman, était un peu lente, si tu vois ce que je veux dire. Elle était plus âgée que ton père... Elle avait environ trente ans quand je l'ai rencontrée. En rentrant du lycée l'après-midi, ton père l'emmenait se promener en ville. Il lui achetait une poche de thé glacé et ils s'asseyaient ensemble sur un banc dans le parc, où ils jouaient à imaginer des histoires. Ils riaient comme des gosses. Quand j'ai rencontré ton père, je le trouvais très mignon de s'occuper de sa sœur, malgré les moqueries de ses camarades qui la traitaient d'attardée devant lui. Mais ton père ne les écoutait pas. C'était sa sœur. Il n'y avait personne pour s'occuper d'elle à part lui : tu sais que tes grands-parents étaient complètement fous.

« Ton père était différent à l'époque, poursuivit maman en fixant le fond de son verre. Il voulait devenir pilote – tu le savais ? Il rêvait de piloter des avions. À l'heure du déjeuner, je m'asseyais avec lui dans la cour du lycée, et il ne parlait que de jets, de commandes de vol, et de puissance moteur. Ton père voulait devenir le Charles Lindbergh thaïlandais. C'est ce qu'il disait. Nous allions emménager à Bangkok. Il allait me faire traverser le Pacifique en avion. » Le souvenir la fit rire, et elle reprit une gorgée de whisky. « Donc, quand ton père est entré à l'école d'aviation à Bangkok, il n'y a plus eu personne pour s'occuper de sa sœur. »

Un moteur se fit entendre. Maman se leva pour voir si c'était papa, mais ce n'était qu'un fermier sur son tracteur. Elle se rassit par terre dans la véranda, et nous regardâmes la forme indistincte de l'engin dépasser la maison comme une énorme péniche glissant lentement sur un fleuve noir.

« Et alors, qu'est-ce qui s'est passé ?

– Des choses affreuses, répondit maman en secouant la tête. Épouvantables. Elle s'est mise à traîner dans les salons de thé. D'abord, les clients trouvaient ça drôle. Ils la faisaient chanter et danser pour quelques pièces, s'amusant de sa maladresse. Elle, elle était enchantée. Elle ne se rendait pas compte. J'ai essayé de les dissuader. Je leur ai dit de la laisser tranquille, mais il était déjà trop tard. La pauvre était convaincue d'avoir trouvé de nouveaux amis.

« Le père de Petit Jui faisait partie de ces mauvais plaisants. Maintenant, c'est Grand Jui, mais à l'époque, on l'appelait Petit Jui, lui aussi. Il n'avait pas vingt ans. C'est lui le responsable de ce désastre honteux. De fil en aiguille, elle ne s'est plus contentée de chanter et de danser. Un jour, je suis passée devant un salon de thé, et j'ai vu la sœur de ton père à quatre pattes. Tous les clients riaient en regardant Grand Jui, assis sur sa chaise, qui lui caressait la tête. Ça m'a rendue folle de rage.

– Quelle horreur !

– Je n'ai pas eu le courage d'écrire à ton père pour lui raconter ça. Je ne voulais pas qu'il s'inquiète alors qu'il ne pouvait rien faire. J'ai voulu avertir tes grands-parents. Je suis venue ici, dans cette maison, poursuivit maman en désignant ce qui nous entourait d'un petit geste du menton. J'étais ici, dans la véranda, quand je leur ai raconté ce que les hommes de la ville faisaient à leur fille. Mais ta grand-mère m'a traitée de putain et m'a priée de me mêler de mes affaires. Tu as bien de la chance de ne pas avoir connu tes grands-parents, Ladda. C'étaient de vrais sauvages. »

Il faisait nuit à présent. Pendant que ma mère me racontait son histoire, j'avais fini d'empaqueter les soutiens-gorge sans même m'en apercevoir. Elle s'assit au bord de la véranda, jambes pendantes, et se versa encore un verre. Je m'installai à côté d'elle, et nous scrutâmes la route ensemble, guettant le Mazda de papa.

« On a fini, dis-je doucement. Les soutiens-gorge sont prêts.

– Parfait.

– Papa devrait bientôt rentrer. »

Maman reprit une gorgée de whisky, puis se perdit dans la contemplation des hévéas, comme si, parmi les hauts troncs élancés, elle voyait les images du passé qu'elle venait d'évoquer.

« Alors, qu'est-il arrivé à la sœur de papa ?

– Un des clients du salon de thé était médecin. Il a dit à Grand Jui que, vu son état mental, la sœur de ton père était probablement stérile.

– Non !

– Les hommes sont des monstres, Ladda, il faut vraiment que tu le comprennes. Ils n'ont aucun respect pour les femmes. Nous n'avons pas le choix, nous ne pouvons qu'apprendre à supporter leur barbarie. »

Maman me regarda, et s'interrompit pour se reverser un verre. Elle me le tendit et je repris quelques gorgées avant de le lui rendre. « Bref, reprit-elle, ton père est rentré pour l'été. Une semaine plus tard, il a vu sa sœur et Grand Jui en ville, au fond d'un passage. Il a voulu se battre avec Grand Jui, mais sa pauvre sœur attardée poussait des gémissements et des grands cris, en expliquant à ton père que Grand Jui était son homme, qu'ils étaient amoureux. Ils allaient se marier. Ton père a voulu la ramener de force, mais elle a refusé de quitter Grand Jui. Elle l'a giflé, ce qui a beaucoup amusé Grand Jui. Ton père m'a raconté plus tard que c'était comme d'entendre rire le diable.

« Ton père est rentré chez lui, il a empoigné la carabine de son père, et il a repris la route de la ville, bien décidé à tuer Grand Jui. Sa mère a essayé de le retenir, mais ton père n'a rien voulu entendre. Elle m'a appelée pour me prévenir, et j'ai pris mon vélo pour le chercher en ville. J'ai retrouvé ton père sur la grande route. Il s'était arrêté à mi-chemin. Il pleurait en serrant la carabine de son père sur son cœur comme si c'était un bébé. C'est la seule fois de ma vie où j'ai vu pleurer ton père, ajouta-t-elle en se tournant vers moi d'un air sévère.

« Il n'est pas retourné à l'école d'aviation. Il s'est enfermé chez lui. Il ne voulait plus aller en ville. C'est là qu'il a commencé à élever des coqs de combat. Les premiers mois, je ne le voyais presque jamais, mais je croisais sa sœur en ville. Elle ne rentrait plus chez elle et dormait dans le parc. Elle avait complètement perdu la tête. Elle suivait Grand Jui partout, et lui susurrait des mots doux en lui traînant aux basques. Il s'est mis à l'éviter, et très vite, elle est passée à d'autres hommes. Elle essayait de les caresser dans la rue, en plein jour, ce qui ne l'empêchait pas, disaient les gens, d'aller pleurer sous les fenêtres de Grand Jui toutes les nuits. Cette même année, on l'a retrouvée morte de faim sur un banc du parc. »

Maman se leva en titubant un peu, et rentra dans la maison pour ranger le whisky. Sur le pas de la porte, elle se tourna vers moi, la bouteille et le verre à la main.

« En somme, c'était ta tante, Ladda. C'est sans doute pour ça que je te raconte cette histoire. Ça ne change pas grand-chose, bien sûr. Je n'avais pas pensé à cette fille depuis très longtemps, mais elle m'est souvent revenue en mémoire ces derniers jours. Je ne peux pas m'empêcher de me demander si cette histoire de combat de coqs n'a pas un rapport avec elle, même si ton père refuse de le reconnaître, et si personne ne veut se souvenir d'elle à présent. »

Ensuite, maman rentra dans la maison. Je l'entendis dans la cuisine, de l'eau coula dans l'évier, le verre heurta le bac en porcelaine. Je contemplai les vers luisants encore un moment. J'écoutai les chiens errants. Les chauves-souris tournaient au-dessus de la cour. Je réfléchis à ce que ma mère venait de me révéler, et j'essayai de m'imaginer cette tante, et son amour innocent pour Grand Jui. Je me levai, empilai les cartons dans le bon ordre contre le mur. Soudain, au bout de la route, je vis les phares du Mazda de papa apparaître dans le tournant. Pendant quelques secondes, en voyant ces faisceaux de lumière dorée percer la nuit, j'éprouvai un soulagement extrême et de la surprise, mais une angoisse terrible l'emporta, et je criai à maman que papa rentrait enfin.

VII

Nous attendîmes sur la véranda que le Mazda remonte notre chemin. La silhouette noire de papa descendit de la cabine. « Tu vois, dit-il, il n'y avait pas de quoi avoir peur, Saiya. Je suis rentré. » Il retourna à la camionnette pour récupérer les volières sur le plateau arrière. À première vue, tout allait bien. Je le rejoignis pour l'aider. En approchant, je remarquai qu'il contemplait pensivement le fond du pick-up. Quelque chose n'était pas comme d'habitude. « Salut, dit papa en se tournant vers moi avec un sourire. Alors, vous avez terminé les soutiens-gorge ?

– Oui.

– Bravo », répondit-il distraitement en regardant de nouveau dans le pick-up.

Quand j'arrivai à sa hauteur, il me passa un bras autour des épaules. Je sentis l'odeur d'abord : la senteur douceâtre et écœurante de sang de coq m'assaillit sans aucun doute possible. Je regardai par-dessus le bord du plateau. Au fond, contre la cabine, s'amoncelait une montagne de coqs morts, une masse sanglante de plumes, de boyaux et d'ailes déchiquetées. On aurait dit un seul et monstrueux cadavre réduit en charpie. Des ruisselets de sang noir coulaient sur le plancher. Certaines bêtes étaient encore en vie : des mouvements sporadiques secouaient le tas comme si cette pile de volailles mortes me faisait des signes. J'eus envie de m'enfuir, de retourner près de ma mère sur la véranda. Mais je restai là, hypnotisée par cet amas à moitié mort qui remuait encore. Papa resserra son étreinte autour de mes épaules. J'avais envie de le prendre dans mes bras, moi aussi, mais encore plus peut-être de le frapper de toutes mes forces, parce que j'avais l'impression qu'il me retenait pour m'obliger à voir ce carnage.

Je ne parvins pas à dire grand-chose. « Pauvre papa.

– On ne peut pas gagner à tous les coups, commenta-t-il en me relâchant et en se penchant pour récupérer les survivants.

– Wichian, dit maman d'une voix inquiète en approchant. Que s'est-il passé ? » Mais il se contenta de prendre ses volières et alla les porter dans le poulailler, les coqs rescapés remuant gauchement dans leurs cages en osier. « Hé ! Coqueleur ! cria maman derrière lui. On fait quoi des morts ? » Mais papa avait déjà disparu dans le poulailler, et nous ne le revîmes pas avant le lendemain matin.

Maman en garda un pour le petit déjeuner du jour suivant, le plus gros, une bête que je reconnus à son plumage, et qui s'était appelée Saksri Bualoi. Elle récupéra le corps de Saksri, et le posa sur les marches de la véranda, sa tête ne tenant plus que par un lambeau de chair. Saksri portait le nom d'un champion du monde poids welter de l'époque, qui avait grandi dans une ville voisine, le seul champion du monde que la Thaïlande ait jamais eu, d'après maman. Quelques années plus tôt, nous regardions le vrai Saksri Bualoi bourrer de coups de poing un gros adversaire russe à la télévision, quand papa avait remarqué que si les coqs avaient eu des crochets du gauche, le nouveau coquelet qu'il venait d'acheter lui aurait fait penser à Saksri Bualoi. Voilà ce qui lui avait valu son nom. Saksri Bualoi ne combattrait plus. Nous allions le manger au petit déjeuner.

Nous portâmes les cadavres jusqu'au fossé en limite de notre terrain. Soudain, je sentis se tordre le cou ensanglanté et visqueux de celui que je portais, et l'animal se mit à ronronner comme un chaton apeuré. Je le lâchai, et, prise de panique, le repoussai d'un coup de pied. Le coq fit un vol plané comme un ballon de foot, puis, à ma grande horreur, il se releva et courut quelques pas avant de s'effondrer, bien mort cette fois.

« Il avait encore un peu de jus, commenta maman en riant. N'aie pas peur, Ladda. Il ne peut plus te faire de mal, maintenant. »

Mais je ne voulais plus le toucher. Je ne pus que le pousser du bout du pied pour lui faire traverser la cour vers le fossé, progressant lentement, méfiante, m'attendant à le voir se relever à tout moment et se remettre à courir. Un peu plus loin, maman jetait deux corps comme deux petits sacs à ordures emplumés, et je les entendis atterrir avec un bruit sourd.

Une fois que nous eûmes transporté tous les cadavres, maman retourna à la maison pour chercher de l'essence. Nous mîmes le feu au tas, puis nous restâmes un moment à le surveiller en silence. Des flammes bleutées montèrent en léchant les plumes. Bientôt, la pile de cadavres s'embrasa et un feu jaune s'en empara avec des pétillements et des crépitements syncopés que nous entendîmes résonner dans la longue allée d'arbres devant nous. Maman attisa le feu avec une branche. Il reprit avec des sifflements et des gémissements de graisse grésillante. Une odeur de chair de poulet brûlée se répandit dans l'air. Cela me fit penser aux stands de poulet frit en ville sur les trottoirs, et aux marchands qui s'éventaient avec le journal pour chasser les épaisses vapeurs de leurs sauteuses.

« Nous en saurons plus demain matin », dit maman tristement.

Nous rentrâmes à la maison alors que le feu grondait toujours derrière nous. Maman s'assit sur la véranda et ramassa le corps inerte de Saksri Bualoi dont elle se mit à arracher les plumes par poignées.

Ce fut ma première nuit d'insomnie : mon père était dans le poulailler, les cadavres brûlaient dans le fossé, et maman plumait Saksri Bualoi dehors. À la fenêtre de ma chambre, je regardai les flammes danser jusqu'à ce qu'elles ne deviennent plus que des petits points orange au loin.

Je pensais à ce qui était arrivé à cette femme, ma tante, à papa en larmes sur la route, la carabine de son père dans les bras, parce qu'il avait flanché. Je me demandai si notre situation actuelle aurait été différente s'il n'avait pas perdu courage ce jour-là. Y aurait-il eu moins de souffrances dans le monde si papa avait tué Grand Jui ? Ou un autre Jui – Grand ou Petit – serait-il venu prendre le relais ? Aurais-je aimé mon père en le sachant capable d'une telle violence ? Et maman ? Où s'arrêtait la vengeance criminelle, et où commençait le règne du droit – la justice ? Postée à la fenêtre de ma chambre, malgré l'immense amour que j'éprouvais pour lui parce qu'il n'avait pas pu aller en ville cette nuit-là, je méprisais mon père d'avoir eu peur. L'hécatombe du gallodrome, qui nous avait fait allumer ce brasier, aurait sûrement pu être évitée s'il n'avait pas pleurniché comme un bébé en chemin. Et, tandis que maman finissait de préparer Saksri Bualoi, alors que sous mes yeux le feu mourait comme une étoile tombée à terre, et que les chiens errants sortaient de l'ombre un à un pour inspecter les répugnantes dépouilles calcinées, je désirais plus que tout revenir en arrière, me retrouver avant que maman me parle de la sœur de papa. Cette sœur qui n'avait pas de nom. Avec son coq-à-l'âne, elle m'avait propulsée dans une rue à sens unique, une rue que je n'avais jamais demandé à prendre. J'étais engagée sur une voie de non-retour, sans savoir ni ce qui me poussait en avant, ni ce que j'allais trouver au bout.

VIII

Papa n'avait jamais autant perdu. Jamais il n'était rentré avec plus de deux coqs morts. On ne peut pas gagner à tous les coups, c'était ce qu'il disait toujours ; même les meilleurs éleveurs perdaient une fois de temps en temps. Perdre, c'était normal, d'accord, mais pas revenir avec neuf coqs en moins. Presque la moitié du poulailler avait été décimée.

Le lendemain matin, nous nous retrouvâmes autour de la table de la cuisine, et n'échangeâmes pas un mot pendant que maman nous servait la bouillie de riz. Papa n'avait pas beaucoup dormi, mais on distinguait mal ses poches sous les yeux de ses anciennes ecchymoses. Il rentra du poulailler d'un pas fatigué, s'assit, et tourna les yeux vers la fenêtre de la cuisine. De petits brins de paille s'accrochaient à sa chemise et à son col, ses cheveux gris se dressaient sur sa tête, en broussaille. De fines volutes de vapeur s'élevaient de nos bols. Dehors, le soleil commençait à monter à travers les arbres, et je vis un chien errant – un jeune chiot efflanqué à la queue tordue – fouiller dans le fossé à l'endroit du tas, considérablement réduit à présent.

Nous commençâmes notre repas. Les morceaux de viande blanche mêlés à la bouillie me donnaient la nausée. Je demandai à papa ce qui était arrivé, d'un ton aussi désinvolte que possible. « Rien, marmotta-t-il la bouche pleine, en regardant toujours par la fenêtre. J'ai perdu.

– Et pas qu'un peu », commenta maman. Elle n'avait pas encore touché à son petit déjeuner. Elle attendait une explication, les yeux fixés sur papa d'un air de défi. Papa avala une cuillerée. Je remuai le contenu de mon bol, puis en retirai des morceaux de poulet que je posai sur ma serviette, à côté de moi. Je me souvenais du coq à moitié mort qui s'était levé comme un zombi la veille. Il avait ronronné dans ma main ; il avait traversé la cour en rase-mottes quand je lui avais donné un coup de pied. Je pensai à Saksri Bualoi, à sa tête qui ne tenait plus que par un fil, à maman qui l'avait plumé à pleines poignées. J'eus la sensation d'avoir rêvé les événements de la veille – à la lumière du jour, rien ne semblait plus réel – mais très vite, le tas de miettes de poulet sur ma serviette me ramena à la réalité.

« Combien as-tu perdu, Wichian ? finit par demander maman.

« Onze mille, répondit papa calmement.

– Oï ! s'écria maman en levant les mains au ciel. Mais bon Dieu, Wichian !

– C'est le petit Philippin, expliqua papa avec un pâle sourire. Ce Ramon, il est doué. Il s'y connaît vraiment. Et si tu voyais les coqs philippins, Saiya. Ils sont énormes. Presque aussi grands que Ladda. Je ne pensais pas qu'il pouvait y avoir des coqs aussi gigantesques.

– Oï ! » cria de nouveau maman. Elle éloigna son bol brusquement. Il oscilla sur la toile cirée, envoyant de la bouillie par-dessus bord. « Comment as-tu pu faire ça, Wichian ?

– Je récupérerai ce que j'ai perdu, marmonna papa en reprenant son bol comme si rien ne comptait plus que de regarder sa bouillie refroidir.

– J'espère bien.

– Il a gagné neuf mille bahts la semaine dernière, maman », intervins-je. Mais en croisant son regard exaspéré, je regrettai de m'en être mêlée. Je me tournai alors vers mon père. « Donc, en fait, tu n'as perdu que deux mille bahts, hein, papa ?

– Mange, Ladda, lança maman d'un ton railleur.

– Saiya ! protesta papa.

– Comment as-tu pu perdre autant d'argent ? » demanda maman. Papa se contenta de la regarder fixement en se mordant les lèvres pour se contenir. Il se leva, fit un petit geste impatient pour couper court à ses questions, et sortit de la cuisine.

« C'est ça ! cria maman. Évite la discussion. Va soigner tes putains de bestioles ! »

Nous nous retrouvâmes face à face, maman et moi. Ma mère semblait outrée ; elle était accablée par la perte des onze mille bahts. « Quoi ? jeta-t-elle en ramassant son bol sur la table. Arrête de me regarder comme ça. »

Je ne parvins qu'à répondre : « Il est déjà assez embêté d'avoir perdu, maman. Ne l'enfonce pas. »

Papa sortit du poulailler avec les quatorze coqs restant. Nous l'observâmes par la fenêtre de la cuisine. Ce matin-là, il les poursuivit avec une sorte de rage. Nous étions loin du calme exercice dont nous avions l'habitude ; il leur imposait une cadence infernale. Il les insultait, faisait voler la poussière. Il poussait ses coqs avec une fureur presque rancunière. Certains lui jetaient des coups d'œil prudents, effrayés par ce nouveau comportement. La boule rouge du soleil se levait sur la maison ; de grosses gouttes de sueur brillaient sur le front de papa.

« Mais regarde-le, commenta maman en finissant de ramasser les bols qu'elle porta à l'évier. Regarde ton père, Ladda. » J'attendis qu'elle poursuive, sans savoir où elle voulait en venir. « Il est terrorisé », continua-t-elle. Elle ouvrit le robinet, et l'eau aspergea les bols. « Ton père est mort de trouille. »

J'allai dans ma chambre me changer pour le lycée. Papa fit rentrer les coqs dans leurs volières. Je le vis les ramener les uns après les autres au poulailler, courbé et essoufflé par l'exercice et le poids des cages. Il revint à la maison et, bientôt, je l'entendis enfiler son uniforme de l'usine de l'autre côté de la cloison. Il jetait des imprécations entre ses dents. Il claquait les tiroirs de la commode. Je crus l'entendre donner un coup de pied dans quelque chose. De la cuisine venaient des bruits d'eau et de vaisselle, des chocs métalliques dans l'évier. J'entendis maman laisser tomber un bol qui se brisa par terre, puis très vite le frottement du balai et le tintement des tessons.

Ensuite, le calme revint. Maman termina la vaisselle. Papa se tint plus tranquille. Je me regardai dans la glace pour m'assurer que mon chemisier d'uniforme était bien rentré et que les garnitures obscènes du soutien-gorge ne se voyaient pas sous le tissu. Puis, alors que j'étais encore devant la glace, je fus intriguée par le silence. Je me demandai ce que papa pouvait bien fabriquer tout seul dans la chambre ; je guettai le moindre bruit qui aurait trahi sa présence derrière le mur. Je me demandai aussi à quoi maman pouvait bien penser dans la cuisine. Dehors, le chiot marron avait quitté le fossé, ne trouvant plus rien dans le tas déjà pillé par de plus gros chiens avant lui.

D'après maman, papa avait peur, et je commençais à la croire. Pourtant, je ne l'avais jamais pris pour un peureux. Quand il avait déclaré que lui, Wichian, ne se laisserait pas intimider, il m'avait convaincue ; ses contusions au visage prouvaient sa détermination. Mais maintenant, déconcertée par le silence, ne me reconnaissant plus dans le miroir, je commençais à avoir des doutes. Jamais je n'aurais pensé que papa rentrerait un jour à la maison avec neuf coqs morts, et qu'il perdrait onze mille bahts. Jamais je n'aurais envisagé que Petit Jui et ce garçon philippin allaient battre mon père à son propre jeu. Et je savais que papa ne s'y attendait pas non plus. Il aurait sans doute mieux valu pour nous qu'au lieu de perdre, il revienne à la maison avec mille bleus supplémentaires.

La maison reprit vie. Papa claqua la porte. Il se dirigea vers le Mazda. Maman alluma la radio dans la cuisine.

J'allai prendre mon vélo. Alors que j'étais encore dans la cour, en train d'attacher mon cartable au porte-bagages, papa démarra. Il fit une marche arrière, écrasant le gravier avec de bruyants craquements. Je lui fis signe : c'était notre rituel du matin. Mais papa partit à l'usine en accélérant à fond. Les pneus crissèrent et le pick-up disparut dans un nuage de poussière.

Là, c'en était trop. J'eus envie d'en finir une bonne fois pour toutes et d'aller tordre le cou à ces saletés de coqs endormis dans le poulailler. Mais je n'en fis rien : j'enfourchai mon vélo et partis au lycée.

IX

Plus tard ce même jour, je décidai d'aller boire un café frappé en ville avec mon amie Noon. Je n'avais pas envie de la voir, mais je ne voulais pas non plus rentrer à la maison. Je préférais ne pas être présente quand Mlle Mayuree viendrait récupérer les soutiens-gorge. Je la trouvais ridicule avec sa bouche pleine de couronnes en or, sa gueule en bec d'oiseau, son maquillage et son parfum aigrelet de gardénia. Mais surtout, je détestais voir maman lui faire des courbettes, je ne supportais pas sa servilité, sa feinte gratitude parce qu'on allait la payer. Ne nous restait-il aucune dignité ? Donc, quand Noon s'arrêta près de moi sur son vélo après la classe et me dit : « Salut, ça fait longtemps qu'on ne s'est pas vues », je haussai les épaules et répondis : « La faute à qui ? »

Nous nous connaissions depuis que nous étions petites. Noon était la fille du vendeur de billets de loterie. Sa sœur aînée, Charunee, avait fait scandale parce qu'elle était rentrée de Bangkok en se faisant appeler Charlie, comme si, non contente de se transformer en homme, il lui fallait de surcroît être un farang. Lorsque nous étions plus jeunes, avant que sa sœur décide de devenir un homme, je ramenais souvent Noon à la maison les jours de chaleur, et nous courions dans la cour en poussant des cris perçants pendant que papa lâchait ses coqs, et que maman nous arrosait avec le jet d'eau. Nous n'étions plus aussi proches. Peu après le retour de sa sœur de Bangkok, nous avions entamé notre propre métamorphose. Noon était devenue une superbe et svelte jeune fille, alors que j'étais beaucoup plus dodue et plus ordinaire par comparaison. Elle faisait un effet instantané aux garçons ; moi, je ne les regardais même pas. À la longue, elle me semblait creuse et vulgaire avec ses manières de poupée. On aurait dit que pour compenser la défection de sa sœur, il lui fallait être deux fois plus femme que les autres. De son côté, Noon devait trouver mon cas désespéré, avec mon visage pâle et rond, mes cheveux secs et ternes, mon peu d'intérêt pour la séduction, mon sérieux et mes chevilles épaisses.

Nous emportâmes nos cafés frappés sur un banc du parc. C'est alors que nous vîmes Petit Jui et Ramon, le garçon philippin, assis sur le trottoir devant le salon de thé de Vieux Sorachai. Ils étaient entourés d'un demi-cercle d'admirateurs. Petit Jui racontait une histoire qu'il illustrait de grands gestes de mains, s'arrêtant de temps en temps pour donner des tapes dans le dos du garçon philippin. D'après ce qu'il me sembla, Petit Jui racontait son triomphe de la veille ; son public saluait les meilleurs moments par des éclats de rire. Le Philippin regardait droit devant lui, imperturbable, mais tapait du pied nerveusement sur le trottoir. Il souriait de temps en temps, révélant des dents blanches et droites qui étincelaient au soleil. J'avais du mal à croire que ce maigre et long jeune homme au beau sourire ait pu humilier mon père. Mais je devais me rendre à l'évidence, c'était lui le nouveau champion, lui qui avait fait rager mon père et mis ma mère en colère, qui avait massacré neuf coqs de papa, et permis à Petit Jui de récupérer son argent. Il surprit mon regard, et je me dépêchai de détourner les yeux, mais malheureusement pas assez vite pour ne pas voir le sourire éclatant qu'il me lança.

« Attention, ne te retourne pas ! » murmura Noon en penchant la tête vers moi. Je décelai une senteur de jasmin à la base de son cou élégant. « Le Philippin ne te quitte pas des yeux.

— Ce n'est pas moi qu'il regarde, rétorquai-je avec un rire. Ce n'est pas moi qui lui plais.

— Si ! » insista Noon en gloussant. Elle aspira une gorgée de café. « Je t'assure que c'est toi qui l'intéresses.

— Mais qu'est-ce qui t'arrive ? protestai-je. Tu ne penses qu'à ça, ma parole !

— Tu es pénible, on ne peut rien dire avec toi ! » Elle se tourna vers les garçons qui couraient en agitant les bras sur le nouveau terrain de basket récemment offert à la ville par Grand Jui. En échange de quelques gages de civisme superficiels, comme le terrain de basket, les ampoules neuves pour les lampadaires, la réfection des trottoirs, des boîtes à lettres un carrefour sur trois, ses concitoyens acceptaient de fermer les yeux sur ses activités moins philanthropiques. Maman disait que c'était comme de se faire masser d'une main tout en se faisant cogner de l'autre.

« Je te jure qu'il te regardait, insista Noon en retrouvant son sourire d'idiote. Tu plais à ce garçon, je le jure sur la tombe de ma grand-mère.

– Bon, ça va, tais-toi. Et laisse ta grand-mère tranquille.

– Moi, je le trouve plutôt pas mal. Il est mignon, Ladda. » Noon prit l'air mutin et sourit à Ramon. « Bien musclé, belles dents, lèvres sensuelles.

– Je te le laisse. » Je terminai mon café à grands bruits de paille, et jetai le gobelet dans la poubelle à côté de nous. « Ça ne m'étonne pas que tu ne sois pas au courant, Noon. Tu es tellement bête que tu ne fais attention à rien. Ce garçon a causé beaucoup de tort à ma famille.

– Mais qu'est-ce que je t'ai fait ? protesta Noon, très fâchée. J'ai l'impression que tu me détestes, maintenant. On était amies, il me semble ! Bien sûr que je sais pour ton père : tout le monde en parle. Je ne suis pas complètement idiote. C'était pour rire.

– Excuse-moi », dis-je avec conviction. Je regrettais sincèrement. Je n'avais aucune raison d'être aussi désagréable avec elle. Mais l'expression de Noon m'indiqua qu'il était trop tard. « Je ne voulais pas dire ça, Noon, insistai-je. Ça ne va pas, aujourd'hui. Tu aurais dû voir l'ambiance à la maison, ce matin.

– C'est ça… » Un garçon qui jouait sur le terrain de basket l'appela. Noon lui répondit d'un signe.

« Bon, à plus tard, dit-elle en se levant brusquement.

– Hé ! » criai-je pour la rappeler. Je n'avais pas envie de rester seule. J'avais peur que Petit Jui ne me remarque et ne m'aborde encore, cette fois devant le garçon philippin. « Je t'ai demandé pardon, Noon. Et tu as raison, il est plutôt mignon. »

Noon remonta sa béquille d'un coup de pied et se tourna vers moi.

« On redeviendra peut-être amies un jour, Ladda, mais il faudra que tu fasses des efforts.

– Je t'ai dit que j'étais…

– D'accord, coupa-t-elle en montant en selle. À plus tard. »

J'eus envie de bondir pour lui arracher les cheveux. Je n'en fis rien, et restai sur le banc à la regarder pédaler vers le terrain de basket, ses longues boucles flottant au vent. Devant le salon de thé, Petit Jui racontait toujours ses histoires à ses admirateurs ; il boitillait, imitant soit les coqs de papa, soit papa lui-même. Les rires l'encourageaient à continuer ; on aurait dit un enfant de deux ans quêtant l'approbation des adultes. Je remarquai que Ramon avait disparu pendant que je parlais à Noon. J'eus un instant de panique : Noon avait raison, il m'avait vraiment souri, et j'avais peur qu'il n'approche de moi parderrière, et ne me fasse sursauter en frôlant mon épaule, ou en murmurant à mon oreille.

Je décidai de rentrer, et remontai sur mon vélo pour traverser le parc jusqu'à la grande route. En dépassant le terrain de basket, je remarquai Ramon qui courait après une balle perdue. Les autres joueurs se précipitèrent sur lui pendant que Noon applaudissait du bord du terrain, comme une imbécile. Après une brève lutte, Ramon passa ses adversaires avec le ballon. Je le vis, souriant sous le soleil, la poitrine luisante de sueur, le ballon niché dans le creux du bras.

Il me fit signe.

Je baissai la tête, et pédalai de toutes mes forces pour sortir du parc. Quand j'arrivai à la route, un feu intense me brûlait la poitrine. Cette chaleur était-elle due à l'effort, au soleil étouffant, ou au geste de cet étranger qui m'avait fait signe devant Noon et tous les garçons, je n'en savais rien.

X

En rentrant chez moi, je trouvai Mlle Mayuree dans la véranda avec maman. Deux de ses hommes chargeaient les cartons de lingerie dans sa belle voiture bleue. Maman souriait en hochant mécaniquement la tête. J'allai au poulailler voir ce que faisait papa. Il avait commencé le nettoyage hebdomadaire. J'entrai, et l'aidai à changer l'eau et à désinfecter les volières.

Pendant que nous travaillions, papa m'exposa sa nouvelle stratégie. Ses coqs n'avaient aucune chance de battre les Philippins de race, c'était là sa grosse erreur. Les coqs de race étaient trop grands, trop forts. Aux Philippines, ils gardaient les maisons, et sautaient sur les voleurs la nuit. Même les chiens avaient peur d'eux. Pas un coq thaïlandais ne pouvait vaincre un coq philippin ; tout éleveur digne de ce nom le savait. Pour en battre un, dit papa, le seul moyen était d'en posséder un. Mais nous n'en avions pas, rappelai-je à papa. Nous n'avions que des coqs croisés achetés aux fermiers du coin, destinés à chanter au lever du jour et à se pavaner dans la basse-cour.

« La peur, prononça-t-il fièrement. C'est la clé du problème, Ladda. C'est la solution. »

Je le regardai sans comprendre.

Papa m'expliqua que les coqs ne connaissaient pas la peur. Pour défendre leur territoire, ils auraient attaqué un camion. Il devait apprendre la peur à ses coqs. De cette façon, ils essaieraient d'éviter les coups. S'il parvenait à dresser ses bêtes à esquiver les attaques terribles des coqs philippins comme des boxeurs, ils auraient peut-être une chance de s'en tirer. Papa fit la démonstration en sautillant dans le poulailler. Je crus qu'il avait perdu la tête.

« Allez, dit-il en balançant la tête de droite à gauche, les poings en position de garde de part et d'autre de ses joues. Frappe-moi.

– Papa !

– Si, vas-y, insista-t-il avec un sourire joueur. Essaie. Moi, je suis un de mes coqs, et toi, tu es un Philippin de race.

– Papa… », répétai-je en me penchant pour récupérer un amas de fientes avec la pelle. Je jetai le tout dans le sac-poubelle, tandis que papa continuait de se démener devant moi en bondissant comme un ressort. Je le contemplai, médusée, le sac-poubelle à la main. Tout à coup, papa se mit à caqueter comme une poule, rentra les mains sous les aisselles et battit des coudes en caracolant autour de moi. J'éclatai de rire.

« Frappe, allez, frappe ! cria-t-il en riant lui aussi. Mets-y toute la gomme, Ladda. Cot-cot !

– Tu es fou ! Quand maman saura ça !

– Allez, coq de race ! Vas-y, pour voir ! »

Il tendit le bras et me donna une pichenette sur le côté de la tête. « Cot-cot-cot-codek !

– Papa ! »

Mais il continuait à sauter dans tous les sens, multipliant les petites tapes. Il finit par m'exaspérer. Soudain, je me souvins de son départ, le matin. Je lui en voulais encore de ne pas avoir répondu à mon geste d'adieu. Et maintenant, tout avait de nouveau changé : il redevenait mon père de toujours, comme si rien ne s'était passé. Je pris mon élan et, me servant du sac de fientes, je le visai au visage. J'imaginais qu'il allait esquiver, mais le plastique le frappa en plein sur l'oreille, se déchira, et une pluie de crottes de coqs dégringola sur nous.

Papa eut l'air stupéfait. Un instant, j'eus peur de lui avoir vraiment fait mal. « Joli coup, commenta-t-il avec un sourire gêné.

– Espérons que tes coqs seront plus rapides que toi, papa, remarquai-je, soulagée qu'il le prenne aussi bien. En plus, je ne suis pas un coq de race philippin, tu sais. Je ne suis pas un tueur acharné. »

Papa expliqua sa nouvelle stratégie à maman pendant le dîner. Elle se contenta de hocher la tête sans rien dire. Les visites de Mlle Mayuree rendaient toujours maman d'humeur massacrante. Cette fois, Mlle Mayuree avait augmenté la quantité mensuelle à mille pièces, sans hausse de salaire. Le travail était difficile à trouver ; maman avait accepté le nouveau quota.

« J'en ai assez ! cria maman sans répondre à papa. J'en ai marre de cette radine de putain de veuve et de sa saloperie de lingerie !

– Tu as entendu ce que je viens de te dire ? demanda papa. À propos des coqs ?

– Mais oui. Tu apprends à tes coqs à avoir peur.

– C'est une idée de génie, non ?

– Mais bien sûr. Tu es un génie. Quoique franchement, je me ficherais même que tu leur apprennes à tirer la chasse d'eau. Parce que tu sais ce qui serait vraiment génial, Wichian ? Ce qui serait vraiment génial, ce serait que tu nous récupères les onze mille bahts dimanche prochain. On n'est pas loin de boire la tasse. »

XI

Je revis Petit Jui le lendemain après-midi. La Range Rover était garée devant le lycée. Avant que j'aie le temps de prendre mon vélo, Dam et Dang m'arrêtèrent près de la clôture en barbelé. « Eh, la petite demoiselle ! dit Dam en me tapant sur l'épaule tandis que son acolyte me toisait, sa bedaine se soulevant sous sa chemise comme un énorme melon palpitant. Viens avec nous.

– Sûrement pas », dis-je en voulant les dépasser. Dang m'arrêta d'une main. « Ne me touchez pas ! » m'écriai-je. Des élèves qui traînaient à la sortie tournèrent la tête vers nous, mais voyant Dam et Dang, ils préférèrent ne pas s'en mêler, et recommencèrent à discuter entre eux.

« Pas la peine de faire un scandale. » Dam leva ses grosses mains comme s'il prêtait un serment d'innocence, et je me souvins qu'avec ses battoirs, il avait cogné mon père en lui laissant des traces qui n'avaient pas encore complètement disparu de son visage. « Le patron veut juste te parler », dit Dang. Petit Jui souriait à la fenêtre arrière de la Range Rover de l'autre côté de la rue. Assis près de lui, Ramon, le garçon philippin, me regardait fixement par-dessus son épaule.

« Viens avec nous sans faire d'histoires, répéta Dam, nous ne voulons pas te faire de mal.

– Espèces de connards », criai-je. Puis, m'étonnant moi-même, je leur crachai à la figure, d'abord sur l'un, puis sur l'autre. Des fils de salive atterrirent sur leurs chemises. « Ça, c'est pour ce que vous avez fait à mon père !

– Voyons, c'est pas bien ça », maugréa Dam en m'attrapant fermement par le haut du bras. Mon cœur bondit dans ma poitrine. Il me faisait mal, mais j'étais surtout surprise par la brutalité du geste. J'essayai de me dégager. C'est alors que j'entendis le rire de Noon, reconnus sa sonorité joyeuse et cristalline. J'essayai d'accrocher son regard, mais elle ne semblait s'apercevoir de rien, absorbée par une parade amoureuse : radieuse, elle parlait avec de jolis mouvements de mains, happée par le sourire d'un garçon.

« Si tu veux qu'on te traite avec respect, siffla Dam en resserrant son étreinte, conduis-toi comme il faut.

– C'est ça, bien sûr », répondis-je. Me penchant, je mordis ses gros doigts poilus. Sa peau dure avait un goût salé, ses os épais craquèrent comme des noyaux de prunes entre mes dents. Dam glapit avec une grimace et essaya de m'arracher ses doigts. J'aurais voulu que papa voie ça. Je voulais lui perforer la peau et sentir un flot de sang chaud jaillir sur ma langue, mais Dam arriva à m'échapper en me tirant par les cheveux avec son autre main. Dang m'attrapa par la taille, me souleva et me porta vers la Range Rover. Je me défendis à coups de pied en poussant des hurlements, étouffée par les bras noueux qui me serraient le ventre comme un nœud coulant. Le visage souriant de Petit Jui approchait à chaque pas.

« Hé ! Lâchez-la ! » cria une voix derrière nous.

À ma grande surprise, Dang me posa au milieu de la rue. Petit Jui riait à l'arrière de la Range Rover. Ramon me regardait en silence, le visage fermé. En me tournant, je vis Noon se jeter sur Dang et lui marteler la poitrine d'un déluge de coups impuissants. Il tenta de lui maîtriser les bras en lui disant d'arrêter de faire l'idiote. Les élèves s'étaient tus et nous regardaient.

Le vigile sortit de la guérite où il montait la garde devant le portail du lycée, et courut vers nous, la main sur sa matraque.

« Il y a un problème ? » demanda-t-il en s'adressant à Dang qui maintenait les poignets de Noon. Le vigile avait prononcé sa phrase timidement, comme s'il l'avait entendue ailleurs, à la télévision par exemple. C'était un jeune type souffreteux, plus connu pour ses velléités de séducteur avec les lycéennes que pour sa capacité à repousser les dangers qui nécessitaient sa présence. C'était une marionnette, une façade, comme tout dans cette ville de faux-semblants, surtout dans le domaine de la légalité.

« Oui, il y a un problème ! » rétorqua Noon avec impatience en essayant d'échapper à Dang. Il la relâcha. Dam s'approcha de moi sans bruit par-derrière en se frottant la main. Je l'entendis me traiter de connasse.

« Non, il n'y a pas de problème, mon gars, lança Petit Jui de l'arrière de la Range Rover. Aucun problème. » Il lui agita un billet rouge de cent bahts sous le nez. « On s'amuse un peu, c'est tout. On chahute. »

Le vigile tournait la tête, indécis, passant du billet qui frétillait devant lui, au sourire de Petit Jui, et à moi. « On s'amuse, mon gars, c'est tout », répéta Petit Jui. Il jeta au garde le billet qui voleta avant d'atterrir à ses pieds. Et pendant tout ce temps, je voyais que Ramon me dévisageait derrière le dos de Petit Jui.

« Allez, rentre dans ta petite cabane », ordonna Petit Jui. Le vigile me regarda. Il se baissa pour ramasser le billet par terre. « Allez faire ça plus loin, dit-il à Petit Jui en glissant le billet dans sa poche de poitrine. Allez vous amuser ailleurs.

– Hé ! » criai-je en le voyant s'éloigner. Les élèves reprenaient déjà leurs conversations. « Ils veulent me kidnapper !

– Allez, viens, Ladda, dit Noon en m'attrapant le bras. Partons de là. »

Pendant ce temps, Dang avait déjà redémarré la Range Rover et Dam réintégré sa place à l'avant, encore rouge de douleur. Petit Jui se pencha par la fenêtre et me pinça la joue.

« La prochaine fois, je t'aurai, déclara-t-il avec d'immondes bruits de succion en me tripotant le menton. Je t'aurai à fond. » Ramon me regardait, consterné.

J'eus envie de lui dire : *Tu n'as pas la moindre idée de qui sont les gens pour qui tu travailles, hein ?* J'essayai d'attraper les doigts de Petit Jui, avec l'idée de le mordre, lui aussi, mais Dang appuya sur l'accélérateur, et le rire de Petit Jui s'évanouit au bout de quelques mètres.

« Ça va ? demanda Noon alors que la voiture disparaissait.

– Oui, répondis-je en me massant le haut des bras, le sang comme de la lave en fusion dans les veines. Merci. »

Nous récupérâmes nos vélos et nous éloignâmes du lycée en les poussant. Les chaînes cliquetaient entre nous, et le soleil allongeait nos ombres. J'avais envie de serrer Noon dans mes bras, de m'excuser d'avoir été désagréable avec elle la veille. Son courage m'avait surprise. J'aurais voulu qu'elle sache à quel point j'avais eu peur quand le gangster m'avait soulevée et m'avait fait traverser la rue de force. J'avais suffoqué, j'avais été complètement impuissante. Pour la première fois de ma vie, je m'étais sentie vraiment en danger.

Avant de nous séparer, je demandai à Noon si elle avait déjà entendu parler de la sœur de papa.

« Oui, répondit-elle placidement. La Pute collante. C'est comme ça que les clients des maisons de thé l'appelaient.

– Quelle horreur ! Pourquoi ne m'en as-tu jamais parlé ?

– Je ne sais pas, je n'y ai pas pensé, répondit Noon avec un haussement d'épaules.

– Il faut que je me tire d'ici, et vite. »

Noon hocha la tête. « Tu me préviens quand tu trouves le moyen, d'accord ? Je n'en peux plus de ces péquenauds. À propos, il te veut quoi, Petit Jui ?

– Je n'en sais rien. Mais je te jure que je vais lui mettre son trou du cul au milieu de la figure. »

Noon se mit à rire. « Je veux absolument voir ça ! » Elle monta sur son vélo, et ramena l'arrière de sa robe sous elle. « À plus tard, dit-elle. Tu salueras ton père de ma part. Dis-lui que je prierai pour ses coqs dimanche. »

XII

Il faut du temps pour apprendre à des coqs à avoir peur, et papa n'eut pas assez de la semaine, si bien qu'il alla combattre le dimanche avec un seul coq. Il avait choisi un animal rachitique à l'estomac dérangé, et qui était mis en quarantaine au fond du poulailler parce qu'il s'arrachait les plumes. Il était très malade. Papa savait qu'il allait perdre, mais il voulait faire passer un message à Petit Jui. La régularité, voilà le message, expliquait-il. Ses pertes de la semaine précédente ne l'avaient pas affecté. Mais maman avait une autre idée. « Et que dirais-tu de ceci, comme message, Wichian… Tu n'y vas pas. Tu te trouves un autre passe-temps. Collectionne les timbres, élève des carpes, fais de la gymnastique. Aide-moi à ma couture. Choisis une occupation normale, pour changer. » Papa rit comme si elle plaisantait.

Il revint le dimanche après-midi en rapportant son coq malade dans un sac en plastique ensanglanté. Maman regarda à l'intérieur, et dit que s'il avait voulu faire abattre cette bête, il aurait mieux valu le lui demander à elle. Au moins, on aurait pu distinguer la poitrine des cuisses, des ailes, des pattes, et des boyaux. Au moins, nous aurions pu en faire quelque chose. Là, il ne nous restait plus que de la bouillie. Et quand papa lui avoua pendant le dîner qu'il avait encore perdu mille bahts, elle s'énerva. « Maintenant, ça suffit, Wichian. Abandonne. Petit Jui ne cherche plus à te tuer : il a décidé de te plumer. »

Mais papa haussa les épaules : il avait pris un risque calculé. Sa stratégie voulait qu'il perde encore cette fois. Le coq malade allait mourir, de toute façon. Une fois qu'il aurait appris la peur à ses coqs, il regagnerait l'argent perdu. Il humilierait Petit Jui et le jeune Philippin, et redeviendrait champion.

N'empêche, il avait eu une surprise au gallodrome, cet après-midi-là, nous raconta-t-il : les spectateurs avaient acclamé Petit Jui, et applaudi le jeune Philippin et ses coqs de race.

« On dirait que les gens n'ont aucune mémoire, se plaignit-il. On dirait qu'ils ont oublié ce qu'il m'a fait. Ils le traitaient comme un grand professionnel, et moi comme un amateur.

– Les gens aiment les vainqueurs.

– Comment peuvent-ils oublier les crimes de sa famille ?

– Les gens aiment les vainqueurs, répéta maman.

– J'ai entendu, Saiya.

– Laisse tomber, insista maman en débarrassant les assiettes. C'est perdu d'avance. Ce garçon te ridiculise, et en plus il nous prend tout notre argent. C'est sans doute son père qui a tout manigancé. C'est Grand Jui qui a fait venir le jeune Philippin, non ? Ça doit bien le faire rigoler, Wichian. »

En regardant papa, il me sembla qu'il se rembrunissait, qu'une ombre passait sur ses traits. Je me demandai si cela avait toujours été le cas, et si, dans mon ignorance, je n'avais pas encore remarqué cette réaction à la mention de Grand Jui.

« Ce type n'a rien à voir dans cette histoire, Saiya, répondit papa. C'est une affaire entre moi et son fils.

– C'est ça. Si tu le dis, Wichian.

– D'ailleurs, la semaine prochaine, je vais gagner. Tu vas voir. Une fois que j'aurai fini de dresser les coqs, ils en feront de la chair à pâté de ces Philippins de race.

– Je te souhaite bien du plaisir, commenta maman en secouant la tête. Tu peux toujours essayer, si ça t'amuse. Mais avant d'apprendre à tes coqs à esquiver une balle de revolver, j'aimerais te rappeler que tu as déjà perdu douze mille bahts. Au cas où tu ne serais pas au courant, personne à part toi ne parie contre ce Philippin.

– Tu vas voir, répondit papa gravement. Fais un peu plus confiance à mes coqs. »

XIII

Nous aperçûmes à peine papa pendant la semaine. Il se rendait directement au poulailler en rentrant de l'usine. J'allai de temps en temps le regarder soigner ses coqs : il leur massait les cuisses, les baignait, purifiait leur nourriture, aiguisait leurs éperons, s'assurait qu'ils étaient suffisamment exposés au soleil. Si papa leur apprenait la peur, je ne remarquai rien. Ils recevaient le même traitement attentif que d'habitude, un régime qui, d'après maman, aurait mis fin à beaucoup de souffrances s'il avait été appliqué avec le même zèle aux femmes et aux enfants de la ville.

Le dimanche approchait. Je ne revis pas Petit Jui. Il faut dire qu'après notre dernière rencontre, je redoutais le monde extérieur. Je me sentais mal dehors. J'avais toujours peur que la Range Rover ne surgisse à un coin de rue. Noon me proposa de sortir plusieurs fois, mais je prétendis que je devais aider maman à sa couture. Je pédalais à toute vitesse entre la maison et le lycée, empruntant le sentier réservé aux vélos tout-terrain et aux buffles, qui me faisait faire un détour par le bois d'hévéas. Mieux valait rencontrer les chiens errants que Petit Jui et ses hommes. J'hésitais à dire à maman que Petit Jui m'importunait : sa morosité était devenue chronique. Elle se plaignait sans cesse de papa, des coqs et de Mlle Mayuree, et je n'avais pas envie d'exacerber sa mauvaise humeur. Et puis je ne savais pas si Petit Jui avait l'intention de mettre ses menaces à exécution, ou s'il ne voulait que me faire peur, et, par voie de conséquence, faire peur à papa. Je passais de nombreuses heures à envisager toutes les possibilités, dont aucune n'était innocente, pendant que papa soignait ses coqs sous la fenêtre de ma chambre. Je me mis à faire des rêves étranges et violents.

Le vendredi matin, après avoir fait courir ses coqs, papa resta dans la cour à manipuler un appareil qui ressemblait à une petite radio noire. Deux coqs s'attaquaient devant lui, combattant sans leurs éperons. Ils se jetaient l'un sur l'autre, leurs corps s'entrechoquant en l'air dans un feu d'artifice de couleurs. J'allai aider maman à préparer le petit déjeuner. Elle se tourna vers moi. « Il est fou, Ladda, regarde-le. »

C'est ce que je fis. Je me rendis alors compte que la radio noire de papa était en réalité une télécommande de voiture électrique. Je vis aussi qu'il n'y avait qu'un seul coq dans la cour, et non pas deux. L'autre était un coq en plastique, attaché au toit de la voiture téléguidée. Papa avait peint des plumes sur le corps artificiel, des taches vert, ocre, jaune et blanc. C'était un barbouillage d'enfant : à bien y regarder, le leurre ressemblait davantage à un clown qu'à un coq de combat. Cela n'empêchait pas papa de poursuivre son coq avec son engin. Sans se laisser démonter, le coq sautait sur son compagnon en plastique et le renversait aussitôt. Chaque fois, papa jurait en redressant la voiture, mais cela ne durait que le temps pour le coq de la renverser de nouveau. Les roues tournaient à vide en vrombissant, et le mouvement imprimait des soubresauts au faux coq, qu'il animait d'une vie artificielle. La scène se répéta sans fin, mais chaque fois que le coq abattait son adversaire en plastique, il semblait gagner en courage, plutôt qu'en prudence. Vite, l'exercice lui porta sur les nerfs. Il ne se donnait même plus la peine de bondir pour frapper : il le poussait sans conviction puis se laissait distraire, et papa redressait le mécanisme. Le coq savait, tout comme papa, tout comme maman et tout comme moi, qu'un coq en plastique attaché à une voiture téléguidée n'avait jamais fait peur à personne. Je compris alors que mon père était vraiment à bout de ressources. Il n'avait pas la moindre idée de ce qu'il faisait.

« Eh bien ! dis-je à maman. Intéressant...

– On aura tout vu », marmonna-t-elle en secouant la tête. Papa essaya encore plusieurs fois. Le coq se précipitait obstinément sur l'engin, puis donnait des coups de bec curieux à la voiture renversée.

Soudain, papa jeta la télécommande par terre et l'écrasa à grands coups de semelle. Elle se fracassa en mille morceaux. Des ressorts, des bobines, des fils et des morceaux de plastique noirs s'éparpillèrent dans la cour. Espérant que c'était du grain, le coq courut inspecter les débris répandus autour des pieds de papa.

« Mon Dieu, gémit maman, va le calmer, Ladda. Je ne veux pas de lui dans un état pareil au petit déjeuner. »

Mais avant que j'aie le temps de descendre de la véranda, la fureur de papa se reporta de la télécommande sur le coq lui-même. Il lui donna un coup de pied qui le fit s'envoler. Papa se jeta sur lui, bras tendus ; je crus qu'il allait lui tordre le cou, mais le coq se défendit en lui sautant à la figure. Papa tomba, surpris par la réaction de l'animal, qui en profita pour lui bondir de nouveau au visage, pattes en avant, essayant de lui enfoncer ses ergots pointus dans les joues avec des cris surexcités presque humains. Papa essaya de le repousser avec des coups, mais il revenait sans cesse à la charge dans une tempête de plumes.

Je criai à papa de tenir bon et courus à la rescousse, mais il ne m'entendit pas. Après une brève lutte, il parvint à attraper le coq par le cou et l'envoya cogner par terre. Je crus qu'il allait lui arracher la tête, mais il s'arrêta, le serra contre lui, bec en avant, ailes coincées entre les cuisses – la position la plus sûre pour maintenir un coq de combat, comme je l'avais appris depuis ma plus tendre enfance. Le coq se débattit violemment avant de s'immobiliser dans les bras de papa, haletant, la tête agitée de mouvements de va-et-vient.

« Pauvre imbécile », entendis-je marmonner mon père en approchant. Je me demandai s'il parlait du coq ou de lui-même.

« Papa, ça va ? » Il se tourna vers moi, les yeux fixes, comme s'il était en transe. Il ne m'avait encore jamais regardée de cette façon. J'eus peur qu'il ne s'en prenne à moi. Je reculai d'un pas. Ce n'était plus mon père ; il était devenu quelqu'un d'autre, une sorte de fou. Le coq lui avait griffé le visage, et le sang qui perlait sur sa peau lui donnait l'air de porter de la peinture de guerre. Son coq furieux entre les genoux, il ressemblait à certains sauvages que j'avais vus dans un documentaire sur l'Amazonie plusieurs années auparavant, à l'époque où nous avions acheté notre première télévision couleur grâce à ses gains. Mais il retrouva vite ses esprits. La démence quitta ses yeux, et il me sourit avec gêne.

« Tiens, dit-il en me tendant le coq à deux mains. Prends-le. » Il me parlait comme s'il avait attendu toute la matinée que je vienne m'acquitter de cette tâche. J'attrapai l'animal, et le coinçai entre mes genoux. Il se mit à ronronner, son corps vibrant délicatement entre mes cuisses. Je sentais son petit cœur de volatile frémir sous sa peau. À l'autre bout de la cour, la voiture téléguidée était couchée sur le côté comme le jouet abandonné d'un enfant capricieux. Papa s'essuya le visage avec sa chemise, tachant le tissu de gouttes de sang. Il n'avait que des égratignures. Il s'accroupit devant moi.

« Qu'est-ce que je vais faire de toi ? » dit-il sévèrement. Croyant qu'il s'adressait à moi, je ne sus que répondre, mais je m'aperçus vite qu'il parlait à son coq. La bête lui donna un léger coup de bec sur le nez comme pour s'excuser. Papa lui maintint le cou, essayant de calmer les mouvements frénétiques de sa tête. « C'est si difficile de faire un petit effort ?

– Ça va, papa ? » demandai-je de nouveau. Mon cœur bondissait de terreur depuis que papa avait eu ce regard, accroupi par terre, ses entailles sur la figure, le coq entre les genoux, les yeux exorbités. Le coq se débattit, essaya de bouger les ailes entre mes cuisses. Papa le reprit. « Rentre, Ladda. Je ne prendrai pas de petit déjeuner, ce matin.

– Non ! » Je ne compris pas pourquoi je le contredisais. Au moment où le mot m'échappait, j'eus l'impression qu'il m'était soufflé par quelqu'un d'autre. La colère, sans doute, m'avait inspiré ma réponse. Même s'il avait voulu me prendre dans ses bras, j'aurais refusé. « Non, papa, rentre. Laisse tomber. »

Papa me sourit de nouveau, l'air gêné, puis il resta là à me contempler, sans savoir quoi dire. C'était le moment de lui demander de me parler de sa sœur. Depuis que j'avais discuté avec Noon, j'avais envie de connaître ma tante sous un autre nom que celui de la Pute collante. Je voulais savoir autre chose d'elle. Maintenant, son surnom hantait mes cauchemars : salive, sang, sexe, grognements d'hommes dans des coins sombres et rire de folle. Sans doute l'histoire serait-elle plus tolérable si je savais son nom. « Papa, dis-je, ta sœur... » Mais il me lança un regard bizarre en haussant les sourcils comme s'il ne comprenait pas.

« Ma sœur ? Je ne vois pas de quoi tu parles, Ladda.

– Maman m'a tout dit. Maman m'a raconté, l'autre jour.

– Tu veux rire !

– Mais maman dit que ta sœur et Grand Jui...

– Ladda, interrompit papa, il ne faut pas croire tout ce qu'on te raconte. Tu devrais savoir que les gens inventeraient n'importe quoi pour passer le temps. »

Il me sourit, mais cette fois son visage prit une expression totalement fourbe : dents trop découvertes, lèvres trop crispées, joie excessive dans le regard. Ce sourire m'évoqua celui qu'arborait Petit Jui dans la Range Rover. Papa mentait. Papa reniait sa propre sœur.

Alors je l'abandonnai dans la cour avec ses coqs.

XIV

Papa perdit, puis il perdit encore. Enfin, une semaine plus tard, il perdit une fois de plus. Il ne restait que cinq coqs dans le poulailler ; nous devions des sommes astronomiques. Maman ne lui adressait plus la parole, ce qui ne changeait pas grand-chose, car plus les dimanches passaient, plus les défaites s'accumulaient, et plus papa se repliait sur lui-même.

Je ne recherchais plus sa compagnie. Depuis qu'il avait menti sur l'existence de sa sœur, j'avais l'impression de le voir avec des yeux neufs, dépouillé de toute admiration filiale. Je n'étais pas en colère contre lui : j'avais peur. Me renierait-il aussi, si Petit Jui abusait de moi ? Je passais des journées entières dans ma chambre, plongée dans mes livres. La maison était devenue silencieuse ; nous n'étions plus que des mimes interprétant nos propres rôles dans le théâtre de nos vies.

Un matin, un jeudi, maman menaça de partir. Elle ne l'avait pas épousé pour vivre avec un joueur sordide. S'il retournait au gallodrome, il trouverait la maison vide en rentrant. Mlle Mayuree lui avait proposé une chambre chez elle. Ce n'était pas la première fois que maman lançait de tels ultimatums, mais jamais elle n'avait mêlé à leurs disputes une personne extérieure à la famille. Je ne savais pas si elle avait réellement téléphoné à Mlle Mayuree, ou si elle imaginait que son nom ferait comprendre sa détermination à papa. Quand je lui posai la question pendant que nous cousions, un soir, elle se contenta de hausser les épaules en disant : « Nous verrons. »

Papa prit des mesures radicales. Il jeta la voiture téléguidée et se battit lui-même avec les coqs tous les matins. Il enfilait d'épais gants de maçon et leur fonçait dessus. Ses efforts ne furent récompensés que par quelques cicatrices supplémentaires. Les coqs se méfiaient de lui, maintenant, mais n'avaient pas du tout peur. Dès qu'il entrait dans le poulailler, il était accueilli par un concert de caquètements furieux, et je me demandai si les coqs étaient assez malins pour se mutiner.

Une bande de chiens errants réussit à pénétrer dans le poulailler le vendredi soir. Je me réveillai au bruit des aboiements, des cris de mon père qui les injuriait en les chassant à coups de pied, et des gloussements apeurés des bêtes. Par ma fenêtre, je vis un chien partir au trot, un coq dans la gueule, la tête haute, entouré par la meute qui attendait sa part du butin. Un balai à la main, papa était à la porte du poulailler. Quand les chiens eurent disparu, il s'assit par terre, lâcha son balai, et plongea la tête dans ses mains. Je crus d'abord qu'il pleurait, mais je vis vite qu'il se massait simplement les tempes. Il retourna dans le poulailler. Je regrettai alors que les chiens n'aient pas emporté tous les coqs de papa. Je scrutai les hévéas, espérant leur retour, mais ils ne revinrent pas. À en croire leurs jappements et leurs hurlements, ils se battaient pour s'arracher la dépouille.

Petit Jui téléphona à la maison l'après-midi suivant.

« Salut, coquine, dit-il d'un ton lubrique. Je ne t'ai pas vue depuis longtemps. »

Je raccrochai, mais il rappela aussitôt. Je fixai le téléphone sans bouger, résistant à l'envie de le réduire en miettes.

« Qui est-ce ? » demanda maman en entendant les sonneries insistantes. Elle dut comprendre à mon regard, car elle me poussa et décrocha.

« Écoute-moi, petit salopard, dit-elle dans le combiné. Fiche-nous la paix. Si tu rappelles, je te tranche la gorge. » Je crus qu'elle allait raccrocher, mais elle se figea, et écouta Petit Jui, la colère s'effaçant peu à peu de son visage. Après quelques minutes, elle reposa doucement le téléphone.

« Il a dit quoi ? Il voulait quoi, ce connard ? »

Maman me jeta un regard si sérieux que je crus qu'elle allait me reprocher d'avoir été grossière. « Son argent, finit-elle par dire. Ton père lui doit beaucoup plus que nous ne croyons. » Je lui demandai combien. « Trop, répondit-elle en secouant la tête. Il va venir prendre le Mazda si ton père ne lui donne pas son argent.

– Non !

– Va le prévenir », ordonna-t-elle en indiquant le poulailler d'un mouvement de tête.

En entrant, je vis que les chiens avaient fait des dégâts considérables la nuit précédente. Il y avait des plumes partout, les gamelles d'eau avaient été renversées, les sacs éventrés, le grain répandu. Du sang de coq séché avait giclé sur une litière de paille. Papa, de dos, lissait les plumes d'un de ses coqs en lui passant une éponge mouillée sur le corps.

« Il vient prendre le Mazda », annonçai-je derrière lui. Il ne se retourna pas, et hocha simplement la tête en regardant le coq. « Papa, tu m'as entendue ? Il vient prendre le pick-up. » Papa s'interrompit pour plonger la main dans sa poche. Il me jeta les clés du Mazda, puis recommença à s'occuper du coq qui gloussa au contact de l'eau. J'eus envie de prendre papa par les épaules et de le secouer comme un prunier.

« Comment as-tu pu te laisser entraîner si loin ? lui demandai-je. Combien as-tu perdu au juste ? »

Il refusa de répondre. J'attendis qu'il finisse d'essuyer le coq. Je leur trouvai une étrange ressemblance. Le coq me semblait soudain être un cousin de mon père dans la chaîne de l'évolution. Son long cou maigre rappelait la posture rigide de papa ; sa huppe de plumes vert-de-gris avait de forts points communs avec les cheveux gris hérissés. Pour renforcer le malaise, le visage hâve, émacié de mon père, trouvait son reflet dans le profil inexpressif de l'animal. Yeux ronds, joues creuses, bec aquilin. Même les pattes écailleuses du coq étaient comparables aux doigts minces aux ongles cassés de papa.

Il me sembla que papa m'avait parlé, mais il murmurait je ne sais quoi à son coq.

Je sortis, très tentée de me servir des clés du Mazda que je tenais dans la main. L'envie de partir était forte, mais je ne savais pas où aller. Je pourrais passer chercher Noon chez elle. Elle aurait peut-être une idée.

« Qu'a-t-il dit ? » demanda maman. Je posai les clés sur le comptoir de la cuisine, et allai dans ma chambre. « Ladda ! cria ma mère derrière moi. Je te demande ce qu'il a dit ! »

Je m'assis à mon bureau et essayai de réviser ma trigonométrie, sans parvenir à me concentrer. Angles droits, hypoténuses, tangentes, sinus, cosinus, tous ces mots s'étaient vidés de leur sens. Au bout d'un moment, les figures et les équations me semblèrent n'être plus qu'une vaine occupation inventée par les hommes pour passer le temps, et il me vint à l'idée que la différence entre les combats de coqs et la trigonométrie n'était qu'une question de degré, pas de nature. Il s'agissait d'amusements destinés à nous distraire, de jeux où les probabilités de gagner différaient mais restaient soumises au hasard. Toutes les activités humaines obéissaient aux mêmes règles ; nous choisissions ce qui devait nous rapporter le plus, à nous et à nos proches. Nous misions gros, misions égoïstement, misions plus que de raison, les chances de gagner étant toujours infiniment plus hautes pour l'adversaire. Papa, évidemment, représentait l'archétype, mais maman faisait comme lui. Elle avait passé la majeure partie de sa vie à fabriquer des soutiens-gorge pour des femmes anonymes qui vivaient dans des endroits où elle n'irait sans doute jamais. D'après elle, c'était une façon honnête de gagner sa vie. Mais, assise dans ma chambre, les yeux fixés sur ces triangles qui me résistaient, cette existence me sembla bien peu glorieuse. Maman pariait sur ses forces, sur son travail, la sueur de son front, les plus belles années de sa vie, pour en fin de compte ne réussir qu'à enrichir Mlle Mayuree. Noon n'était pas différente, avec sa nymphomanie ; elle misait son affection sur tous les garçons qui passaient, attendant en retour des bénéfices impossibles. Oui, l'amour était le plus aléatoire des jeux de hasard. Les probabilités de gagner étaient minimes, les règles, complexes et impénétrables, changeaient sans cesse. Même la sœur de papa avait dû le savoir. Seule la banque gagnait à ce jeu de dupes, c'est pourquoi je me jurai de m'en défier comme de la peste et de ne jamais y céder.

Je refermai mon livre. En levant les yeux, je vis la Range Rover garée dans notre chemin, et en descendre Petit Jui, ses hommes de main et Ramon, le garçon philippin. Je me rabattis sur le côté pour qu'ils ne puissent pas me voir à la fenêtre.

Maman sortit, les clés du Mazda serrées dans la main. Petit Jui tenait un bouquet de roses. Tandis qu'il parlait, maman secouait la tête comme si elle n'arrivait pas à croire ce qu'il lui racontait. Elle regardait sans cesse vers le poulailler, attendant que papa en émerge, mais il ne se montra pas. Après avoir encore un peu parlé, Petit Jui tendit les roses à maman, et elle lui donna les clés du Mazda, comme s'il s'agissait d'un marché équitable. Petit Jui jeta les clés à Dam et ses hommes se dirigèrent vers le pick-up. Petit Jui remonta dans la Range Rover avec Ramon, puis ils disparurent au bout de la route. Maman resta clouée sur place, l'air surpris, comme si le Mazda était soudain devenu autonome et avait décidé tout seul d'accompagner la Range Rover en ville.

Elle vint me trouver dans ma chambre.

« Tiens, c'est pour toi, dit-elle en jetant sur mon lit le bouquet qui laissa échapper quelques pétales.

– Je n'en veux pas, maman, répondis-je sèchement.

– Je n'en peux plus, Ladda ! hurla-t-elle soudain. J'en ai assez ! Fais tes bagages ! » Ses mains tremblaient malgré elle. Elle les regarda fixement, puis les serra l'une dans l'autre pour essayer de les immobiliser.

« Maman… » Mais avant que j'aie le temps de lui dire de se calmer, elle se laissa tomber sur mon lit, abattue par un poids énorme. Elle se mit à pleurer, les mains sur les genoux, les lèvres frémissantes, le regard fixe et furieux. J'approchai, m'assis à côté d'elle et lui entourai les épaules.

« Allez, maman. »

Elle s'essuya le nez du dos de la main, se redressa, résistant aux larmes. « Je le tuerai s'il le faut pour l'empêcher de retourner au combat de coqs.

– Maman…

– C'est quoi, cette histoire de roses, Ladda ? Il prétend que vous êtes amoureux. Je lui ai dit que je lui couperais la queue s'il t'approchait.

– Il m'a déjà embêtée, expliquai-je, soulagée de pouvoir enfin me confier, mais je l'ai repoussé. Je le déteste. Moi aussi, je lui couperais la queue. »

Maman me tapota le genou. Elle se leva, prit le bouquet, approcha de la fenêtre, et ouvrit la moustiquaire.

« Hé ! » hurla-t-elle en jetant les roses par la fenêtre vers le poulailler. Elles atterrirent lamentablement à quelques pas. « J'espère que tu es content ! Je te souhaite bien du plaisir à aller travailler à pied ! »

XV

Le samedi soir, papa vint nous voir dans la maison pour nous annoncer que ce serait la dernière fois. Il nous demanda encore un peu de patience. Nous le dévisageâmes sans rien dire. Le lendemain, il avait prévu d'emmener tous les coqs qui lui restaient au gallodrome. Il nous dit cela en regardant ses pieds, très gêné. Qu'il gagne ou qu'il perde, il n'y retournerait plus. Il s'excusait. Il n'avait voulu faire de mal à personne. Il regarda maman, me regarda, attendant une réaction. Mais maman se contenta de dire que la maison serait vide à son retour. Papa hocha la tête comme un criminel qui accepte sa sentence, puis il sortit de la maison, et traversa la cour en traînant ses tongs, la tête pendante.

Maman se leva et appela Mlle Mayuree. Pendant qu'elle parlait au téléphone, je quittai la table du dîner et sortis. Auparavant, mes pas m'auraient conduite vers le poulailler, pour retrouver papa ; encore aujourd'hui, ils me poussaient de ce côté. L'air était chargé d'humidité. La mousson serait là d'ici à quelques mois. Les moustiques pondaient. Les premières cigales de la saison étaient arrivées et leurs stridulations montaient entre les hévéas. Je les écoutai. Leur bruissement m'attira. Je ne sais pourquoi, je traversai la cour. Sans doute simplement parce que j'avais envie de partir.

Une fois arrivée au fossé, je le franchis d'un bond, et me retrouvai dans l'ombre de l'épais bois d'hévéas. Autour de moi montait le craquètement aigu des cigales cachées dans les branches ; leur chant s'élevait entre les arbres comme une prière dans le pavillon d'un temple. L'air vibrait de ce bruit omniprésent. Dans mon enfance, j'avais toujours eu peur du bois d'hévéas, et des hurlements de fantômes que poussaient les chiens errants la nuit. Mais à présent, dans cette forêt noire, alors que les lampes de maman à la fenêtre de la cuisine et celle de papa dans le poulailler brillaient comme deux flammes équidistantes à travers la futaie, je me sentais en sécurité au milieu des arbres, comme si le vrai danger se trouvait ailleurs. Ici, il n'y avait pas de vampires, simplement des animaux en quête de leur pitance, qui s'accouplaient, se battaient et poussaient leurs cris.

Je m'assis par terre en tailleur. J'aurais pu rester là toujours. Mais cet instant d'apaisement passa. *Voilà ta vie,* semblaient chanter les cigales tandis que je regardais vers chez nous. *Ce petit lopin de terre. Ces gens, que tu aimes. Ces deux lumières lointaines. Ton père est dans le poulailler. Ta mère dans la cuisine. Tu ne peux pas te cacher ici jusqu'à la fin de tes jours.* Je me levai et m'enfonçai plus avant entre les arbres, tournant le dos à notre maison, ayant envie de me perdre. Mais les cigales ne me laissèrent pas faire. Elles me rappelèrent que je ne me trouvais même pas dans une vraie forêt d'hévéas, mais dans une plantation abandonnée. Si je continuais, je finirais par arriver en ville. Donc, au bout d'un moment, je fis demi-tour. Je m'arrêtai au fossé, ne rêvant que de retourner sous les arbres pour ne plus jamais revenir. Je me demandai combien de temps il faudrait à maman et à papa pour s'apercevoir de mon absence. Mais ces pensées aussi me quittèrent, et je sautai le fossé.

XVI

Le dimanche, sous un ciel sans un nuage, maman et moi regardâmes papa depuis la véranda, qui plaçait ses quatre coqs restant dans une brouette rouillée. Maman se mangeait les peaux des ongles, appuyée au mur de la maison. D'une voix triste, papa dit qu'il comprendrait si nous n'étions pas là à son retour. Il nous aimait toutes les deux. Il ferait des heures supplémentaires à l'usine. « Excuse-moi, Saiya », dit-il à maman. Mais elle l'ignora superbement. Il resta là, tout bête, les lèvres entrouvertes comme s'il avait envie d'ajouter autre chose, puis il s'engagea sur le chemin, le corps penché sur les bras de la brouette, accompagné par le caquètement bruyant des coqs.

« Oï ! marmonna maman sans quitter des yeux la route à présent vide. Nous n'avons plus qu'à aller faire nos valises.

– Tu es sûre ?

– Évidemment que j'en suis sûre ! Je vais appeler Mlle Mayuree tout de suite.

– Je ne sais pas…

– Tu ne sais pas quoi, Ladda ? Je ne vois pas ce qui te fait tellement hésiter. Tu veux rester ? Parfait. Reste. Fais comme tu voudras. »

Maman entra dans la maison. Je restai un moment assise sur la véranda, les yeux fixés sur la trace de la brouette au milieu du chemin, le mince sillon creusant le gravier comme une veine. Il régnait dans la cour un silence froid, inquiétant. Pour la première fois, elle ne résonnait pas du bruit des coqs. J'entendis maman prendre le téléphone pour appeler Mlle Mayuree. « Oui, dit-elle. Merci, madame. Vous êtes très gentille. Oui. Pour quelques jours seulement. Bien sûr, ne vous inquiétez pas. Merci beaucoup. »

Maman revint et s'arrêta sur le seuil, une main sur la hanche. Elle m'apprit que Mlle Mayuree envoyait quelqu'un pour nous chercher en voiture. Je me tournai vers elle. « Alors, on s'en va vraiment, maman ? C'est fini ? Tu ne veux plus jamais le revoir ? » Maman ne me répondit pas tout de suite. Elle s'accroupit pour ranger sa machine à coudre dans son coffret en plastique.

« Nous verrons, dit-elle. Ça ne dépend pas de moi, mais de ton père. »

Je me levai. « Tu ne l'aimes plus ? »

Elle sourit. « Bien sûr, que je l'aime. Mais ça n'est pas la question, Ladda. Amour ou pas, les hommes, en ce bas monde, ne laissent guère de choix aux femmes, par moments. Il faut bien essayer de se raccrocher à sa dignité. »

Je hochai la tête d'un air entendu, même si je ne comprenais pas un traître mot de ce qu'elle racontait. Je ne voyais pas le rapport avec sa dignité. J'avais envie de lui demander quel genre de dignité cela nous rendrait d'aller chez Mlle Mayuree. Ne jouait-elle pas plutôt avec la dignité de papa dans cette affaire ? N'allions-nous pas ajouter à son humiliation en le quittant ? Je sentis éclore dans mes tempes une chaleur lente et récalcitrante. Bientôt ce fut comme une fleur opiniâtre qui essayait de se frayer un chemin à travers mon crâne pour sortir à l'air libre. Maman dut sentir ma détresse : elle approcha de moi et me posa la main sur l'épaule.

« Allez, viens, Ladda, dit-elle doucement. Va chercher tes affaires. Ce n'est pas la fin du monde. Nous serons sans doute de retour dans moins d'une semaine. » Je me dégageai d'un mouvement d'épaule. « Ce n'est pas pour toujours, ajouta-t-elle. En tout cas, je ne crois pas. Je veux juste lui faire peur. On ne peut pas continuer comme ça. »

J'allai dans ma chambre. Je m'assis sur le lit, et regardai les ombres s'agiter sur le plancher. La douleur dans ma tête s'était propagée au reste de mon corps ; j'allais entrer en combustion, m'enflammer, me liquéfier de l'intérieur. Je me saisis de la brosse à cheveux en bois sur la table de nuit et la jetai à travers la pièce. Elle rebondit sur le mur, et atterrit sagement sur ses poils. Maigre satisfaction. Je m'aperçus dans la glace et me sentis complètement ridicule. Je me levai pour faire mes valises.

La voiture bleue de Mlle Mayuree arriva vite. Le chauffeur klaxonna, descendit, et ouvrit le coffre. Il ne disait rien, mais, de temps en temps, me lançait des sourires complices. Après quelques voyages, nous parvînmes à caser tous nos bagages. Nous prîmes place sur la banquette arrière, sur le skaï qui collait à la peau. De la musique traditionnelle passait en sourdine à la radio. Quand nous démarrâmes, maman garda les yeux fixés sur ses pieds, comme si elle trouvait trop dur de voir la maison disparaître derrière nous.

Mlle Mayuree nous attendait. Elle sourit quand nous nous arrêtâmes dans son allée. Elle passa le bras sur mes épaules. « Pauvre petite, dit-elle d'un air désolé. Pauvre, pauvre petite. » Elle sentait le talc pour bébé. Autour de sa taille, une ceinture ornée d'une grosse boucle dorée étincelait à chaque inspiration. Un gros bouddha souriant y était gravé, et je m'appliquai à ne pas le quitter des yeux, par peur d'être désagréable si je rencontrais le regard de Mlle Mayuree.

Elle nous montra la pièce du fond, où nous devions dormir, une petite caverne de ciment derrière la cuisine. Une ampoule électrique pendait à un fil au plafond. De la moisissure tapissait les fissures qui sillonnaient les murs nus et gris. Sur l'un d'eux, il y avait un calendrier de la marque de lingerie féminine, montrant la photo d'une dame blanche et maigre, yeux fermés, qui soutenait des seins énormes dans ses mains délicates. « C'est ici que dormaient les domestiques avant que je leur fasse construire des chambres », expliqua fièrement Mlle Mayuree. Maman la remercia tandis que je considérais avec répugnance le vieux matelas mité qui occupait le milieu de la pièce. « Je ne vous demande rien, juste de donner un coup de main dans la maison quand vous en aurez l'occasion, Saiya », conclut Mlle Mayuree. Maman hocha la tête modestement et la remercia une fois de plus.

« Ladda, tu pourrais être plus polie, protesta maman après le départ de Mlle Mayuree. Elle nous rend service.
– Elle peut bien me torcher le cul. Je la déteste.
– Voyons, voyons. Voyons. Voyons. »

Nous ne nous dîmes plus grand-chose ce jour-là. Après avoir défait nos valises, nous sortîmes dans le jardin pour aider à tailler les haies. Nous nous présentâmes aux domestiques, et prîmes des gants et des cisailles. Tout en travaillant, maman leur expliqua nos ennuis, et elles hochèrent la tête distraitement, comme si elles connaissaient déjà l'histoire. De temps en temps, un pick-up passait sur la route, et on voyait des gens collés aux vitres pour constater que maman et moi, nous étions bien en train de travailler dans le jardin de

Mlle Mayuree. Les commères s'en donneraient à cœur joie aujourd'hui.

Mlle Mayuree sortit pour me dire qu'elle ne voulait pas que je travaille. Il fallait que je me repose. « Pauvre petite, redit-elle. Quelle épreuve pour toi. » Elle s'imaginait être gentille ; du coup, j'eus encore plus envie de tailler les haies. Je fis claquer les cisailles énergiquement, en m'imaginant que les branches étaient les veines vert bleuté du cou pâle et ridé de Mlle Mayuree. « Elle est comme sa mère, dit-elle à maman. C'est une bonne travailleuse. »

Nous taillâmes les haies jusque tard dans la soirée. Je m'attendais sans cesse à voir papa revenir sur la route en poussant sa brouette. Je me demandais comment se passait sa journée au gallodrome. Peut-être était-il déjà rentré dans la maison vide.

Ce soir-là, allongée à côté de maman sur le matelas en mousse, je pensai que je n'avais pas dormi avec ma mère depuis très longtemps. C'était la première fois que je couchais dans une autre chambre que la mienne. Quand je me tournais dans le noir face au mur du fond, je m'attendais presque à trouver une fenêtre illuminée par la lumière du poulailler de papa ; au lieu de quoi, je tombais sur la dame qui se soutenait les seins sur le calendrier de la marque de lingerie. Je guettai la respiration de maman ; son rythme rapide et saccadé m'apprit qu'elle ne dormait pas encore. Je fermai les yeux.

Je fis un rêve. Papa et maman organisaient une attraction avec des coqs. La représentation avait lieu à notre porte. Les gens accouraient de tous côtés pour y assister. Même les chiens errants étaient venus se mettre sur la route, devant chez nous, et glapissaient joyeusement avec la foule. Je voyais la scène d'en haut. La ville, les rues, le bois d'hévéas et notre maison se déployaient sous moi comme un circuit de train électrique. Tous les coqs de papa étaient là, vivants. Papa les faisait sauter à travers des cerceaux enflammés, maman à ses côtés, qui accompagnait le numéro, souriante dans un bikini rose et lavande scintillant. Puis maman se plaçait dos collé à un mur de fortune, et papa lançait les coqs autour d'elle comme des couteaux. Ils planaient gracieusement dans les airs, leurs becs aiguisés se plantant à quelques centimètres à peine de son visage et de son corps, sous les cris admiratifs et angoissés de la foule. Le numéro terminé, maman s'enfonçait les coqs dans la bouche, et les avalait lentement en entier, leurs corps et leurs pattes s'agitant entre ses lèvres avant de disparaître à l'intérieur. Les spectateurs étaient horrifiés. Papa montrait alors un haut-de-forme dont il sortait les coqs un à un, et tout le monde, moi comprise, qui pourtant regardais tout cela de haut, se mettait à rire et à applaudir, et à l'acclamer bruyamment. Pendant que je tapais dans mes mains, je m'apercevais soudain que les têtes se levaient vers moi, que tous les minuscules spectateurs me montraient du doigt, qui les dominais, gigantesque dans leur ciel comme un dieu. Quelqu'un cria. La foule s'éparpilla, même maman et papa et les coqs. Je les rappelai d'une grosse voix tonnante, leur ordonnant de revenir. Une fureur terrible m'envahit. J'avais envie de baisser le bras et de les écraser tous entre mes doigts, mais alors que j'en prenais un dans ce monde miniature en dessous de moi, je sentis une main sur mon épaule. Je me réveillai et trouvai maman à mes côtés, qui essayait de me voir dans le noir.

« Ladda, murmura-t-elle sous mon nez. Allez, chérie, réveille-toi. Il faut se lever. Ton père est à l'hôpital. »

XVII

Très tard, Noon était venue frapper à la cuisine de Mlle Mayuree et avait demandé à nous parler, à ma mère et à moi. Maman ne dormait pas encore quand elle avait entendu le tambourinement affolé. Elle avait couru à la porte. Quelques minutes plus tard, nous entamions toutes les trois les trois kilomètres qui nous sépareraient de l'hôpital en ville. Noon ne savait pas ce qui était arrivé. Elle avait seulement entendu son père dire en rentrant du gallodrome que papa avait été blessé et était à l'hôpital. « C'est quand même malheureux, avait dit son père à sa mère. C'est une honte ! »

Maman marchait vite. Nous avions du mal à la suivre et elle nous devança vite, à grands claquements de tongs sur le goudron. Noon me prit la main et la serra fort. Je répondis par une pression des doigts. Soudain, maman partit au petit trot. Sans se retourner, elle nous dit de la retrouver à l'hôpital. Je ne l'avais encore jamais vue courir.

En arrivant à l'hôpital avec Noon, je m'aperçus avec surprise que nous nous tenions encore la main. « Ne t'en fais pas », dit Noon à la porte en me lâchant. Il était presque une heure du matin ; mis à part le personnel soignant qui entrait et sortait du hall en coup de vent, l'hôpital était vide. Dès que nous approchâmes de l'accueil, la réceptionniste leva la tête et dit « Chambre 451 » comme si elle nous avait attendues toute la nuit.

Je fus prise de panique. Tout à coup, ce numéro de chambre rendait la situation intolérablement concrète. Ce qui m'entourait prit une dimension étrange, irréelle : les couleurs étaient trop vives, le moindre bruit devenait assourdissant, l'air collait à ma langue avec un goût cuivré. Je flottais au-dessus du sol comme un spectre. Dans l'ascenseur, sous le bourdonnement des néons, j'eus la sensation que Noon et moi, nous tombions dans une caverne infiniment profonde, tout en sachant parfaitement que nous montions au quatrième. Noon me parlait, mais en regardant ses lèvres, je les voyais bouger trop vite et en silence, comme dans un film en avance rapide, et je me retins de lui dire que ce n'était pas le moment de me jouer des tours pareils.

La chambre 451 était entrouverte. Il faisait sombre à l'intérieur. Je regardai par la porte, et vis papa allongé, des bandages autour de la tête. Une perfusion de morphine gouttait sur la potence, les tubes semblables à l'ombre d'un arbre malingre. Maman était assise à côté de lui sur le lit roulant, main posée sur sa cuisse, et contemplait son visage endormi. Des secousses l'agitaient comme s'il était plongé dans un rêve étrange et douloureux. Maman ne releva pas la tête à notre arrivée. Elle continua de regarder papa, comme hypnotisée. Elle était encore essoufflée par sa course. Je voyais ses clavicules rentrer et sortir sous sa chemise de nuit. Je pénétrai dans la chambre tandis que Noon restait sur le seuil.

Je me penchai pour allumer la lumière à côté du lit d'hôpital. Maman se cacha les yeux avec le bras. Dans son sommeil, papa réagit aussi. Éclairé, son visage prit une teinte mauve pâle. Il se tourna, révélant un épais pansement sur le côté de la tête, imbibé d'un sang noir violacé qui épaississait la gaze. J'éprouvai un réel soulagement alors qu'il se tournait dans l'autre sens, malgré la puanteur du pansement ensanglanté, qui m'assaillait les narines. Cela me rappelait l'odeur du pick-up rempli de coqs morts. Le sang restait du sang, pensai-je, que ce soit celui d'un coq ou celui d'un homme. Mais au moins, il était encore vivant, et cette certitude redonnait sa cohérence au monde qui m'entourait.

Maman se mit à parler. Une seconde, je crus que mes oreilles déformaient encore les sons : je ne distinguais qu'un galimatias entrecoupé de miaulements. Mais l'expression de Noon, à la porte, sa façon de pencher la tête de côté, m'indiqua qu'elle non plus ne comprenait pas les sons qui s'échappaient de la bouche de ma mère. « Maman… » Elle me regarda, stupéfaite, comme si elle ne me reconnaissait pas, ne s'était même pas aperçue que j'étais là. Elle plissa les yeux et me fit signe d'éteindre la lumière. La chambre fut de nouveau plongée dans l'obscurité. Maman reposa la main sur la cuisse de papa, la frotta, froissa la chemise d'hôpital entre ses doigts comme si elle éprouvait la qualité du tissu d'un de ses soutiens-gorge.

« Ce n'est pas croyable ! » dit-elle. Au timbre de sa voix, je ne sus pas si elle riait ou si elle pleurait. « Ladda, tu te rends compte ? » Je restai là sans rien dire, à regarder les côtes de mon père soulever doucement la chemise d'hôpital, et son visage tressaillir de temps en temps. « Tu te rends compte, Ladda ? » répéta maman d'une voix encore plus surprise. J'eus envie de lui demander ce qu'il y avait de si étonnant, mais quand je voulus parler, aucun son ne sortit de ma bouche, à part quelques soupirs exaspérés. Comme dans l'ascenseur quelques minutes plus tôt, j'eus l'impression de tomber dans un puits sans fond, que la pièce disparaissait à l'intérieur d'un gouffre. J'avais une envie terrible de rallumer, car il me semblait que seule la lumière pourrait mettre fin à ma nausée. Je me sentais en apesanteur, et pourtant mes bras et mes jambes me semblaient lestés par des milliers de poids, impossibles à soulever. La pièce se mit à osciller et à tourner autour de moi. Je me retins à la barre du lit pour garder l'équilibre. « Tu te rends compte, Ladda ? » répéta maman. Cette fois, elle gloussa comme si elle venait de comprendre la cocasserie de sa question. « Comment ont-ils pu faire ça ? »

Je m'approchai de maman, levai haut la main droite, et lui donnai une gifle. Un dixième de seconde avant que je la frappe, maman leva le menton et me regarda comme si elle voulait recevoir le coup, en avait besoin même, et n'avait attendu que cela. La claque ne fit presque pas de bruit, ni n'eut beaucoup d'effet : à peine un petit déplacement de tête, comme si elle venait de voir quelque chose de bizarre sur le côté. Elle eut l'air déçu, non pas parce que je l'avais frappée, mais parce que je ne l'avais pas frappée assez fort. Alors je levai de nouveau la main et lui redonnai une gifle, mais en y mettant plus d'énergie cette fois, en plein sur l'arête du nez. J'aurais voulu qu'elle pare le coup, qu'elle se défende, mais elle ne bougeait pas, non seulement comme si elle s'était attendue à ce que je la frappe, mais aussi comme s'il lui fallait encore plus de violence pour se réveiller. « Arrête, on dirait une folle ! hurlai-je. On ne comprend rien à ce que tu dis, bordel. Reprends-toi, maman ! »

Noon me retint. Maman poussa de nouveau son rire aigu et enfantin. Un filet de sang coulait de sa narine gauche. Je voulus encore me jeter sur elle, mais Noon me maintenait fermement. « Ladda, arrête, me murmura-t-elle à l'oreille. Ça suffit. »

Je compris alors que maman ne riait pas : elle pleurait. Ses épaules n'étaient pas secouées par une hilarité diabolique de démente, mais par le chagrin. Elle essuya sa narine sanglante avec la base du pouce. En voyant le sang, elle se leva et s'approcha de moi et de Noon qui me tenait toujours dans ses bras. Je fus surprise de la voir si grande. Levant la tête vers elle, j'aperçus ses yeux gonflés, et baissai le nez. Noon sortit en fermant la porte derrière elle.

Maintenant, c'était mon tour, songeai-je en regardant par terre, le souffle de ma mère sur mes épaules. Je laisserais maman me punir comme j'avais voulu le faire avec elle. Je lèverais le menton pour attendre sa gifle. Quand elle m'aurait frappée, je la laisserais recommencer, encore et encore et encore, jusqu'à ce qu'enfin elle soit apaisée. Mais elle ne me toucha pas. Elle me dit simplement qu'on avait coupé l'oreille de papa. Ils lui avaient tout enlevé, m'expliqua-t-elle. Petit Jui et ses hommes. Le lobe, le pavillon, tout ce qui fait partie de l'oreille. Il ne restait qu'un moignon avec un trou sur le côté de la tête. Maman tamponna ses narines avec le bas de sa chemise, et sortit de la chambre. J'entendis ses tongs s'éloigner dans le couloir. Je regardai le lit. Papa s'était de nouveau tourné. Il me fixait avec étonnement, le blanc de ses yeux brillant comme des bijoux dans le noir. Dans un souffle de voix léthargique qui m'indiquait qu'il dormait encore et suivait les méandres d'un rêve induit par la morphine, il dit : « Oui. Oui. Oui. Cent fois et mille fois oui, franchement. »

XVIII

Le séjour à l'hôpital passa lentement. Je crois que maman ne dormit pas une seule fois pendant ces quatre jours. Elle resta dans un fauteuil à côté du lit, à regarder tantôt papa, tantôt la fenêtre avec vue sur le parking. J'essayai bien de lui parler, mais elle hochait la tête, ou la secouait, comme si je ne lui posais que des questions. Elle ne mangeait pas. J'allais chercher des plats à la cafétéria, mais elle n'en prenait qu'une miette par politesse avant de reposer le plateau. Elle ne me reprocha jamais de l'avoir frappée. Au bout d'un moment, son silence me punit bien assez. Noon passait me chercher tous les matins pour aller au lycée, mais je n'arrivais pas à me résoudre à quitter le chevet de papa, et maman ne protestait pas.

Papa se réveillait de temps en temps, mais ne disait jamais rien. Il nous regardait, levait les yeux vers le plafond, enclenchait sa perfusion de morphine, et attendait que le sommeil le reprenne. Chaque fois que nous tentions de lui parler, il se tournait de l'autre côté. Des médecins en blouse blanche bien repassée venaient dans la chambre. L'infection régressait, annoncèrent-ils le deuxième jour, ce qui expliquait la mauvaise odeur la nuit.

On changeait le pansement de papa deux fois par jour et on nettoyait sa plaie. C'était le seul moment où nous entendions le son de sa voix. Maman approchait et regardait calmement par-dessus l'épaule des infirmières. Moi, je ne voulais pas voir ; il me suffisait amplement de surprendre leurs grimaces.

Nous reçûmes quelques bouquets, des cartes, mais personne ne vint lui rendre visite. Les gens semblaient avoir peur de s'exposer, comme si le sort malheureux de papa était une maladie contagieuse.

Le soir du deuxième jour, Noon passa me voir et nous montâmes sur le toit de l'hôpital. Elle avait apporté du café frappé et des cigarettes. La ville s'étendait à nos pieds ; à l'horizon, des collines nous séparaient de nos voisins du Nord. J'essayai de repérer notre maison, mais je ne voyais pas beaucoup plus loin que le bois d'hévéas à l'est. Je me rendis compte que ni maman ni moi n'étions rentrées chez nous depuis notre départ. Je me demandai si les chiens sauvages étaient assez intelligents pour s'apercevoir de notre absence. Peut-être iraient-ils d'abord visiter le poulailler, et n'y trouvant pas de victuailles, se rabattraient-ils sur la maison.

Noon m'apprit qu'elle avait vu Petit Jui en ville au volant du Mazda de papa.

« C'est criminel, Ladda, dit-elle. C'est une honte ce qu'ils ont fait à ton père. Tu devrais aller porter plainte. »

Je secouai la tête, et rappelai à Noon que le chef de notre très estimable police locale était le beau-frère de Grand Jui. Vu le climat général, papa se ferait arrêter parce qu'on lui avait coupé l'oreille. Papa avait perdu, rappelai-je à Noon. Il avait parié plus d'argent qu'il n'en avait. La police dirait sans doute que ce n'était pas cher payer que de donner son oreille pour une dette qu'on savait ne pas pouvoir honorer. « Peut-être, soupira Noon, mais ça ne veut pas dire que c'est juste, Ladda. » Je répondis qu'elle aurait dû savoir depuis longtemps que nous vivions dans un monde où ce genre d'opposition ne voulait rien dire : le bien et le mal, la gauche et la droite, le haut et le bas, le dedans et le dehors. Chez nous, les gens ne comprenaient pas ce genre de langage.

Nous ramenâmes papa à la maison le quatrième jour. Mlle Mayuree envoya un de ses employés avec la voiture, et pour la première fois, je ne ressentis aucune animosité à son égard. Mlle Mayuree dit à maman qu'elle pouvait s'en tenir à l'ancien quota de huit cents soutiens-gorge par mois jusqu'à nouvel ordre. Maman la remercia une nouvelle fois. Le moignon d'oreille de papa ne saignait plus, mais il devait rester protégé sous un grand pansement blanc collé au côté de la tête. À notre arrivée, maman installa papa dans la véranda pour nettoyer sa plaie et changer son pansement. Papa fit la grimace quand elle mit de l'alcool, mais toujours sans rien dire. Les médecins avaient conseillé de rester vigilant car l'infection risquait de s'étendre. Comme je ne supportais pas de voir la blessure de papa, je portai mes bagages dans ma chambre et laissai mes parents dans la véranda.

Je me sentais tranquille pour la première fois depuis longtemps. J'avais le sentiment de m'être purgée de toute ma colère la première nuit à l'hôpital en frappant maman et en lui criant des horreurs. La violence infligée à papa ne m'angoissait pas non plus. Ce qui était fait était fait, et il ne servait à rien de vouloir revenir en arrière. Les médecins disaient qu'il pourrait encore entendre des deux oreilles, puisqu'on ne lui avait enlevé que le cartilage, ce qui, d'après eux, était l'essentiel. Leur raisonnement tordu pouvait presque faire passer la cruauté de Petit Jui pour de la générosité.

Au petit déjeuner, le lendemain matin, papa reparla pour la première fois. Il dit en mangeant sa bouillie de riz : « C'est délicieux. » Maman et moi le regardâmes avec stupéfaction car je pense que, d'une certaine manière, nous nous étions préparées à la possibilité qu'il n'ouvre plus jamais la bouche.

« Quoi ? demanda papa avec un grand sourire. Vous ne trouvez pas que c'est bon, vous ? »

Doucement, nous reprîmes l'habitude de la parole. Par petites touches successives, la discussion se réinstalla. La gentillesse revint, la générosité. Nous retrouvâmes le rire et les sourires, et même, parfois, des moments de grand bonheur. Maman et papa décidèrent de transformer la cour en jardin. Ils plantèrent des zinnias, des azalées, des oiseaux de paradis et des belles-de-jour. En rentrant du lycée, je les trouvais penchés sur leurs massifs, éclairés par les rayons obliques du soleil, et, s'il n'y avait eu le pansement sur l'oreille coupée de papa, on nous aurait pris pour une famille tout à fait normale. Les chiens errants venaient la nuit pour inspecter le jardin, s'arrêtaient pour renifler les jeunes pousses. Seule la présence du poulailler, avec ses volières vides et ses sacs de nourriture enrichie alignés contre les murs de terre, indiquait que mon père n'avait un jour vécu que pour ses coqs de combat.

Je voyais parfois Petit Jui en ville avec ses gardes du corps et Ramon. Je les évitais. Il ne m'importuna plus jamais. Sans doute avait-il décidé de passer à d'autres victimes plus amusantes. J'avais entendu dire que beaucoup de parieurs avaient cessé d'aller au gallodrome après ce que Petit Jui avait fait à mon père. Cet épisode sonna la fin des combats de coqs dans notre ville. Les courses de chiens prirent le relais : Saksri Bualoi, après s'être retiré invaincu, champion du monde poids welter, avait ouvert une piste de courses de chiens dans sa ville natale. C'était cent fois mieux, disaient les gens, d'être assis dans les gradins à manger des boulettes de porc marinées arrosées de whisky en regardant courir ces chiens magnifiques.

XIX

Nous retournâmes à l'hôpital pour une visite à la fin du mois. Tout allait bien, nous annonça le médecin en inspectant la cicatrice sous le pansement. Pas d'infection. La guérison était en bonne voie. Il recommanda la pose d'une prothèse. « Ce sera facile, expliqua-t-il, il suffira de procéder au moulage de votre autre oreille. »

Il sortit quelques prototypes d'une mallette en cuir : une oreille, un nez, un morceau de jambe, une main, un pied, composés d'une substance au nom compliqué, et teintés d'une même couleur bleutée. Le médecin plaça l'oreille artificielle dans la main de papa qui la tâta. « Mais c'est du caoutchouc, docteur », dit-il. Le médecin haussa les épaules comme s'il trouvait inutile de donner de plus amples explications. « Je n'ai pas besoin d'une oreille en plastique, protesta papa avec un rire en lui rendant la prothèse. Merci, mais très peu pour moi. Il y a plein de gens très laids en ce monde. Ils ne le sont pas moins parce qu'ils ont deux oreilles. » Le médecin hocha la tête, puis regarda sa montre. Avant de nous laisser partir, il termina de retirer le pansement de papa. Je vis l'amputation pour la première fois : une épaisse demi-lune de tissu cicatriciel translucide, la saillie brune que le médecin appelait le tragus, un trou noir qui me suggéra l'idée qu'une petite bête carnivore s'était faufilée à l'intérieur de sa tête pour creuser son terrier. Il approcha du miroir. « Ce n'est pas trop mal », commentai-je, ce qui me valut un sourire reconnaissant.

Ce soir-là, après le dîner, je me rendis au poulailler. Je n'y étais pas retournée depuis le jour où j'étais allée avertir papa que Petit Jui venait prendre le Mazda. L'odeur de déjections de volailles et d'urine était encore forte. Quelques moineaux avaient fait leur nid dans le toit de chaume, et se gorgeaient du grain restant. Ils s'envolèrent à mon arrivée. Je n'allumai pas la lampe. Je m'assis dans le noir et écoutai les bruits : le bourdonnement de la machine à coudre de maman dans la véranda ; le martèlement irrégulier du jet d'eau de papa qui arrosait son jardin ; le pépiement des moineaux sous le toit ; le chant des cigales dans les arbres ; les chiens errants qui mêlaient leur voix à l'orchestre des insectes. Je ne bougeai pas tant que maman et papa ne furent pas rentrés. Maman alluma la lumière de la cuisine, et les fenêtres du poulailler recueillirent ses rayons jaunes. Son ombre se déplaçait sur le sol autour de moi. Peu de temps plus tard, elle éteignit et je fus de nouveau plongée dans l'obscurité. J'entendis les murmures de mes parents, puis la porte de leur chambre se fermer. Leur présence ne me fut alors plus du tout perceptible. Aucun signe de vie ne me parvenant plus de la maison, il ne resta que les bruits des animaux. Au bout d'un moment, même eux semblèrent s'endormir, comme si la terre entière avait décidé de se coucher en même temps que mes parents. Je retins mon souffle, émerveillée par le silence extraordinaire qui seul subsistait autour de moi et sur la terre entière. Quelle légèreté que ce silence ! J'avais l'impression de pouvoir flotter jusqu'au plafond. J'étendrais les bras, ferais quelques battements, et m'envolerais avec les moineaux. Je ne sais combien de temps je restai ainsi, respirant à peine dans le noir, méditant sur le tumulte constant qui nous environnait, sur ce monde de bruit dans lequel nous vivions. Ils étaient rares et beaux les moments tels que celui-ci où aucun son ne parvenait plus à nos oreilles.

Un moteur de camionnette monta dans la nuit, toussotant et pétaradant. Je me levai et sortis pour aller me coucher, mais en traversant le jardin, je reconnus le Mazda de papa qui arrivait sur la route. Je m'arrêtai, espérant ne pas être vue. Le pick-up approcha. Les phares envoyaient danser des ombres énormes sur les hévéas. Pourvu qu'ils poursuivent leur chemin sans s'arrêter sur moi. Ils passèrent, en effet, mais à l'instant où je mettais le pied sur la véranda, le pick-up recula vers la propriété et freina à l'entrée de notre chemin.

Le conducteur descendit de la cabine. Il se dirigea vers moi, son ombre s'allongeant devant lui, le gravier crissant sous ses pieds. D'abord, je voulus me réfugier dans la maison, mais j'avais des comptes à régler avec Petit Jui. J'eus envie de lui dire ce que je pensais de lui. Il était seul, nous étions trois. Il était chez nous. S'il m'ennuyait, maman et papa sortiraient pour me défendre. Je m'assis sur les marches pour l'attendre.

Je criai : « Qu'est-ce que tu veux ? » mais il ne répondit pas et continua d'avancer. « Dis quelque chose, connard ! »

Toujours pas de réponse, rien que le bruit de son souffle, plus fort à chaque pas. Il n'était plus qu'à dix mètres quand la lune sortit de derrière un nuage. Sa lueur bleutée me révéla que ce n'était pas Petit Jui mais Ramon, le garçon philippin.

J'eus peur. Je m'étais préparée à affronter Petit Jui, à lui dire ses quatre vérités une bonne fois pour toutes, mais je n'avais pas prévu une rencontre avec Ramon. Il dut sentir ma frayeur et ma surprise, car il ralentit, et tendit les mains devant lui comme pour me montrer qu'il ne me voulait pas de mal. Je me levai. L'odeur de sa transpiration devenait perceptible. J'aurais pu lui toucher le visage. Il sourit. Je tournai les talons pour rentrer, mais Ramon m'attrapa la main.

« Qu'est-ce que tu veux ? » murmurai-je en lui faisant face et en tirant sur son bras pour me libérer. Il avait la main froide, moite contre ma peau. « Va-t'en », murmurai-je. Il me sourit de nouveau, et je remarquai qu'il avait une bosse au sourcil droit, et des coulures de sang séché sur la joue, ramifiées en éventail. Il me lâcha la main, et, malgré mon envie de m'enfuir en courant, je restai là à contempler son visage contusionné, hypnotisée par le lacis sanglant. Il dit quelque chose, mais dans une autre langue, en tagalog, peut-être. Je secouai la tête pour lui indiquer que je ne comprenais pas. Il reprit la parole, répéta la même phrase gutturale dans un murmure intime, à peine audible dans le noir. Je secouai de nouveau la tête. « Je ne comprends pas. » Je ne l'avais pas supposé aussi vulnérable, jeune étranger déplacé dans un pays inconnu pour élever les coqs des autres. Je me demandais ce qui était arrivé ce soir pour lui valoir ces coups au visage, et où il allait au volant du Mazda avant de me voir. Il rouvrit la bouche pour parler, mais il se ravisa et me prit les poignets, comme si ce geste allait mieux m'expliquer ce qu'il essayait de me dire. Cette fois, je ne résistai pas. Un moment, en sentant ses doigts chauds sur mes veines, il me sembla qu'il me prenait le pouls. Il chercha quelque chose dans la poche de son jean, en sortit un objet qu'il me mit dans la main, la refermant pour que je le garde.

« C'est quoi ? » demandai-je en levant mon poing serré sur une chose froide et velouteuse. Il haussa les épaules. Je savais ce que c'était. J'avais deviné ce qu'il m'avait donné sans avoir besoin d'ouvrir les doigts. Je n'en voulais pas. « C'est quoi ? » répétai-je. Mais Ramon me tourna le dos et repartit vers le Mazda. Je le rattrapai. Il s'arrêta.

« Je n'en veux pas. » J'essayai de lui prendre la main pour lui rendre cet étrange gage de bonne foi, mais il se déroba en secouant la tête. Il me parla de nouveau dans sa langue gutturale. Je le fixai. La chose me semblait lourde, comme un champignon tiède, et je me rendis compte que je la serrais de toutes mes forces. Il tendit le bras et, posant la main sur ma joue, dit autre chose. Il désigna le Mazda d'un geste du menton. Il montra ma maison du doigt. Il posa sa paume ouverte sur son cœur. Je secouai la tête. « Je ne comprends pas. Je ne sais pas ce que tu veux. » Il répéta les mêmes gestes : le Mazda, la maison, son cœur, et, cette fois, je crus comprendre.

Il voulait rentrer chez lui.

« Aide », dit-il d'une voix forte en thaï. Un moment, je le contemplai, sidérée, la chair de papa chauffant dans ma main. « Aide, répéta-t-il. Aide-moi. »

Il retourna au Mazda, prit place sur le siège du passager. Il resta là un long moment à me regarder, à m'attendre. J'eus alors la certitude de savoir ce que je voulais. Je m'accroupis et me mis à creuser un trou dans le gravier du chemin d'une main, l'autre toujours serrée sur l'oreille de papa. Sous le gravier, le sol était dur, et je sentis la terre s'accumuler sous mes ongles. Après la croûte durcie, je trouvai une couche plus molle, et la raclai avec l'énergie du désespoir, retirant la terre par poignées. J'aurais pu rester là à creuser le chemin jusqu'à la fin des temps.

Je laissai tomber l'oreille de papa dans le trou et la recouvris de graviers froids. Je me relevai alors et allai au Mazda. Je montai à la place du conducteur. Je descendis la vitre. « Allons-y », marmonnai-je. Je passai la vitesse, et je partis.

Remerciements

Je tiens à remercier pour leur immense soutien tous ceux qui, à titre privé ou professionnel, m'ont encouragé. Sans leur confiance, ce livre n'aurait pas pu exister.

Siriwan Sriboonyapirat. Wannasiri Lapcharoensap. June Glasson. Nancy Lee et Julien Victor Koschmann. Sorachai Buasap. Kawin Punchangthong. Daniel Mrozowski. Jean Henry. Michael Cobb. Hong-an Tran. Cheryl Beredo. Kate Rubin. Charles Baxter, Eileen Pollack, Nancy Reisman, Reginald McKnight, Peter Ho Davies, et Nicholas Delbanco du cursus de création littéraire de l'université du Michigan. Mes amis écrivains de Ann Arbor : Laura Jean Baker, John Bishop, Andrew Cohen, Melodie Edwards, Sara Houghteling, Laura Krughoff, John Lee, Patti Lu, David Morse, Michelle Mounts et Catherine Zeidler. Lexy Bloom. Fatema Ahmed et Matt Weiland de *Granta*. Tamara Straus et Michael Ray de *Zoetrope : All-Story*. Linda Swanson-Davies de *Glimmer Train*. John Kulka, Natalie Danford et Francine Prose. Le prix Avery Jules Hopwood. La bourse Fred R. Meijer d'aide à la création littéraire qui a contribué au financement de ce projet. L'invincible Amy Williams et l'extraordinaire équipe de Collins-McCormick. Elizabeth Schmitz, Morgan Entrekin, Dara

Hyde, Lauren Wein, Charles Rue Woods, et tous les gens formidables de Grove/Atlantic. Merci à tous.

Ce livre est aussi dédié à la mémoire de Sucheng Tang – ma très chère *ahmah* – qui a traversé la mer de Chine méridionale pour un avenir plus qu'incertain à Bangkok il y a soixante-dix ans, et se régale sans aucun doute à présent de soupe au nid d'hirondelle dans un monde bien meilleur que celui où elle a vécu.

Table

Les farangs	11
Café Lovely	33
La loterie	61
Tour au paradis	77
Priscilla la Cambodgienne	105
Je ne veux pas mourir ici	129
Combat de coqs	161

COMPOSITION : NORD COMPO MULTIMÉDIA
7 RUE DE FIVES - 59650 VILLENEUVE-D'ASCQ

 Cet ouvrage a été imprimé en France par
CPI Bussière
à Saint-Amand-Montrond (Cher)
en mai 2009.
N° d'édition : 87907. - N° d'impression : 90843.
Dépôt légal : juin 2009.

Collection Points

DERNIERS TITRES PARUS

P2062. Un sur deux, *Steve Mosby*
P2063. Monstrueux, *Natsuo Kirino*
P2064. Reflets de sang, *Brigitte Aubert*
P2065. Commis d'office, *Hannelore Cayre*
P2066. American Gangster, *Max Allan Collins*
P2067. Le Cadavre dans la voiture rouge
       Ólafur Haukur Símonarson
P2068. Profondeurs, *Henning Mankell*
P2069. Néfertiti dans un champ de canne à sucre
       Philippe Jaenada
P2070. Les Brutes, *Philippe Jaenada*
P2071. Milagrosa, *Mercedes Deambrosis*
P2072. Lettre à Jimmy, *Alain Mabanckou*
P2073. Volupté singulière, *A.L. Kennedy*
P2074. Poèmes d'amour de l'Andalousie à la mer Rouge.
       Poésie amoureuse hébraïque, *Anthologie*
P2075. Quand j'écris je t'aime
       suivi de Le Prolifique et Le Dévoreur
       W.H. Auden
P2076. Comment éviter l'amour et le mariage
       Dan Greenburg, Suzanne O'Malley
P2077. Le Fouet, *Martine Rofinella*
P2078. Cons, *Juan Manuel Prada*
P2079. Légendes de Catherine M., *Jacques Henric*
P2080. Le Beau Sexe des hommes, *Florence Ehnuel*
P2081. G., *John Berger*
P2082. Sombre comme la tombe où repose mon ami
       Malcolm Lowry
P2083. Le Pressentiment, *Emmanuel Bove*
P2084. L'Art du roman, *Virginia Woolf*
P2085. Le Clos Lothar, *Stéphane Héaume*
P2086. Mémoires de nègre, *Abdelkader Djemaï*
P2087. Le Passé, *Alan Pauls*
P2088. Bonsoir les choses d'ici-bas, *António Lobo Antunes*
P2089. Les Intermittences de la mort, *José Saramago*
P2090. Même le mal se fait bien, *Michel Folco*
P2091. Samba Triste, *Jean-Paul Delfino*
P2092. La Baie d'Alger, *Louis Gardel*
P2093. Retour au noir, *Patrick Raynal*
P2094. L'Escadron guillotine, *Guillermo Arriaga*
P2095. Le Temps des cendres, *Jorge Volpi*

P2096. Frida Khalo par Frida Khalo. Lettres 1922-1954
Frida Khalo
P2097. Anthologie de la poésie mexicaine, *Claude Beausoleil*
P2098. Les Yeux du dragon, petits poèmes chinois, *Anthologie*
P2099. Seul dans la splendeur, *John Keats*
P2100. Beaux Présents, Belles Absentes, *Georges Perec*
P2101. Les Plus Belles Lettres du professeur Rollin.
Ou comment écrire au roi d'Espagne
pour lui demander la recette du Gaspacho
François Rollin
P2102. Répertoire des délicatesses du français contemporain
Renaud Camus
P2103. Un lien étroit, *Christine Jordis*
P2104. Les Pays lointains, *Julien Green*
P2105. L'Amérique m'inquiète.
Chroniques de la vie américaine 1
Jean-Paul Dubois
P2106. Moi je viens d'où ? *suivi de* C'est quoi l'intelligence ?
et de E = CM2, *Albert Jacquard, Marie-José Auderset*
P2107. *Moi et les autres*, initiation à la génétique
Albert Jacquard
P2108. Quand est-ce qu'on arrive ?, *Howard Buten*
P2109. Tendre est la mer, *Philip Plisson, Yann Queffélec*
P2110. Tabarly, *Yann Queffélec*
P2111. Les Hommes à terre, *Bernard Giraudeau*
P2112. Le Phare appelle à lui la tempête et autres poèmes
Malcolm Lowry
P2113. L'Invention des Désirades et autres poèmes
Daniel Maximin
P2114. Antartida, *Francisco Coloane*
P2115. Brefs aperçus sur l'éternel féminin, *Denis Grozdanovitch*
P2116. Le Vol de la mésange, *François Maspero*
P2117. Tordu, *Jonathan Kellerman*
P2118. Flic à Hollywood, *Joseph Wambaugh*
P2119. Ténébreuses, *Karin Alvtegen*
P2120. La Chanson du jardinier. *Les Enquêtes de Miss Lalli*
Kalpana Swaminathan
P2121. Portrait de l'écrivain en animal domestique
Lydie Salvayre
P2122. In memoriam, *Linda Lê*
P2123. Les Rois écarlates, *Tim Willocks*
P2124. Arrivederci amore, *Massimo Carlotto*
P2125. Les Carnets de monsieur Manatane
Benoît Poelvoorde, Pascal Lebrun
P2126. Guillon aggrave son cas, *Stéphane Guillon*

P2127. Le Manuel du parfait petit masochiste
Dan Greenburg, Marcia Jacobs
P2128. Shakespeare et moi, *Woody Allen*
P2129. Pour en finir une bonne fois pour toutes avec la culture
Woody Allen
P2130. Porno, *Irvine Welsh*
P2131. Jubilee, *Margaret Walker*
P2132. Michael Tolliver est vivant, *Armistead Maupin*
P2133. Le Saule, *Hubert Selby Jr*
P2134. Les Européens, *Henry James*
P2135. Comédie new-yorkaise, *David Schickler*
P2136. Professeur d'abstinence, *Tom Perrotta*
P2137. Haut vol : histoire d'amour, *Peter Carey*
P2138. Le Siffleur, *Laurent Chalumeau*
P2139. La Danseuse de Mao, *Qiu Xiaolong*
P2140. L'Homme délaissé, *C. J. Box*
P2141. Les Jardins de la mort, *George P. Pelecanos*
P2142. Avril rouge, *Santiago Roncagliolo*
P2143. Ma Mère, *Richard Ford*
P2144. Comme une mère, *Karine Reysset*
P2145. Titus d'Enfer. La Trilogie de Gormenghast, 1
Mervyn Peake
P2146. Gormenghast. La Trilogie de Gormenghast, 2
Mervyn Peake
P2147. Au monde.
Ce qu'accoucher veut dire : une sage-femme raconte…
Chantal Birman
P2148. Du plaisir à la dépendance.
Nouvelles thérapies, nouvelles addictions
Michel Lejoyeux
P2149. Carnets d'une longue marche.
Nouvelle marche d'Istanbul à Xi'an
Bernard Ollivier, François Dermaut
P2150. Treize Lunes, Charles Frazier
P2151. L'Amour du français.
Contre les puristes et autres censeurs de la langue
Alain Rey
P2152. Le Bout du rouleau, *Richard Ford*
P2153. Belle-sœur, *Patrick Besson*
P2154. Après, Fred Chichin est mort, *Pascale Clark*
P2155. La Leçon du maître et autres nouvelles, *Henry James*
P2156. La Route, *Cormac McCarthy*
P2157. À genoux, *Michael Connelly*
P2158. Baka !, *Dominique Sylvain*
P2159. Toujours L.A., *Bruce Wagner*
P2160. C'est la vie !, *Ron Hansen*

P2161. Groom, *François Vallejo*
P2162. Les Démons de Dexter, *Jeff Lindsay*
P2163. Journal 1942-1944, *Hélène Berr*
P2164. Journal 1942-1944 (édition scolaire), *Hélène Berr*
P2165. Pura vida. Vie et Mort de William Walker, *Patrick Deville*
P2166. Terroriste, *John Updike*
P2167. Le Chien de Dieu, *Patrick Bard*
P2168. La Trace, *Richard Collasse*
P2169. L'Homme du lac, *Arnaldur Indridason*
P2170. Et que justice soit faite, *Michael Koryta*
P2171. Le Dernier des Weynfeldt, *Martin Suter*
P2172. Le Noir qui marche à pied, Louis-Ferdinand Despreez
P2173. Abysses, *Frank Schätzing*
P2174. L'Audace d'espérer. Un nouveau rêve américain
       Barack Obama
P2175. Une Mercedes blanche avec des ailerons, *James Hawes*
P2176. La Fin des mystères, *Scarlett Thomas*
P2177. La Mémoire neuve, *Jérôme Lambert*
P2178. Méli-vélo. Abécédaire amoureux du vélo, *Paul Fournel*
P2179. Le Prince des braqueurs, *Chuck Hogan*
P2180. Corsaires du levant, *Arturo Pérez-Reverte*
P2181. Mort sur liste d'attente, *Veit Heinichen*
P2182. Héros et tombes, *Ernesto Sabato*
P2183. Teresa l'après-midi, *Juan Marsé*
P2184. Titus errant. La Trilogie de Gormenghast, 3
       Mervyn Peake
P2185. Julie et Julia. Sexe, blog et bœuf bourguignon
       Julie Powell
P2186. Le Violon d'Hitler, *Igal Shamir*
P2187. La Mère qui voulait être femme, *Maryse Wolinski*
P2188. Le Maître d'amour, *Maryse Wolinski*
P2189. Les Oiseaux de Bangkok, *Manuel Vázquez Montalbán*
P2190. Intérieur Sud, *Bertrand Visage*
P2191. L'Homme qui voulait voir Mahona, *Henri Gougaud*
P2192. Écorces de sang, *Tana French*
P2193. Café Lovely, *Rattawut Lapacharoensap*
P2194. Vous ne me connaissez pas, *Joyce Carol Oates*
P2195. La Fortune de l'homme et autres nouvelles, *Anne Brochet*
P2196. L'Été le plus chaud, *Zsuzsa Bánk*
P2197. Ce que je sais… Un magnifique désastre 1988-1995.
       Mémoires 2, *Charles Pasqua*
P2198. Ambre, vol. 1, *Kathleen Winsor*
P2199. Ambre, vol. 2, *Kathleen Winsor*